아메리카 아이스

아메리카 아이스

바바 노부히로 등 저
정태원 옮김

문학의 문학

차례

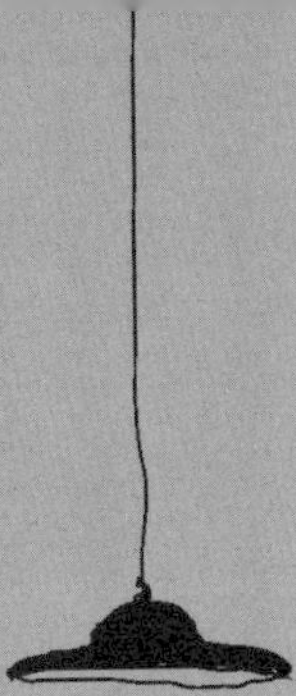

01 / 마지막 꽃다발

노나미 아사 乃南アサ

1960년 도쿄 출생. 와세다 대학 중퇴. 광고 대행사 등을 거쳐 1988년 「행복한 아침식사」로 제1회 일본추리서스펜스대상 우수상 수상. 1996년 「얼어붙은 아(牙)」로 제15회 나오키상 수상. 대표작은 「결혼 사기사」 「6월 19일의 신부」 「바람의 무늬」 「열쇠」 「물속의 두 개의 달」 「오늘 밤도 벨이 울린다」 등.

제1장

1

그 당시의 나는 어디로 보나 어설픈 존재였다.

무엇을 하든 애매한 태도를 취했고, 이게 나라고 느낄 수 있을 만한 것은 무엇 하나 없었다. 자신이 무엇을 생각하고 있는지, 어떤 생각을 하면 좋을지도 몰랐다. 얼굴도 몸뚱이도, 목소리조차 안정된 형태를 이루지 못하고 뿌옇게 흐려져 있었다.

젊음이란 그런 거야, 하고 흔히 사람들은 말하지만 그런 말은 어떤 위로도 되지 못했다. 어쨌든, 지금 이곳에 '나'라는 인간이 그럭저럭 사람의 모습으로 존재하고 있다는 사실이 부끄러웠지만 그 의미조차 알지 못했다.

나는 버림받은 새끼 고양이 같았다.

조그맣고, 가냘프고, 아무것도 아닌 일에 겁을 먹다가도 뭔가 흥미를 끌 만한 것을 발견하면 정신없이 뒤를 쫓는다. 그러나 이내 싫증을 내고 다시 두리번두리번 주위를 살핀다. 지나가던 사람들은 귀엽다며 나를 장난감처럼 실컷 가지고 놀다가는 이윽고 각자의 현실로 되돌아간다. 결국 나는 버림받은 고양이처럼, 마지막 순간에는 혼자 남고 마는 것이다. 그런 것을 되풀이하고 있는 것이 나였다.

그 당시, 내가 매일같이 보고 있었던 것은 술 취한 손님들의 추태와, 뒤에서 욕을 해대다가 술주정뱅이와 시비가 붙은 언니들, 한쪽 눈썹을 찡그린 채 무표정한 얼굴로 프라이팬을 쥐고 흔드는 주방장, 미소 띤 얼굴에 무슨 생각을 하고 있는지 속을 알 수 없는 웨이터, 가게를 들락거리며 그저 나를 애처롭게 바라만 보는 업자들, 주위에 시체가 뒹굴어도 눈 하나 깜빡하지 않을 정도로 자기의 세계에 푹 빠져 있다가도, 번득거리는 눈빛으로 적의를 노골적으로 드러내는 바텐더, 그리고 한 사람 한 사람 구별이 안 갈 정도로 똑같아 보이는 거리를 오가는 사람들이었다.

요란스런 조명과 시끄러운 음악이 넘실거리는 세계에서, 나는 언제나 임시변통의 즐거움과 잠깐이라도 나를 데리고 놀아 줄 사람을 찾고 있었다.

나는 쓰레기를 버리러 나왔다가 불빛이 닿지 않는 어두운 건물들 틈새에서 담배를 피워 물었다. 막 태운 담배로 머릿속이 멍해지는 순간에는 조금 감상적인 기분이 들어 조용히 생각을 하고 싶었다. 이따금 먼지를 잠재우는 비가 내렸다. 그런 날에는 고향을 생각했다. 이런 도시의 건물들 틈에서도 내 고향과 똑같은 비가 내리는 것이 너무나 신기했다. 하지만 고향에 내리는 비와, 이곳의 비는 완전히 다르다.

그러나 담배를 다 피울 때쯤이면 그런 생각도 함께 사라져 버렸다. 어쨌든. 나는 무엇을 생각해야 좋을지 알지 못했던 것이다.

"담배 하나만 줄래?"

먼저 말을 걸어온 것은 에리카였다. 에리카는 심야 영업을 하는 옆 건물의 커피숍에서 일을 하며 나보다 한 살 많은 열일곱이었다.

2

에리카는 두세 번 담배를 빌려가더니 어느 날 밤, 담배 한 갑을 내게 내밀었다.

"이럴 것까지 없어."

"빚지는 건 질색이거든."

에리카는 어른스런 말투로 말을 하며 담배를 내밀었다.

"여기에 얼마나 있었어?"

"나?"

"당연하지."

"석 달 정도."

"가출?"

"넌?"

"너라고 부르지 마. 분명히 너보다 나이가 많을 테니까."

"나한테도 너라고 하지 마."

내가 삐죽해서 말대꾸를 하자 에리카는 잠시 내 얼굴을 들여다보다니 소리를 내어 웃었다. 그 웃음소리는 때 묻은 건물들의 윤곽만

드러나 있는 컴컴한 밤거리와는 어울리지 않게 밝았고 화사하게 울려 퍼졌다. 호스티스의 간드러진 웃음이 아니라 부드럽고 다정한 목소리였다.

에리카의 키는 내 키와 비슷하지만 가슴이나 허리는 어엿한 처녀처럼 보여 나보다도 성숙하게 느껴졌다. 에리카는 곁에 있는 것만으로도 압도당할 정도의 박력이 있었다.

"그래서 가출한 거야?"

"그러는 너는?"

"내 이름은 에리카야."

"에리카는 어때? 가출이야?"

내가 여자의 이름을 불러본 것은 태어나서 그때가 처음이었다. 그래서 에리카의 이름을 발음하기가 쑥스러웠다.

"가출이라니, 듣기 거북하군. 나는 독립한 거야."

"그래? 그럼 나도 독립했어."

내 대답에 에리카는 싱긋 웃었다. 나도 덩달아 씩 하고 웃었다.

그때 마침 열려 있던 가게 뒷문으로 에리카를 부르는 소리가 들렸다. 에리카가 "네!" 하고 대답을 하며 뒷문으로 들어가다가 뒤를 휙 돌아보았다. 탁한 공기 속에서도 에리카의 머리가 밝게 빛났다.

"몇 시에 끝나?"

"나? 12시."

"그럼 함께 돌아갈까? 나도 비슷하게 끝나니까. 여기서 기다릴게."

내가 입을 반쯤 열고 고개를 끄덕거리기 전에 에리카는 뒷문으로 사라졌다.

그 뒤로 나와 에리카의 교제가 시작되었다.

3

에리카는 오쿠보의 연립 주택에 살고 있다. 가게에서 방을 얻어 주어, 지금은 가게를 그만둔 동료와 얼마 전까지 함께 살았다고 한다. 그 사정은 나도 마찬가지여서 가게에서 얻어 준 방에서 바텐더 미나미와 함께 살고 있다. 시너를 지나치게 흡입해 앞니 네 개를 새로 해 넣은, 나보다 세 살이 많은 선배이다. 그는 폭주족에서 일식집 견습생까지 여러 직업을 두루 전전했다. 나는 미나미를 좋아하지 않았다.

도시의 중심지에 있으면서도 그때까지의 내 생활은 미나미와 함께 집과 가게를 오가는 게 전부였다. 그 이외는 고작해야 편의점과 빨래방을 들락거리는 정도였고, 게임 센터나 파친코에도 그다지 흥미가 없었다. 영화도 보지 않았고 쇼핑도 하지 않았다. 물론 산책도 하지 않았다. 청소년선도위원이라도 만나면 당장 성가신 일이 벌어질 테고, 무엇보다 사람 많은 곳에 나가는 것이 싫었다. 저녁에는 가게의 마스코트처럼 손님의 장난감이 되어 신나게 휘젓고 다녔지만 낮에는 혼자 멍하니 있었다. 미나미는 외박도 하고, 가게에 지각을 하거나 무단결근을 하기도 했지만 나는 그가 무엇을 하든 아무

관심도 없었다.

그런데 에리카를 만나면서 나의 생활은 완전히 바뀌었다.

에리카는 쉬지 않고 새로운 것을 생각해서 나를 밖으로 끌어냈다. 내가 우물쭈물 망설일 시간도 주지 않고 내 손을 잡아끄는 것이다. 그래서 나는 갑자기 바빠졌다.

"이번 쉬는 날에 우리 집에서 밥 먹을래?"

"밥 할 줄 알아?"

내가 묻자 에리카는 뽐내듯 턱을 치켜 올리며 말했다.

"당연하지. 이래 봬도 어린 동생들을 위해 매일 밥을 했다고."

"불쌍한 동생들."

"그럼, 이렇게 착한 누나가 없어졌으니 말이야."

에리카는 집안일이나 가출한 이유에 대해서 명확히 말하지 않았다. 나도 마찬가지였다. 그것은 우리들 사이에 이루어진 무언의 약속이었다. 이 거리에 살고 있는 인간들은 서로에게 자신의 속내를 내보이길 꺼려 한다.

우리는 새로운 가족처럼 에리카의 집에서 식사를 자주 했다. 그것은 고향의 맛과는 다른 우리들 식탁의 맛이었다.

우리는 마치 남매처럼 손을 잡고 잠들 때가 있다. 손바닥으로 전해 오는 에리카의 온기가 나를 편안하게 했다.

"넌 다른 남자와는 달라."

에리카가 불쑥 그런 말을 꺼낸 적이 있었다. 나는 그 얘기를 듣는 순간 심장이 졸아드는 것 같았다.

"어른이 돼서도 지금 이대로 있어야 돼. 이상야릇한 바람둥이는 되지 말라고. 멋진 남자가 되어야 해."

"바람둥이?"

"그래, 그런 사람 있잖아. 얼굴만 번지르르하고 머리는 텅 비어 있는 주제에, 자기가 꽤 잘 난 줄 알고 자만에 빠져 거리를 활보하고 있는 녀석들 말이야."

"난, 머리가 안 좋아서."

"그렇지 않아. 적어도 깡통처럼 보이지는 않으니까. 그리고 지금 이대로 어른이 된다면, 잘생긴 얼굴 하나로 여자 등이나 처먹을 그런 사람은 되지 않을 거라고 생각해. 그런 사람은 저질이야."

언제나 밝고 명랑했던 에리카가 그런 말을 할 때는 갑자기 어른스러워 보이고 또 약간은 쓸쓸하게 보였다. 나는 아무 대답도 하지 못하고 파닥파닥 뛰는 심장 소리를 들으며 에리카의 손만 잡고 있을 뿐이었다. 이 손을 영원히 잡고 있게 해달라고 빌었다. 에리카의 손만 잡고 있으면, 에리카만 곁에 있어 준다면 세상에 두려울 게 없을 것 같은 기분이 들었다.

화장을 하고 있지 않은 에리카는 가게에 나갈 때보다도 훨씬 어려 보였는데도 표정만큼은 제법 어른스럽고 차분해 보였다. 나는 에리카의 표정을 바라보며 혹시 엄마라는 것이 이런 느낌이 아닐까 하는 생각을 했다.

나는 엄마의 얼굴을 기억하지 못한다.

엄마가 느닷없이 시골로 내려와 할머니의 눈물 섞인 만류도 듣지 않고, 나를 낳은 뒤 다시 어디론가 훌쩍 떠나 버렸다는 이야기밖에는 엄마에 대해서 들은 것이 없다. 할머니는 그 얘기를 수십 번씩 되풀이하며 자신의 불행한 신세 한탄을 했다. 할머니는 조그만 잡화상을 하고 있었는데, 늘 잔소리가 심하고 꾀죄죄한 몰골이라 궁색 맞아 보였다. 나는 엄마의 젊었을 때의 사진을 본 적이 있다. 세일러 교복을 입고 희미하게 미소를 띠고 있는 사진을 봐도 아무런 느낌이 없었다.

"에리카도 언젠간 아이를 낳겠지."

내가 불쑥 내뱉은 말에 에리카는 놀란 얼굴을 한 뒤에 쌩긋 웃으며 말했다.

"그야 언젠가는. 나도 여자니까. 엄마가 되는 날이 오겠지."

"흐음."

얼마 전만 해도 얼굴조차 알지 못했던 여자와 이렇게 손을 잡고 누워 천장을 올려다보고 있는 자신이 신기해서 견딜 수가 없었다. 하물며 앞으로의 일은 아무도 모른다. 어느 곳에 진정한 자신이 있는지 알지 못한다. 하지만 이곳에 이렇게 있는 자신도 가짜는 아닌 모양이다. 그런 것들을 멍하니 생각하고 있었다.

"이제부터 어떻게 될까?"

"어른이 되는 거야."

내 마음 속에는 초조함과 불안감이 소용돌이치고 있었다. 에리카는 나보다도 더 먼 곳을 바라보고 있는 것처럼 보였다.

"어떤 어른일까?"

"지금 생각해 봤자 별 도리가 없지. 어른이 된 뒤에 생각해도 늦지 않아."

"그땐 너무 늦은 거 아냐?"

"지나친 생각이야. 인생이란 되는대로 내버려 두는 수밖에 없어."

"그럴까?"

"죽을힘을 다해 성공했다 치더라도 무슨 일이 생기면 한순간에 무너져 사라져 버리는 일도 많으니까. 그게 인생이야."

"인생이라."

"그래, 인생."

"잘 모르겠는 걸."

"모르는 게 좋아."

우리는 이렇게 가끔 어려운 이야기를 나누기도 했다. 이럴 때는 문득 한 학기밖에 안 다닌 고등학교가 떠오르기도 했다. 어쩌면 나는 공부가 더 하고 싶었는지도 모른다.

하지만 그것을 내팽개친 것은 나 자신이었다. 나는 학교에 가는 것이 두려웠다. 누군가가 매일 쫓아다니며 괴롭히고 놀려대는 굴욕을 참을 자신이 없었다. 그래서 나는 학교를 그만두었다. 지금에 와서는 어쩔 방도가 없다. 그렇다. '될 대로 돼라'라는 에리카의 생각보다는 지금으로서는 어쩔 방법이 없었던 것이다.

"넌 좀 더 강해져야 해."

한숨을 내쉬는 나를 보고 에리카가 그런 말을 한 적이 있다.

"지나치게 겁을 먹잖아. 자기 생각이 있으면서도 일찌감치 포기를 해 버리는 경향이 있는 것 같아."

"상관없어, 나는 이대로 만족해."

"거짓말."

손을 잡고 나란히 누워서 에리카의 옆모습을 바라본다. 검고 부드러운 머리카락이 사방으로 흩어져 있고, 반듯하게 누워 천장을 올려다보고 있다. 둥근 이마, 긴 속눈썹에 싸여 커다랗게 열려 있는 눈동자, 그다지 높지는 않지만 보기 좋게 빠진 귀여운 코, 코밑에 살짝 돋아난 솜털이 반짝이며, 비교적 얇은 입술과 둥근 턱이 내 시야로 들어온다. 그것들을 하나로 둥그렇게 끌어 모은 선은 이윽고 흰 목덜미로 그리고 호흡할 때마다 아래위로 희미하게 움직이는 가슴으로 이어져 에리카의 온몸을 부드럽게 감싸고 있다.

나는 목 안이 칼칼해진 것을 느끼면서도, 에리카의 손을 뗄 수가 없었다.

"넌 그 얼굴 때문에 불행해질지도 몰라. 잘생겼기 때문에, 여자를 울리는 일이 있을지도 몰라."

갑자기 에리카의 입가의 곡선이 무너지면서 말이 흘러나왔다. 나는 당황하며 꼭 쥐고 있는 두 사람의 손으로 눈길을 돌렸다. 검게

탄 에리카의 손은 나보다도 더 허둥대고 있었다.

"난, 에리카를 울리거나 하는 일은 없을 거야."

"모르는 일이야. 남자는 변하기 쉬우니까."

쌀쌀맞게 이야기하는 에리카의 얼굴을, 나는 그저 바라만 보고 있을 수밖에 없었다. 에리카를 몹시 좋아하면서도 그 감정을 어디까지 소중하게 가지고 가야 좋을지 몰랐기 때문이다.

에리카를 좋아하며, 에리카의 곁에 있고 싶고, 그리고 손을 잡고 있는 것만으로 충분히 행복했다. 그런데 그러면 그럴수록 내 몸 안에서 뭔가가 갈기갈기 찢어지는 듯한 고통을 느꼈던 것이다.

4

"이봐, 샌님."

정기 휴일이었다.

늘 외출을 하던 미나미가 그날 밤은 집에서 고다쓰|일본의 난방기구의 하나|안에 허리를 집어넣고 누워서 텔레비전을 보고 있다. 추위가 몰아치자, 달리 난방기구가 없는 가난한 방은 밤이면 더 썰렁했다.

"오늘 밤도 외출인가?"

미나미는 모로 누워 한쪽 손으로 머리를 받치고 있다가, 머리만 비틀며 나를 올려다 보았다. 좁은 이마에는 몇 개의 뒤틀린 주름이 잡혀 가뜩이나 험상궂어 보이는 얼굴이 더욱 흉악하게 일그러졌다.

"그냥, 잠깐."

미나미는 나를 '젊은 서방' 또는 '샌님'이라고 불렀다.

"내 앞에서 으스대는 거야? 노는 날마다 여자 집에 간다고."

나는 에리카의 일을 숨기고 싶었지만 좁은 집에서 함께 살다 보면 대부분의 일을 서로 알게 된다. 나도 미나미가 얼마 전까지 어느 술집에 있는 유부녀와 만난다는 것을 알고 있었고, 그 유부녀가 다른 불륜 상대와 눈이 맞아 미나미를 거들떠보지도 않는다는 사실도 알고 있었다. 미나미는 그 여자한테 차인 뒤, 계속 조바심을 냈고 나를 눈엣가시처럼 여겼다.

"으스대는 거야 뭐야? 그렇게 즐거워?"

"별로."

미나미는 시비조로 말을 내뱉는 게 버릇인지라 나는 그날 밤도 적당히 얼버무리며 넘어가려고 했다. 미나미는 작은 눈을 음흉하게 번득이며 나를 바라보더니 몸을 일으켰다.

"모처럼 노는 날이니까, 나도 끼워 줘."

"뭐?"

내가 어이가 없어 멍하니 있자, 분홍빛 스웨터를 입은 미나미가 히쭉거리며 무릎걸음으로 다가온다.

"가끔은 말이야 자극적으로 즐길 줄도 알아야 한다고."

"즐기다니?"

미나미는 소리 없이 입가로 헛바람만을 흘리며 히쭉히쭉거린다.

나는 시너를 딱 한 번 해봤는데, 이거라면 뇌수와 뼈가 녹아들어도 당연한 일이라고 생각했다. 미나미의 벌린 입속으로 누런 이빨과는 다른 색의 앞니가 고르게 심어져 있어 묘하게 보였다. 도시의 한구석에 모여 있는 인간들은, 다 똑같이 보일지 모르지만, 이렇게 안으로 한 발자국만 들어가 보면 각양각색의 인간들이 살고 있다. 미나미는 이런 상태라면 앞으로 야쿠자밖에 될 수 없는 진짜 불량배였다.

"둘이서 시시덕거리는 것도 이젠 질릴 때가 되지 않았냐고."

"함께 밥을 먹는 것뿐이에요."

내가 대답을 하자 미나미는 실실거리며 가까이 다가와 얼굴을 바싹 들이댔다. 나는 어쩔 수 없이 애매한 미소를 보이며 잠깐 눈길을 피했는데 미나미가 별안간 내 목덜미를 움켜쥐었다. 순식간의 일이라 나는 아무 저항도 하지 못하고 억지로 띠었던 미소는 얼어붙고 말았다. 내 눈앞에는 히쭉거리던 웃음을 싹 거두고 비스듬히 내민 턱을 치켜 올리며 가늘게 뜬 눈으로 나를 노려보는 미나미의 얼굴이 있었다.

"어때, 그 여자 말이야, 나한테도 한 번 기회를 줘야지. 한 번만 하게 해 달라고, 엉?"

"놔요."

덩치가 큰 미나미에게 대롱대롱 매달려 있던 나는 쉰 목소리를 쥐어짜며 말했다.

"날마다 너만 즐기라는 법 있냐고, 엉? 난 네 선배야, 한 번 정도는 해줄 수도 있잖아."

"놔!"

나는 두 손으로 멱살을 잡고 있는 미나미의 손을 풀려고 애를 썼지만 내 힘으로는 어림도 없었다. 미나미의 쉬고 있던 다른 손이 발버둥을 치고 있는 내 얼굴에 주먹을 날렸다.

"그만둬! 얼굴은 건드리지 마."

그 순간 나는 내 얼굴에 상처라도 입을까 이상할 정도로 두려움을 가지고 있었다.

"내 말이 말 같지가 않아, 엉?"

이번에는 팔을 비틀고, 뒷덜미를 움켜쥐고 색이 바랜 다다미 위에다 내 얼굴을 누르고 비벼 댔다. 뺨이 달아오르고 쓰라렸다. 고다쓰의 이불 틈새로 일렁거리는 적외선의 붉은 빛이 보였다.

"제발 얼굴만은 손대지 말아요."

나는 필사적으로 소리를 질렀다. 맞은 곳이 뜨겁게 얼얼했다. 입안이 터졌는지 피비린내가 진동을 했다. 버둥버둥 몸부림을 치는데 문득 뒷덜미를 잡힌 힘이 빠졌다고 생각한 순간 눈앞으로 번쩍거리는 칼이 보였다. 나는 숨을 들이켜며 그 칼을 뚫어지게 보았다. 미나미의 속삭이는 소리가 귓가에 들렸다.

"네 여자를 빼앗을 생각은 눈곱만큼도 없어. 네 여자가 하도 예뻐 보여서 나도 함께 기뻐해주려고 그래. 네가 매일 하고 있는 거 나도 한번 해보자는 거야."

미나미의 숨소리가 귓가에 와 닿았다. 나는 등줄기로 섬뜩함을 느끼며 차갑게 번쩍거리는 칼에서 눈을 뗄 수가 없었다.

"나는 아무것도 하지 않았어요. 에리카에게 아무 짓도 하지 않았어요."

내가 울먹이듯 말을 하자, 미나미는 차갑고 매끈한 칼을 내 뺨에 갖다 대었다. 나는 눈을 깜빡거릴 수조차 없었고 숨을 죽였다.

"얼굴만은 제발 건드리지 말아요."

쉰 목소리를 쥐어짜며 애원을 하자 미나미의 입김이 다시 귓가에 와 닿았다.

"자 도련님, 그 잘생긴 얼굴이 망가져도 좋다 이거지. 시시껄렁한 변명은 필요 없어."

"하지만 난 정말로……"

"이렇게 같이 사는데 사이좋게 지내야지, 엉. 꼬마인 너는 여자가 있고 선배인 내가 없다는 건 불공평하잖아. 어때? 한 번 한다고 닳는 것도 아닌데."

"하, 하지만."

"왜? 그 잘난 얼굴에 상처를 내고 싶어? 얼굴 상처는 평생 없어지지 않는다고. 열대여섯 살짜리 꼬마 얼굴에 상처를 달고 다니면 아무도 쳐다보지 않을 걸. 다시는 잘생긴 얼굴로 되돌아가지 못한다고. 그걸로 끝장이야."

내 등에 타고 있는 미나미의 무게로 등뼈가 욱신거리고 폐가 압

박을 받아 숨쉬기가 힘들었다. 미나미의 뜨거운 입김이 귓가를 맴돌 때마다, 뭔가가 발뒤꿈치에서 스멀스멀 기어오르는 듯한 감촉 때문에 몸이 부르르 떨려 왔다. 하지만 코끝에 있는 칼 때문에 움직일 수가 없었다. 머릿속으로 에리카의 미소가 조금씩 멀어져 갔다.

"엉? 어쩔래. 고민할 거 없어. 그 여자하고 네 얼굴이 갈기갈기 걸레가 되는 거하고 어느 쪽이 더 중요하지? 가르쳐 주지 않아도 알겠지?"

턱이 다다미에 쓸려 몹시 따가웠다. 미나미의 두 무릎 사이에 끼인 우스꽝스런 꼴로, 나는 저려 오기 시작한 손으로 에리카의 손바닥을 찾았다. 에리카의 메마르고 허둥대는 손바닥의 감촉을 기억해 내려고 애를 썼다.

5

그다지 차갑지 않은 비가 내리고 있었다고 기억된다. 안개비 속으로 값싼 검은색 점퍼 소매를 미나미에게 잡힌 채 에리카의 집으로 향하고 있었다. 미나미는 스웨터 위에 가죽점퍼를 걸치고 있었고, 주머니에는 내 뺨을 위협하던 칼이 숨겨져 있었다. 나는 그에게 맞은 얼굴을 거울로 확인해 보고 싶었지만 그럴 겨를도 없이 미나미에게 끌려 나왔다. 나는 마음속으로 에리카가 집에 없기를 간절히 바랐다. 무슨 사정이 생겨 저녁 근무를 하게 되었다든지, 그런 일이 일어나기를 빌었다. 그리고 만약 오늘 미나미한테서 무사히 도망칠 수 있다면 둘이서 의논을 한 뒤 가게를 그만두자, 문제없어, 도시에는 가게가 많은 걸. 어디서든 일을 할 수 있는 가게는 많을 테니까.

"불러 봐, 어서."

그러나 에리카의 방에는 불이 켜져 있었다. 나는 절망적인 기분으로 합판을 붙여 놓은 문을 노려보고 있었다. 문 바로 옆의 부엌 창문이 뜨거운 김으로 흐려져 있어, 방안의 아늑함과 요리의 향기를 떠올리게 했다. 나는 미나미의 재촉을 받아 주먹을 쥐고 문을 두드렸다.

문을 열고 나온 에리카는 내 얼굴을 보는 순간 얼굴색이 싹 변하더니, 내 뒤에 서 있는 미나미를 매섭게 올려다보았다.

"헤헤, 저녁을 같이 먹자고 해서."

미나미는 내 어깨를 잡으며 조금씩 앞으로 다가섰다. 물론 에리카도 미나미의 얼굴을 알고 있으며 나한테서도 이런저런 이야기를 듣고 있었다.

"뭐라고?"

에리카는 매서운 표정으로 미나미를 다시 쳐다보았다.

"이 얼굴 미나미 씨가 만들어 놓았나요?"

내 얼굴을 힐끗 보며 에리카가 미나미에게 물었다.

"하하, 그렇지 않아요. 이 녀석 워낙 샌님이라, 길가에서 시비가 붙었더라고. 내가 지나가지 않았다면 큰일 날 뻔했지. 그렇지?"

미나미가 내 등을 쿡 찔러 나는 좁은 현관 안으로 발을 내딛었다. 에리카의 눈이 나에게 사실인지를 묻는다. 하지만 나는 맞은 얼굴을 보여주고 싶지 않아서 고개를 푹 숙였다.

"내가 도와주었더니 이 녀석이 글쎄, 에리카 씨의 요리가 굉장하다며 같이 저녁을 먹으러 가자고 해서 말이야."

나는 말 없이 운동화를 벗고 방 안으로 들어갔다. 작은 고다쓰 위에는 두 사람의 저녁 식사가 차려져 있었다. 방 한 켠에는 석유 난로가 붉게 타오르고 그 위에 올려져 있는 주전자에는 하야 김이 모락모락 피어오르고 있었다.

"하지만 두 사람 것밖에 없는걸."

"괜찮아, 괜찮아, 모처럼 왔으니까."

미나미는 제멋대로 방 안으로 들어갔다. 나는 맞은 곳을 손으로 살살 어루만지며 다른 쪽을 바라보고 있었다. 누군가에게 얻어맞는 게 이번이 처음은 아니었다. 초등학교 때에도, 중학교 때에도 수도 없이 얻어터졌다. 하지만 칼로 위협받기는 이번이 처음이었다.

"낄낄낄, 보라고, 아주 토라졌는데. 잘생긴 얼굴이 엉망이 되고 말았어."

"멍청하게 누구한테 당한 거야! 바보같이."

에리카는 미나미 말을 정말로 믿는 듯 내 얼굴을 들여다본다.

"아, 세상에! 지독하군."

그 말을 듣는 순간 피가 거꾸로 솟아올랐다.

"내버려 둬!"

나는 운동화를 꿰차고 문을 박차며 밖으로 튀어나왔다. 따끔거리는 얼굴 위로 차갑게 내리는 비와 바람을 맞으며 얼마나 달렸을까.

에리카와 미나미 둘만을 방에 남겨 두고 나왔다는 사실을 깨달았을 때는 다카다노바바 역이 눈에 들어오고 있었다.

도대체 내가 뭘 하고 있는 거지! 이러고 있을 때가 아닌데, 겨우 그 사실을 깨달았을 때는 또 다른 불안감으로 심장이 두근거리기 시작했다.

나는 달려온 길을 다시 되돌아 뛰기 시작했다. 덜컹덜컹 달리는 전철이 나를 앞지르며 달려간다. 창으로 새어 나온 불빛을 받으며 이런 비참한 기분은 처음이라고 생각했다. 확실한 형태는 없지만, 어쨌든 내 손 안에 있던 무엇인가가, 유일하게 있던 그 무엇인가가 사라져 버릴 것만 같은 기분이었다.

간신히 에리카의 집에 닿았을 때 몸은 땀으로 푹 젖어 있었다.

마침 에리카의 문 앞에는 두세 명의 사람이 서성거리고 있었다. 나는 무너져 내릴 것 같은 마음으로 문 쪽으로 뛰어갔다.

"무, 무슨 일인가요?"

"비명소리가 들려서……"

집주인인 듯한, 한 눈에도 호스티스로 보이는 여자가 딱딱하게 굳은 표정으로 말했다. 나는 얼른 문 쪽을 바라보았다. 지금, 문 안쪽은 쥐 죽은 듯이 조용하다. 나는 문에 손을 갖다대었다.

"에리카!"

"들어오지 마!"

문을 열려는 순간 에리카의 비통스런 외침이 들려 왔다. 그래도 나는 문을 열자마자 운동화를 벗어 던지고 부엌과 방을 가로지르고 있는 커튼을 들어 올렸다.

"가까이 오지 마!"

나는 숨을 죽이고 서 있었다. 방금 전까지만 해도 즐거운 식사 시간을 기다리고 있었을 터인 방은 참담했다. 고다쓰는 뒤집혀져 있고 그 위에 놓여 있던 그릇 따위들도 사방으로 나뒹굴고 있으며, 창문에 걸려 있던 커튼도 절반 이상이 찢겨져 나갔다. 그리고 방 안의 물건이 어지럽게 어질러져 있는 한 가운데에 미나미가 눈을 뜬 채로 반듯이 누워 있었다. 가슴에는 새빨간 피를 흘리며.

"에리-"

그렇게 에리카의 이름을 부르던 나는 이번에야말로 그 자리에 얼어붙고 말았다. 에리카는 웅크리고 앉아 두 손으로 얼굴을 감싸며 신음소리를 내고 있었다. 에리카의 곁에서 빨갛게 타오르던 난로의 불은 이미 새까맣게 꺼져 있었고, 그 위에 올려져 있었을 주전자는 다다미 위에 나뒹굴고 있었다. 주전자에서 튕겨져 나온 뜨거운 물은 흡수되지 않은 다다미 위에 흥건히 젖어 있었다.

"큰일이다. 구급차!"

내 뒤에서 누군가 소리쳤다. 문 앞의 구경꾼들 중 하나일 것이다.

"뜨거워, 뜨거워 죽겠어!"

에리카의 입에서 그 말만 새어나왔다.

"에리카!"

나는 머리가 빙글빙글 도는 것을 느끼며 지옥으로 변한 방으로 발을 내밀었다.

"오지 마! 오지 말라고!"

에리카의 외침에 나는 발을 멈추었다.

"화상을 입었지? 그렇지?"

중년 여자가 내 곁을 스치며 에리카에게 달려갔다. 에리카의 입에서 오열인지 고통스런 신음 소린지 알 수 없는 짐승 같은 울부짖음이 새어 나왔다.

"화상은 빨리 응급처치를 해야 돼. 빨리 구급차를 불러! 구급차!"

중년 여자가 외쳤다. 나는 누군가가 지나갈 때마다 등을 떠밀려 휘청거렸다. 뭐가 어떻게 된 일인지 알 수가 없었다. 뭔가 큰일이 일어났다. 도저히 내 힘으로는 어쩔 수 없는 일이 일어난 것만은 알고 있었다. 대체 무슨 일인지, 도무지 알 수 없었다. 멀리서 사이렌 소리가 들려 온 것 같았다. 알지 못하는 누군가가 내 팔을 잡고 집 밖으로 끌고 나왔다. 밖의 공기를 맡는 순간 왈칵 눈물이 쏟아져 나왔다.

"그 아이, 학생이 아니었지?"

누군가의 목소리가 들려왔다. 미나미한테 맞은 얼굴만이 나와는 별개의 부분인 양 욱신욱신 쑤셔 왔다.

제2장

1

가게는 북향입니다만, 길 맞은편에 유리로 된 건물이 세워져 있어서 한 번 반사된 햇빛은 가게 안을 환하게 비춰 줍니다. 직접적으로 햇빛을 받는 것보다 묘하게도 안정적인 햇살이라 나는 꽤 만족하고 있습니다.

"오늘은 기분이 아주 좋아 보이는데요."

"그래? 보통 때와 다른 일이 없는데."

조금씩 햇살이 강해지는 것을 알 수 있는 계절입니다. 내 가게는 열다섯 평 남짓으로 한가운데에 칸막이를 낮게 둘러 마호가니 탁자와 의자를 놓아두었고, 가장자리는 높게 디스플레이를 해서, 언뜻 보기에는 조그만 찻집 같은 분위기입니다. 이것은 기다리는 손님을 위한 배려로 열심히 머리를 짜낸 것입니다.

"아침부터 계속 콧노래를 불렀잖아요."

조수 이즈미가 장난스런 표정으로 내 얼굴을 들여다보아 나는 그만 웃음을 띠고 맙니다.

"역시 무슨 일이 있었군요. 가르쳐 주세요."

올해 전문학교를 졸업한 이즈미는 스무 살을 갓 넘긴 아가씨입니다.

"네, 선생님!"

이즈미는 내가 좋은 듯 무척 잘 따르지만 가끔 아이처럼 떼를 쓸 때는 나를 당황하게 만듭니다. 하지만 오늘은 무심결에 웃음이 자꾸 흘러나옵니다.

"아, 알았다! 다카다 선생님 일이지요?"

나는 부정도 긍정도 하지 않고 그저 웃고만 있었습니다. 맞은편에서 반사되는 햇살이 나를 밝게 비추고 있습니다.

"선생님!"

안달을 하던 이즈미는 드디어 뾰로통해져서 발을 동동 구르고 맙니다.

"알았어, 알았어."

나는 마침내 포기하고 이즈미를 똑바로 바라봅니다. 사실은 나도 누군가에게 이야기가 하고 싶어서 입이 근질근질하던 참이었습니다.

"프러포즈 받았어."

"네, 드디어 받았군요!"

이즈미는 함성을 지르며 나를 부둥켜안았습니다.

"굉장해, 굉장해! 축하해요!"

이즈미는 나를 안고 몸을 흔들어 댑니다.

"다음 주에 반지만 교환하고 약혼식 피로연을 열거야. 이즈미도 꼭 와야 해."

"저도 초대하시는 거예요? 와! 정말 근사해요."

이즈미는 여드름이 많은 얼굴을 붉게 상기시키며 황홀해 합니다. 그때 딸랑 하며 문 위에 달린 종소리가 들렸습니다. 우리는 동시에 "어서 오세요"라고 소리치며 뒤를 돌아보았습니다. 야마네 씨였습니다. 작년, 문을 열 때부터 오던 손님으로 일주일에 한 번은 반드시 들려주는 분입니다.

"야마네 씨, 저 말이에요."

"이즈미!"

"괜찮아요, 축하받을 일이잖아요."

"무슨 일이 있어요?"

"선생님이요, 약혼을 하신대요."

"정말?"

야마네 씨는 작은 몸집에 무척 마른 편으로 목까지 올라오는 옷을 트레이드마크처럼 입고 커다랗고 새까만 선글라스를 늘 끼고 다닙니다. 그래서 나는 야마네 씨가 처음 우리 가게에 왔을 때부터 기억을 하고 있습니다. 아무리 날씨가 더워도 검은색이 아니면 목까지 올라오는 짙은 감색 니트를 입고, 작은 얼굴에는 어울리지 않는 커다란 선글라스를 끼어, 처음엔 깜짝 놀랄 정도로 이상하게 보입니다. 밤에도 선글라스를 벗은 적이 없어서 나는 눈이 좋지 않을 거라고 생각했습니다.

이야기를 해보면 목이 쉰 듯한 낮은 목소리지만, 느릿느릿한 말투는 아주 다정합니다. 나이도 나와 비슷한 또래인 것 같아 조금씩 마음을 터놓게 되어, 시답지 않은 세상 이야기도 하게 되었습니다.

"결혼식은 아직 멀었어요."

"다음다음 주에 약혼 피로연을 연대요."

이즈미는 아무에게나 무슨 이야기든 해대기 때문에 나를 이따금 놀라게 하지만 야마네 씨하고는 일 년 남짓 되는 사이에 무척 친해져서 괜찮을 거라고 판단했습니다.

"굉장히 화려한 느낌이군요."

"누가 뭐라 해도 행운을 잡은 거예요. 게다가 미남과 미녀의 결혼이잖아요. 마치 연예인 커플 같아요."

"멋진 분?"

"굉장히 잘 생겼어요. 그렇지요 선생님?"

야마네 씨의 입이 살짝 움직여 나는 그것을 미소라고 풀이했습니다. 지금까지 몇 번인가 떠올린 적이 있는 그런 표정이었습니다. 아무튼, 눈가의 표정을 전혀 알 수가 없기 때문에, 판단할 수 있는 근거는 목소리와 입가의 표정과 분위기뿐이었습니다.

"이즈미, 커피 좀 부탁해."

시간이 있는 손님에게는 커피를 서비스하여, 커피를 마시면서 마음에 드는 꽃 모양을 선택할 수 있도록 하는 게 우리 가게의 방식입니다. 편안한 기분으로 꽃을 고르는 것이 제일 좋다고 생각했기 때문입니다.

"오늘은 바구니에다 꽃을 장식해 드릴까요?"

나는 야마네 씨 취향의 꽃과 귀여운 둥근 바구니를 골랐습니다.

"노조미 씨는 실례지만 나이가 어떻게 되지요?"

"스물여섯이에요."

"그럼 결혼하기에 딱 좋은 나이군요. 그래요 스물여섯이라면."

야마네 씨는 나직한 목소리로 천천히 말했습니다. 불필요한 말은 하지 않고, 사람의 마음속으로 억지로 파고 들어오지 않는 사람입니다. 나는 야마네 씨와 이야기를 하고 있으면 왠지 느긋해지고 마음이 편안해집니다.

"야마네 씨는 결혼 안 하세요?"

"글쎄요, 어떨 것 같아요?"

"아, 혹시 벌써 결혼하신 건 아닌가요?"

"설마, 독신입니다."

야마네 씨에 대해 나는 아무것도 알고 있지 못합니다. 매주 가게에 나오는 것 이외에, 살고 있는 곳도 직업도 가족도 나이도 그 무엇 하나 확실하게 알고 있는 것이 없습니다. 그런 걸 굳이 알 필요도 없기 때문입니다.

봄바람이 불어오자 먼지투성이이긴 하지만 역시 마음이 살랑거립니다. 이런저런 생각들이 머릿속에 떠올라 저절로 웃음이 나옵니다.

"이런 얘기를 하면 이상할지 몰라도."

야마네 씨는 이즈미가 가져온 커피를 느긋하게 마시며 선글라스 낀 얼굴을 내게로 향했습니다.

"웨딩드레스를 굉장히 동경한 적이 있어요. 새하얀 웨딩드레스가 너무나 입고 싶었지요."

내 가게는 야마네 씨처럼 보통 꽃을 사러 오는 사람은 아주 드물답니다. 우리는 꽃다발이나 부케를 디자인하고 기획하는 일을 주로 합니다. 결혼을 하는 신부가 들 부케나 파티용의 장식용 화환 따위를 직접 만들지요. 일반적인 꽃가게처럼 가게 입구에 꽃을 늘어놓거나, 팔고 남은 꽃을 셀로판지에 둘둘 말아 파는 일은 하지 않습니다. 특별한 날을 위해 특별한 코디네이터를 필요로 하는 꽃을 직접 만드는 것이 나의 직업입니다.

"직업상 늘 신부를 봐 왔지만 신부가 부럽기보다는 그 웨딩드레스가 부러웠어요."

여자가 가장 아름다워 보일 때는 신부 의상을 입었을 때라고 나는 굳게 믿고 있었습니다.

"선생님이 웨딩드레스를 입으시면 굉장히 아름다울 거예요."

이즈미가 황홀한 표정으로 중얼거렸습니다. 사실은 나도 그렇게 생각하고 있었습니다. 나는 머릿속으로 이미 웨딩드레스의 전체적인 디자인을 해 놓았습니다. 지나치게 화려하지 않은 심플하고 담백한 느낌의 드레스가 좋습니다. 등과 가슴을 넓게 파서, 가능한 한 아무 장식도 달지 않아 몸매의 선이 완전히 드러나게 하고, 가슴에는 반짝이는 다이아몬드로 장식을 하고 싶습니다. 그런 모습을 나는 오래전부터 상상하고 있었습니다. 그 모습은 분명히 자신이 보아도 넋을 잃을 정도로 아름다울 것이라고 나는 믿고 있습니다.

이윽고 바구니가 완성되었습니다. 봄을 상징하듯 아카시아 꽃과 노란색 수선화의 달콤한 향기가 가득한 바구니입니다.

"이건 노조미 씨에게 주는 선물, 축하해요."

야마네 씨는 나에게 바구니를 받아 돈을 지불한 뒤, 그렇게 말하면서 그 꽃바구니를 다시 내게 내밀었습니다. 나는 깜짝 놀라며 야마네 씨를 쳐다보았습니다. 선글라스 아래의 입가가 미소를 짓고 있었습니다.

"일이 일인지라 자기를 위한 꽃다발을 만들기는 쉽지 않을 것 같아서."

나는 그만 감격을 해서 눈물이 쏟아질 것 같았습니다. 아무런 티도 내지 않는 자연스러운 야마네 씨의 마음 씀씀이에 마음이 짜릿해 옵니다.

"그런데? 결혼식은 언제?"

"6월에 올릴까 생각 중이에요, 지금 교회를 알아보고 있어요."

"저도 초대해 주겠어요? 웨딩드레스를 입은 노조미 씨의 모습이 보고 싶은데."

"네, 꼭! 와 주세요. 괜찮으시면 다음다음 주 파티에도 와 주시겠어요?"

내가 만들고 내게로 보내진 꽃바구니를 안아 들고 웃음 띤 얼굴로 야마네 씨를 바라보았습니다. 야마네 씨는 고개를 끄덕였습니다. 수선화 향기가 바구니에서 향기롭게 퍼집니다.

이것은 내 육감입니다만 그렇게 평탄하지 않은 삶을 살아 온 듯한 야마네 씨가 보통 여자들처럼 이상한 질투심을 품고 있지 않은 것이 나는 무척 기뻤습니다. 나는 여자들의 질투심에 꽤 끔찍한 기억을 갖고 있었기 때문에 자연히 방어 자세를 취할 때가 있지만 이즈미와 야마네 씨에게는 그런 것을 느낄 수가 없었습니다.

2

나의 피앙세 다카다 고헤이는 나보다도 다섯 살이 많습니다. 사실은 내가 스물다섯에 가게를 차릴 수 있었던 것도 고헤이의 도움이 있었기 때문입니다. 나는 시내에 많은 지점을 갖고 있던 대형 꽃가게의 주임으로, 결혼식의 부케를 전문으로 다루고 있어서, 계약을 맺고 있는 결혼식장에 매일 나가 있었습니다. 고헤이와는 그곳에서 알게 된 것입니다.

고헤이의 이야기를 들어보면 젊었을 무렵 불량스런 짓을 퍽 많이 하고 다닌 듯합니다. 하지만 우리는 옛날이야기를 그다지 하지 않습니다. 나는 서로의 경력이나 과거에 매달리는 것은 쓸데없는 짓이라고 생각합니다. 단 한 가지 알고 있는 사실은 이미 고헤이한테는 부모님이 안 계시고 결혼을 반대하는 친척도 없다는 것뿐입니다.

그는 보석 같은 아이디어를 창출해내는 두뇌의 소유자입니다. 이십대 전반에 파티의 연출과 기획을 하는 회사를 차렸는데, 그것이 크게 히트를 해서 내가 그를 알게 될 무렵에는 작은 소품을 파는 수입 가게에서 민속 요리점까지, 온갖 업종에 손을 대고 있었습니다.

처음에는 순수한 사업 일로 만났습니다.

"꿍꿍이도 없이 자금을 낼 리가 없잖아."

고헤이는 내게 청혼을 한 뒤에 그런 말을 하며 웃었습니다.

그러나 고헤이는 다른 남자와 달리 눈에 거슬리는 부분이 전혀 없었습니다. 교제를 한 지 석 달이 지났을 무렵, 내가 결혼을 하기 전까지는 내 몸을 소중하게 간직하고 싶다고 했을 때도 고헤이는 선뜻 응해 주었습니다.

"보기보다는 보수적인데."

고헤이가 웃으며 그런 말을 해 주었을 때, 나는 고헤이라면 평생을 함께해도 좋다고 생각했습니다. 그래서 우리는 약혼을 하고도 아직 둘이서 아침을 맞아 본 적도 없으며, 한 침대를 사용해 본 적도 없습니다.

약혼 피로연은 3월의 마지막 일요일 저녁에, 고헤이가 잘 알고 있는 레스토랑을 빌려서 치렀습니다. 나는 사람들의 축복에 둘러싸여 꿈 같은 시간을 만끽했습니다.

그날 나는 일부러 단조로운 투피스를 골라 입었습니다. 왜냐하면 유월의 웨딩드레스를 입은 내 모습을 선명하고 강렬하게 사람들의 뇌리에 깊이 남게 하고 싶었기 때문입니다. 내가 그렇게나 동경했던 웨딩드레스를 입은 모습을 다른 사람들의 가슴 속에도 각인시켜 주고 싶고, 예전에 본 어느 신부의 모습보다도 가장 아름다웠다는 이야기를 듣고 싶었기 때문입니다.

심부름도 시킬 겸 해서 부른 이즈미는 파티 내내 들떠 있었습니다. 나에게 꽃바구니를 선물해 준 야마네 씨도 레스토랑 구석에서, 여전히 목까지 올라오는 정장에 선글라스를 끼고 입가에는 미소를 지으며 축하를 해 주었습니다.

"하느님도 정말 불공평해. 저렇게 멋진 사람들을 부부로 짝을 맺어 주니, 나한테까지 그런 행운이 돌아올 리가 없겠지."

솔직하게 그런 감상을 주절거리는 사람도 있어 나는 수줍어하는 신부의 모습을 연출해야 하는 것도 깜빡 잊어버릴 정도였습니다.

일생 중에서 누구보다도 가장 아름답게 보이기 위해, 나는 결혼식까지 남은 시간을 마지막의 기회로, 자신을 가꾸는 데 최선을 다할 거라고 다짐했습니다. 평생의 꿈을 이루기 위해, 가장 멋진 웨딩드레스를 입은 모습을 보여주기 위해 나는 까다로운 조건들을 완수해 낼 것입니다.

"오늘부터 초읽기에 들어가는군요."

이즈미가 눈을 반짝이며 나에게 속삭였습니다. 나는 여유 있는 웃음을 짓는 것을 잊지 않았습니다.

"아직 석 달이나 남았는걸."

"석 달이나라뇨. 눈 깜짝할 사이에 지나갈 걸요. 가게에다 게시판을 만들어 놓을까. 앞으로 며칠 남았다, 하는."

"올림픽처럼 말이야?"

앞으로 석 달. 석 달 동안 내가 지금까지 해 왔던 것 이상으로 얼마나 자신을 가꿀 수 있을까. 나는 너무나 기뻐 어찌할 줄 모르면서도 머리가 빙글빙글 돌아갈 만큼 열심히 머리를 굴리고 있었습니다.

3

파티 이튿날, 나는 가게에 나오기 전에 아오야마의 고급 양장점에 들러 옷감 샘플과 다양한 디자인 그림들을 빌려 왔습니다.

오후가 돼서야 가게에 도착했습니다. 시내를 벗어난 고급주택이 줄지어 있는 한적한 동네에다 가게를 냈습니다. 굳이 시내를 벗어난 이유는, 물론 예산 사정도 있었지만 동네 유지들의 유복한 사모님들에게 사랑을 받는 가게로 만들고 싶었기 때문입니다. 나와 같은 일은 값비싼 광고보다도 소수고객의 평판이 가장 효과적이고 확실하기 때문입니다.

"어제는 수고 많았어."

여느 때처럼 가게 문을 열어 준 이즈미에게 인사를 하자, 이즈미는 손으로 책상 위를 가리켰습니다.

"아까 배달이 왔어요."

그것은 하얀색 꽃만 모아 만든 꽃다발이었습니다. 짙은 남빛 리본이 묶여 있는 쓸쓸한 느낌의 꽃다발이었습니다.

나는 눈썹을 찡그리며 꽃다발로 다가갔습니다. 꽃집을 하는 나에게, 그것도 꽃가게로 꽃다발을 배달시킨 사람은 어떤 신경을 가진 사람일까 하고 생각했습니다. 게다가 너무나 음울한 꽃다발입니다.

"누가 보낸 거야?"

"글쎄요, 카드가 들어 있는 것 같은데요."

이즈미도 음울한 꽃다발을 내려다보며 불안한 표정이었습니다. 나는 작은 봉투에 들어있는 카드를 꺼냈습니다.

'멋진 남자에게'

카드에는 그렇게만 적혀 있었습니다. 혹시 꽃집의 점원이 썼을지도 모르기 때문에 글씨체로 보낸 사람을 가늠할 수는 없었습니다.

나는 한숨을 몰아쉬며 카드를 봉투에 넣었습니다.

"축하 선물치고는 희한한 취미인데요."

이즈미가 입을 뾰로통하게 내밀었습니다.

"무엇보다, 꽃집에 꽃을 보내다니 상식적으로 생각할 수 없는 일이야."

"그러게요. 꽃을 가지고 온 꽃집 직원도 황당한 얼굴이던걸요."

보통의 꽃집이라면 이천오백 엔쯤 하는 평범한 꽃다발이었습니다.

"남자에게, 라는 글을 보면 고헤이 씨에게 보낼 작정이었을까?"

"그러면 고헤이 씨 사무실로 보내면 될 텐데. 하긴 이렇게 센스가 없다면 고헤이 씨에게 미움을 받을지도 모르겠네요."

어쩌면 누군가로부터 시샘을 받고 있는지도 모른다고 생각했습니다. 누구나 행복해지고 싶고 아름다워지고 싶은 것입니다. 자기가 갖지 못한 것을 가지고 있는 인간이 미워지는 것은 당연합니다. 나는 이미 질투를 받는 것에는 익숙해져 있었습니다.

"신경 쓸 것 없어. 그 꽃다발은 풀어서 다른 꽃들하고 섞어서 장식을 해 줘. 꽃은 아무 죄가 없으니까."

내가 그렇게 말을 하자 이즈미는 순순히 짙은 남빛 리본을 풀기 시작했습니다. 고헤이에게도 나에게도 적은 많으므로 일일이 신경을 쓰면 지쳐 버리기가 쉽습니다.

"그이한테 전화가 와도 이런 얘기는 하지 마."

사소한 일에 매달릴 시간이 없습니다. 나는 이즈미가 꽃다발을 푸는 것과 동시에 꽃다발의 존재도 카드에 적힌 메모도 잊어버리고 말았습니다.

그로부터 이삼일이 지나자 이번에는 좁고 기다란 상자가 가게로 배달되었습니다. 열어보니 그다지 고상한 취향이라고는 할 수 없는 넥타이가 들어 있었습니다. 그리고 카드에는 저번과 똑같은 '멋진 남자에게'라는 메모가 적혀 있었습니다.

"기분 나쁜걸, 대체 누구지?"

내 곁에서 넥타이를 들여다보던 이즈미도 불쾌한 듯 말했습니다.

"요전에 꽃다발을 보낸 사람과 같은 사람이죠. 역시 센스가 없군."

이건 대체 무슨 의미일까, 하고 나는 조금 진지하게 생각을 하기 시작했습니다. 마음으로 보내는 선물일까, 그도 아니면 짓궂은 장난일까. 파티 이튿날 그 꽃다발을 보냈다는 것은 우리들의 약혼을 알고 있는 사람들 중 한 사람일 것이다. 그렇다면 파티에 왔던 누군가가 보낸 것일까?

"이번에야말로 고헤이 씨한테 보내는 선물이군요."

나는 넥타이를 상자에 넣어 쓰레기통에 버렸습니다.

"엣!, 괜찮겠어요?"

"그이한테 이런 형편없는 넥타이를 매게 하고 싶지 않아. 무엇보다, 누가 보낸 것인지도 모르는데 기분 나쁘잖아?"

"왜 고헤이 씨에게 직접 보내지 않을까요?"

나도 그것이 마음에 걸렸습니다. 어떤 의미가 있는지 모르겠지만 결코 선의로 보내는 물건이 아니라는 느낌이었습니다.

"일일이 신경 쓸 것 없어."

그날 밤, 고헤이한테 지난번 꽃다발 건에 대해 이야기를 하자 그는 너무도 쉽고 간단하게 대답을 했습니다.

"뭔가 짚이는 거 없어요?"

"그런 형편없는 넥타이를 보냈다면 어느 술집의 호스티스가 보낸 게 아닐까?"

고헤이는 늘 피우는 담배에 손을 뻗으며 느긋하게 웃음을 보입니다.

"호스티스 아가씨들이 단골손님한테 그런 걸 보낼 거야."

"하지만 왜 내 가게로 보내는 거죠?"

"뒤에서 몰래 만난다는 의심을 받고 싶지 않아서가 아닐까? 신경 쓰지 마."

그 말을 듣고 보니 그렇게 악의가 있었다는 생각은 들지 않았고 얘기도 그것으로 끝을 냈습니다. 고헤이의 말대로, 뒤에서 몰래 선물을 주고받는 것보다는 내가 받는 편이 나을지도 모른다는 생각이 들었습니다. 다시 말하면 나는 고헤이의 아내로 인정을 받고 있는 것입니다. 그렇다면 그것으로 충분하지 않냐는 생각이 들었고, 선물을 쓰레기통에 내버린 것이 좀 미안한 생각이 들었습니다.

"혹시 마음에 짚이는 데가 있으면 다음엔 이름을 꼭 써서 보내 달라고 전해 줘요."

내가 그렇게 말을 하자 고헤이는 싱긋 웃었습니다.

"답장이라도 쓸 생각이야?"

"그래요, 다카다 고헤이의 아내라고 쓸 거예요."

4

그 다음 주에도 선물이 배달되었습니다.

이번에는 한눈에도 싸구려라는 것을 알 수 있는 커프스와 넥타이 핀입니다. 변함없이 '멋진 남자에게'라는 메모가 들어 있었고 보낸 사람의 이름은 역시 적혀 있지 않았습니다. 나는 싸구려 취향에 그만 웃고 말았습니다. 이즈미도 나와 같이 한바탕 웃었습니다. 마음이 담긴 선물인지 어떤지는 몰라도 너무나도 초라해서 사람을 얕본다는 생각밖에는 들지 않았습니다.

"이런 커프스를 하면 전혀 멋진 남자가 될 것 같지는 않은데."

"꽤나 촌스런 사람 같아요."

"이즈미, 원한다면 줄게."

"싫어요, 나도 센스는 있다고요.

우리는 그런 얘기를 나누며 또 웃었습니다.

그런데 그 다음 주에는 합성 가죽벨트가 배달되었습니다. 그리고 이번에는 '멋진 남자에게'라는 메모 대신 '멋진 남자에게는 이것이 어울린다.'라고 적혀 있었습니다. 나는 더 이상 웃을 수가 없었습니다. 선의의 선물이라고 여기고 있었는데 그 가능성은 내 머리에서 완전히 사라졌습니다. 이것은 확실하게 짓궂은 장난이라고 생각할 수밖에 없었습니다.

"왜 선생님한테 보내는 걸까요? 다카다 씨에게 직접 보내면 좋을 텐데."

이즈미도 역시 창백한 얼굴이 되었습니다. 나는 입술을 깨물고 벨트를 꽉 쥐었습니다. 현기증이 나면서 여러 가지 생각들이 떠올랐습니다. 머릿속으로 모든 사람들의 얼굴을 필사적으로 그려보았습니다. 대체 누가 이런 짓을 하는 걸까? 그것만이라도 밝혀내야겠다고 생각했습니다. 에어컨디션 소리가 희미하게 들려오고 꽃으로 가득 넘치는 가게에서 나는 얼마나 입을 다물고 있었던 것일까요.

"아, 어서 오세요."

문에 달린 종소리가 들리고 이즈미가 허둥대며 인사를 할 때까지 나는 멍하니 있었습니다.

"무슨 일이에요? 두 사람 다 맥 빠진 얼굴을 하고?"

야마네 씨였습니다. 선글라스를 낀 얼굴로 나와 이즈미를 바라보며 작은 목을 갸우뚱거립니다. 딱히 의논할 사람도 없는 나는 매달리는 마음으로 야마네 씨를 바라보았습니다.

"지겨워 죽겠어요. 어쩌면 좋아요?"

"별일이군요. 노조미 양이 그런 말을 하다니."

야마네 씨는 봄이 온 듯 목까지 올라오는 노란색 니트를 입고 작은 목을 갸우뚱거린 채 서 있습니다.

"제 얘기 좀 들어주시겠어요?"

"내가 들어도 상관없겠어요?"

야마네 씨는 언제나 조심스러웠고 사람의 마음속으로 쉽게 다가서려고 하지 않는 그 점이 나는 좋았습니다.

"들어도 나는 아무 도움이 안 될 텐데요.

"아뇨, 들어만 주셔도 좋아요. 자꾸 두려운 생각이 들어서요."

나는 야마네 씨의 선글라스 낀 얼굴을 뚫어지게 바라보았습니다. 야마네 씨는 내 말에 작은 목을 갸우뚱거린 채 살짝 끄덕여 주었습니다.

제3장

1

그 소동 속에서 넋을 놓고 멍하니 서 있을 수밖에 없었던 나는 그 뒤로 두 번 다시 에리카를 만나지 않았다.

내 귓가에는 에리카의 "오지 마!" 하는 소리만이 강렬하게 달라붙어 있었다. 그리고 그 목소리는 피 바다와 함께 뺨의 고통을 동시에 떠올리게 했다. 나중에 들은 이야기에 의하면 미나미는 주머니에 몰래 넣어 갔던 칼로 내게 했던 것처럼 에리카를 위협했다. 그러나 에리카는 격렬하게 저항을 했고 그러다가 미나미가 떨어트린 칼을 에리카가 얼른 주워 그를 찔렀다는 것이었다. 에리카는 정신이 반쯤 나간 상태에서 미나미의 심장을 단번에 찌르고 힘껏 빼다가 엉덩방아를 찧으며 뒤로 넘어졌다. 그런데 넘어지면서 석유난로에 부딪쳐 펄펄 끓고 있던 주전자의 물이 머리와 가슴으로 쏟아졌다고 한다.

"뭐, 딱히 자네의 책임이라고는 할 수 없지만."

태어나서 처음으로 가 본 경찰서에서 형사가 말했다.

"이야기를 들어보면, 미나미가 나쁜 놈이지만, 사건으로 보면 미나미가 피해자가 되니 말이야, 알 수 없는 일이야."

나는 에리카의 일을 물어 볼 용기가 나지 않아 그저 말없이 고개를 숙이고 있었다. 형사는 이것저것 물어 보더니 내 손을 강제로 끌어당겨 지장을 찍었다. 금으로 된 국화 모양의 인주가 칙칙한 경찰서 분위기와는 어울리지 않게 요란스러워 보였다.

그리고 나는 고향으로 되돌아왔다.

고향은 가출하기 이전과 거의 변하지 않은 풍경 속에 할머니만이 폭삭 늙어 있었다.

"핏줄은 속일 수 없다니까."

할머니는 입속으로 그런 말을 중얼중얼 되씹으며 오랜만에 만나는 나를 보고도 놀라워하지도 반가워하지도 않았다.

나는 부루퉁한 얼굴로 괘종시계 소리가 들리는 시골 방구석에서 뒹굴고 있었다. 여기 시골구석에 이렇게 있는 자신과, 밤마다 네온으로 반짝이는 도시의 중심지를 걷고 있던 내가 한 사람이라는 사실이 믿기지 않았다. 옛날, 건물들 틈새로 내리고 있던 비와, 이곳에 내리는 비는 다르다고 생각했는데, 막상 고향에 내려와 보니 흐르는 시간 그 자체도 도시와는 다른 느낌이었다.

동네를 걷고 있다가 고등학교 교복을 입은 옛 동급생들을 만나면 그들은 나를 힐끗 쳐다보기만 하거나, 슬금슬금 피한다. 예전에는 나를 놀려먹고 툭하면 타박을 놓던 그들이 훨씬 어리게만 보였다. 나보다도 성적이 나빴던 녀석이 나를 무슨 낙오자를 보는 눈길로 스쳐 지나간다. 기분 전환을 하러 나왔다가는 오히려 안절부절못하고 집으로 돌아가기 일쑤였다.

"내가 무슨 나쁜 짓을 한 건 아니잖아?"

“네 눈매가 그렇게 보여. 올바른 생활을 하고 있는 눈이 아니야. 도시의 더러운 때가 묻었어. 아직 어린아이인 주제에.”

할머니가 내뱉듯 말했다.

나는 그럴 때마다 부루퉁해져 방에 틀어박혀 있었다.

“그렇게 빈둥거리고만 있으면 아무짝에도 쓸모없는 사람 밖에는 안 돼.”

거칠게 닫은 문 건너편에서 그런 말이 들려와도 나는 대꾸할 말이 없었다. 나 역시 이대로는 변변찮은 인간밖에는 되지 못할 거라고 진작부터 생각하고 있었다.

“에리카!”

나는 나보다 한 살이 많은 에리카에게 의지를 많이 하고 있었던 것을 겨우 깨달았다. 에리카만 곁에 있어 준다면 나는 올바른 사람이 될 수 있었다. 자신 안에서 소용돌이치는 방황을 끝낼 수 있다고 생각했다. 영원히 에리카와 함께 있고 싶었다.

그러나 한편으로는 안도의 숨을 내쉬는 나를 발견할 수 있었다. 생각만큼 슬프지도 않았다. 오히려 에리카와 함께 있을 때에는, 해야 하는가 말아야 하는가, 하고 고민을 하던 것이 무럭무럭 내 안에서 성장해 가는 것을 알 수 있었다. 나는 자유롭다고, 내 안에서 외치는 소리를 들었다. 내 마음은 뭔가를 향해서 자라려고 하고 있었다.

하지만 이번에는 쉽게 움직이지 않았다. 이대로 가출을 한다면 헛된 노력만을 되풀이할 뿐이라는 것을 알고 있었기 때문이다. 어렴풋이 내 인생에 대해 진지하게 생각하기 시작했다.

봄을 눈앞에 두고 할머니가 세상을 떴다. 암이었다. 나에게는 아무 말도 하지 않았지만 할머니는 자신이 암에 걸렸다는 것을 이미 오래전부터 알고 있었던 모양이었다.

"무엇을 하든 수백 번씩 생각하고 난 뒤에 해라."

할머니는 병원 침대 위에서 조그맣게 줄어든 몸으로 처음 눈물을 흘렸다.

쓸쓸한 장례식을 치른 뒤 이제부터 어떻게 할까 하고 생각하고 있을 무렵에 도시 냄새가 물씬 풍기는 두 남자가 찾아왔다.

"사실은 5년 전부터 몇 번 찾아뵈었습니다만."

할머니는 이곳에서 사십 년 가깝게 '가가미야'라는 잡화상을 하고 있었다. 재봉실이나 양초, 향, 화장품, 꽃삽에서 기름종이까지 온갖 잡다한 것을 취급하고 있었다. 그 안에는 내가 어렸을 때부터 있었던 고무호스가 먼지를 뒤집어쓰고 있기도 했다.

"조상 대대로 물려받은 땅을 파는 것이 쉽게 결정하기 어렵다는 것은 알고 있습니다만."

두 남자는 자기 아들뻘 되는 내게 지나치게 정중하게 말했다.

"저는 할머니의 생전의 뜻을 따를 생각입니다. 돌아가시기 전에 말씀이 있으셨습니다."

"단 한 분 계셨던 어른이셨으니까 당연한 일이지요."

도쿄에서 언제나 귓결에 주워듣던 어른들의 대화가 이럴 때 도움이 되리라고는 생각지도 못한 일이다. 마치 누군가에게 배운 것처럼 그런 말들이 입에서 술술 흘러나왔다.

그러나 나는 이주일 뒤에 계약서에다 도장을 찍었다. 문득 경찰서에서 강제로 지장을 찍던 일이 생각났다. 그때 만약 도장을 가지고 있었다면 지장을 찍지 않고 끝낼 수 있었을 텐데 하고 생각했다.

2

"그에게 어떠한 과거가 있었던들 난 상관없어, 그렇지 않아요?"

내가 깊이 한숨을 몰아쉬자 야마네 씨는 차분한 목소리로 느긋하게 말을 했습니다. 눈앞에는 지금 막 배달된 물건이 놓여 있습니다. 이번에는 고무로 된 바지 멜빵이었습니다.

벌써 오월도 끝나 가고 있습니다. 나는 틈을 내서 결혼식 준비를 차근차근 진행하고 있었습니다. 그러나 꽃다발로 시작된 선물은 계속 이어지고 있었습니다. 싸구려 나비넥타이, 손수건, 일회용 파이프와 양말 등 온갖 남성용 물품이 배달된 것입니다. 메모도 처음에는 '멋진 남자에게'에서 다음은 '멋진 당신에게는 이것이 어울린다.' 그리고 마침내 '멋진 당신에게는 이걸로 충분하다'로 바뀌었습니다. 물품이 배달될 때마다 운송 회사나 우체국, 백화점으로 보낸 사람을 확인해 보았지만 아무리 해도 알 수가 없었습니다.

"너무나 한심한 생각에 기력도 다 떨어졌어요."

"하지만 다카다 씨는 남자답잖아요? 허둥대면서 요리조리 핑계를 둘러대는 남자보다 훨씬 낫다고 생각하는데."

나는 갈수록 신경이 예민해졌고 이즈미는 아무한테나 화풀이를 하는 일조차 생겼습니다만, 배달이 올 때마다 내가 파랗게 질리는 것을 알고 있기 때문에 열심히 나를 위로해 줍니다. 그러나 본래가 침착하지 못하고 덜렁대는 아가씨라 그런 위로를 받게 되면 내가 더욱 초조해지고 맙니다.

"다카다 씨가 짐작이 가는 데를 알아보겠다고 했다면서요."

내가 처음으로 상담을 청한 뒤부터 야마네 씨는 일주일세 두세 번씩은 가게를 찾아 주었습니다. 딱히 상담을 할 만한 상대도 없는 나에게 오랜 친구처럼 위로해 주는 사람은 야마네 씨뿐이었습니다.

"이대로 식을 올려도 괜찮을까요?"

내가 겁을 먹고 중얼거리면 야마네 씨는 선글라스를 낀 얼굴로 나를 똑바로 쳐다봅니다.

"무슨 말을 하는 거예요. 웨딩드레스를 입는 게 평생의 꿈 아니었어요? 이런 사소한 일로 상처를 입고 좌절하면 안 돼요."

"꿈이었어요. 간절한 꿈이었지요. 웨딩드레스를 입게 된다면 아무것도 바랄 게 없을 거라고"

내가 속마음을 털어놓자 야마네 씨의 입가가 여느 때처럼 느긋하게 짓던 미소로 바뀝니다.

"언제부터 웨딩드레스를 그렇게 동경하게 되었어요?"

"글쎄요, 어렸을 때부터 동경은 했었지만 정말로 입고 싶다고 생각한 것은 열여덟, 아홉 살, 그 무렵부터였던 것 같아요."

내 눈길이 조금 먼 곳을 바라보고 있다는 것을 알고 있습니다.

사실은 내 마음속의 커다란 불안을 모두 털어놓고 싶었습니다. 모든 생각을 잊고 어떻게든 기분을 달래 보려고 야마네 씨에게 투정도 부려 보고 이즈미에게 화풀이도 해보지만 내 마음의 불안감은 조금도 사라지지 않는 것입니다.

그래서 고헤이에게 불안함을 호소해 보기도 하지만 그 이상 그를 추궁할 수는 없었습니다. 사실 고헤이한테 따질 수 있는 문제라면 얼마나 행복할까요. 이렇게 연달아 배달된 선물은 점점 나의 생각을 다른 방향으로 달려가게 하는 것입니다.

선물은 고헤이가 아니라 바로 나한테 보내 온 것입니다.

3

유월이 되었습니다. 첫 번째 일요일은 흔히 말하는 길일로, 초여름의 눈부신 햇살이 거리거리에 넘실대고 있었습니다.

"너무 예뻐요!"

거울 속의 이즈미가 한숨 섞인 목소리로 황홀하게 나를 바라봅니다. 나도 말없이 거울에 비치는 내 모습을 응시했습니다.

스무 살 때부터 정성껏 길러 온 머리를 하나로 땋아 뒤로 깔끔하게 올려붙여 얼굴 윤곽이 또렷이 드러난 오늘의 나는 내가 보아도 놀랄 정도로 아름답습니다.

아무 장식도 하지 않은 머리 모양과 심플한 드레스는 정답이었습니다. 가슴은 천박하지 않게 불룩한 부분까지 깊숙이 팠고, 드러난 살결 위에는 고헤이한테 선물로 받은 다이아몬드 목걸이가 빛나고 있었습니다.

"이대로 유리 상자에 넣어 장식을 해 두고 싶을 정도예요."

이즈미는 한층 도취된 표정으로 그런 말을 합니다. 나는 미소를 이즈미에게 보냅니다.

짓궂은 선물은 마지막 날까지 계속되었지만 더 이상 아무 일도 일어나지 않았습니다. 나는 지난주가 돼서야 역시 지나친 생각이었다고 판단했습니다.

흰 턱시도를 입은 고헤이가 문을 열고, 눈부신 듯 가늘게 눈을 떴습니다.

"이 사람이 정말로 내 아내가 되는 거야?"

고헤이는 멋쩍음과 놀라움으로 이즈미를 향해 말했습니다. 장갑을 꽉 쥐고 앞으로 뒤로 나를 둘러봅니다.

"시샘을 받는 것도 무리가 아니군."

"당신도 멋있어요."

내가 말을 하자 고헤이는

"고맙습니다."

하고 장난스럽게 말했습니다. 내가 평생 동안 기다렸던 이 날, 내 곁에 있는 남자 역시 누구나 부러워할 만큼 턱시도가 잘 어울렸습니다.

그때 대기실 문을 두들기는 소리가 났습니다.

이즈미가 "네." 하고 대답을 하며 문을 열자 야마네 씨가 들어왔습니다.

야마네 씨는 여전히 하이 넥 디자인의 정장에 선글라스를 끼고 잠시 나를 바라보다가 고헤이를 보았습니다.

"야마네 씨, 정말 여러 가지로 고마웠어요."

나는 엉겁결에 일어나 야마네 씨에게 다가갔습니다. 지난 3개월 동안 고헤이나 이즈미보다도 내 기분을 달래주고 이런저런 이야기를 들어준 것은 야마네 씨였습니다.

"저, 내 부케 야마네 씨가 받지 않겠어요? 이번엔 야마네 씨가 행복해질 순서예요."

나는 내 손으로 만든 부케에 손을 뻗으며 미소를 지었습니다.

"이것은 내가 주는 선물이야."

야마네 씨의 목이 쉰 듯한 소리가 오늘따라 묘하게도 또렷하고 가늘게 떨리고 있었습니다.

"네?"

나는 웃으면서 나보다도 체구가 훨씬 작은 야마네 씨를 향해 몸을 굽혔습니다.

"이거야!"

훤히 드러나 있는 얼굴과 목덜미, 가슴으로 순식간에 뜨거운 것이 뿌려졌습니다. 나는 얼굴을 가리고 그 자리에 주저앉았습니다. 코를 찌르는 불쾌한 냄새와, 얼굴을 마구 때리고 꼬집는 것과는 다른 통증으로 숨이 막힐 것만 같았습니다. 날카로운 비명 소리와 동시에 거칠게 문을 여는 소리가 들렸습니다.

"무슨 짓이야!"

고헤이의 성난 음성이었습니다.

"신부! 웨딩드레스! 웃기는군."

고함소리가 누구의 목소리인지 알 수가 없었습니다.

"당신, 바보 아냐. 이 녀석은 여자가 아니야. 버젓한 남자라고. 아무리 숨기려고 해도 내 눈은 못 속여."

나는 얼굴의 통증을 참지 못하고 비명을 지르며 바닥으로 쓰러졌습니다.

"오늘 같은 날을 얼마나 기다렸는지 알아!"

거친 숨결과 함께 쉰 목소리가 들렸습니다.

"그렇게 얼굴이 소중하다면, 얼굴에 상처를 입고 살아온 사람의 기분을 알겠지. 너 때문에 내가 어떤 기분으로 어떻게 생활을 해 왔는지 알려주지."

나는 어깨를 헐떡거리며, 필사적으로 얼굴을 들어 올리고 손에 낀 장갑 사이로 고함을 지르고 있는 사람을 보았습니다.

야마네 씨가 선글라스를 벗고 나를 내려다보고 있었습니다. 눈언저리가 심한 화상 자국으로 짓물러져 있었습니다.

"모르겠어? 하하하! 그야 그럴 만도 하지. 넌 그때보다도 키도 많이 컸고 훨씬 예뻐졌지만, 난 목숨을 걸고 몇 번씩이나 성형 수술을 해서 겨우 이 정도가 되었으니까. 네가 알고 있는 내 모습은 지금보다 건강했었고 살집도 붙어 있었으니까. 옛날의 모습 따위는 어디에도 없으니 못 알아보는 것도 당연하겠지."

나는 얼굴의 통증 때문에 아무 생각도 할 수가 없었습니다.

"미나미를 죽일 수밖에 없었던 것도, 얼굴이 이렇게 된 것도 원인을 따지자면 모두 너 때문이야!"

"에리카!"

나는 목소리를 쥐어짜며 간신히 그 이름을 발음했습니다. '오지 마!' 라고 외치며 난로 앞에 웅크리고 앉아 있던 에리카의 모습이 또렷하게 떠올랐습니다.

"에리카!"

"그래, 나야. 자 봐. 네가 한 짓을 똑똑히 보라고!"

야마네 씨는 정장 뒤의 지퍼를 내리고 목까지 올라오는 옷을 아래로 끌어당겼습니다. 목에서 가슴까지 화상으로 인한 불그레한 상처가 손가락 사이로 보였습니다.

나는 신음소리를 내며 바닥에 주저앉고 말았습니다. 혼란스런 머릿속으로 피바다를 이룬 방 가운데에 웅크리고 있던 에리카의 모습이 되살아났습니다. 아아, 에리카와 둘이 손을 잡고 누워 천장을 올려다 본 것은 언제였을까?

"네 평생의 꿈인 웨딩드레스를 나는 절대로 입을 수가 없어. 여자인 내가! 그것도 너의 책임이야!"

나는 머릿속으로 새빨갛게 피바다가 된 방을 떠올리며 눈앞에 펼쳐져 있는 새하얀 드레스를 보고 있었습니다.

4

나는 여자로 태어나고 싶었습니다.

그러나 어렸을 적 할머니의 눈을 피해 가게에 있는 리본을 머리에 달거나 몰래 화장품을 찍어 바르거나 하는 즐거움은 없었습니다.

"너, 혹시 여자 아냐?"

"사내자식 얼굴이 인형 같군."

"헤헤, 계집애 같은 녀석."

그런 말은 상처가 되면서도 마음속으로는 친구들의 말에 수긍을 했습니다. 그리고 나의 아름다움에 자신을 갖게 되었습니다. 열두 살 때 선배에게 강제로 폭행을 당했을 때 나는 보통의 남자와는 다르다는 것을 확실히 알게 되었습니다. 나는 중학생에게 당한 것이 기뻤던 것입니다.

가출을 해서 도쿄로 올라왔을 때도 나는 마음속으로 갈등을 겪고 있었습니다. 좀 더 성장을 한다면 온전한 남자가 될지도 모르고, 가능하다면 정상적인 남자가 되도록 노력을 해야 한다는 생각도 했습니다. 에리카만 곁에 있어 준다면, 에리카를 남자로서 사랑할 수만 있다면 이상야릇한 유혹에서 벗어날 수 있을지도 모른다고 생각했습니다.

그리고 뉴 해프(男色)나 호모들이 환락가에서 발을 빼는 것이 쉽지 않다는 것을 알게 되었습니다. 수술을 하기에는 많은 돈이 들고, 한번 수술을 하더라도 간신히 얻게 된 아름다움을 유지하기 위해서는 역시 많은 돈이 필요한 것입니다. 그리고 우리 같은 사람들은 특유의 분위기 같은 것이 있어 서로 똘똘 뭉쳐서 어깨를 맞대며 사는 것이 제일 좋다는 것도 알게 되었습니다.

어느 날, 가게에 온 게이 바의 마담이 불쑥 이런 말을 한 일이 있습니다.

"이곳을 돌아다니는 여자들은 말이야, 굳이 노력을 하지 않아도 태어날 때부터 여자이잖아. 그렇지만 우리들은 노력을 해야만 여자가 되는걸. 그런 고통을 보통 사람들은 모를 거야."

마담은 내가 같은 종류의 인간이라는 것을 눈치챘을지도 모릅니다.

"게다가 말이야, 비싼 돈을 처들여 여자의 몸을 만들어 봤자 술집에 나가 앉아 있을 수밖에 없는걸. 곰곰이 생각해 보면 인과응보라는 생각이 들어. 거기다 수술한 데가 잘못되기라도 해봐. 우린 남자도 여자도 아닌 괴물이 되고 말지. 그래서 여자 몸을 유지하기 위해서는 무슨 일이든 다 해. 뭐 여자로 봐주는 게 제일 좋으니까."

자신을 뉴 해프로 인정하고 자신을 사랑해 주는 남자가 좋은지 아니면 완전한 한 여자로 사랑을 받고 싶은 건지, 마담은 그 문제로 꽤나 고민한 일이 있다고 했습니다. 나는 완전한 여자로서 사랑받고 싶다고 생각했습니다. 여자로 다시 새롭게 태어나고 싶다고 생각했습니다.

나는 할머니의 땅을 판 돈으로 성전환 수술을 하고 일본으로 돌아와 단 한 번도 환락가를 돌아다닌 적이 없습니다. 오로지 성실하고 참한 아가씨로서의 생활을 해 왔습니다. 주위에는 내 과거를 알고 있는 사람이 아무도 없었습니다.

나는 매일 몸을 거울에 비춰 보며 위에서 아래로 천천히 훑어보는 것으로 만족했습니다. 주변에서 숙녀로 대접해 주는 것만으로도 충분히 행복했습니다. 물론 자신이 남자라는 사실이 들통나지 않을까 하는 염려로 한두 번 남자를 따라 호텔에 간 적은 있습니다. 하지만 누구도 내가 남자라는 사실을 눈치챈 사람은 없었습니다.

나는 호르몬 주사와 실리콘 덕분에 다시 태어나게 된 몸을 유지하기 위해 열심히 일을 했습니다. 여자로서의 행복을 얻기 위해 마사지를 거르지 않는 노력을 계속해 왔습니다.

5

"어쨌든 물, 물을 갖다 줘, 물!"

누군가의 고함치는 소리가 들려왔습니다. 웅크리고 앉아 있는 내 입에서는 울음도 신음도 아닌 소리가 계속 흘러나왔습니다.

"통쾌하군. 통쾌해. 넌 그 잘나 빠진 미모를 잃고 말았어. 이젠 여자도 남자도 아닌 괴물이 된 거라고!"

불쾌한 타는 냄새 맞은편에서 내가 만든 마지막 꽃다발의 향기가 희미하게 떠돌고 있었습니다.

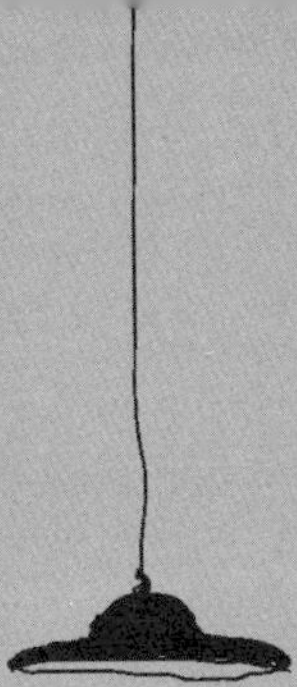

02

피습

나쓰키 시즈코 夏樹静子

도쿄 출생. 게이오 대학 영문과 재학 중 「스쳐지나간 죽음」이 에도가와 란포상 최종 후보에 올랐다. 이후 NHK에서 「나만이 알고 있다」의 대본 집필을 3년 동안 맡았다.
데뷔작은 1962년 나스키 시노부 명의로 「보석」에 게재된 유리 사슬. 1970년 에도가와 란포 우수상 작품인 「천사가 사라진다」가 간행되자 유력한 여류신인으로 그 존재가 클로즈업되었다. 이어서 「증발」에서는 미스터리에 모성과 사랑의 상극을 그려 1973년 제26회 추리작가협회상을 수상했다.
그 후 로맨틱 미스터리의 수작 「제3의 여인」을 거쳐 「아득히 먼 고개」로 수험 지옥을, 「바람의 문」으로 의료문제를 다루는 등 미스터리의 형태를 빌려 여러 가지 사회문제를 다루는 경향이 두드러졌다.
이 작품 「피습」은 1970년 4월 「소설 현대」에 발표된 서스펜스 수작이다.

발걸음을 뗄 때마다 하이힐 속의 오른쪽 발끝이 아팠다. 술 취한 손님의 끊임없는 주정에 맞장구치느라 잠시 잊고 있었는데, 전차를 내려 주택가의 어두운 골목길을 걸으면서부터 또다시 아프기 시작했다.

조금 전「박카스」의 뒷문으로 들어가려다 좁은 골목 하나를 사이에 둔 옆 건물에서 갑자기 튀어나온 남자와 부딪혔을 때 비명을 지를 정도로 심하게 밟혔던 것이다. 그 낡은 건물에는 저녁 6시가 지나면 좀처럼 사람의 출입이 없는 게 보통인데……. 게다가 그 남자는 미안하다는 말도 없이 사라져 버렸다.

오늘 밤엔 재수가 없다. 계속 그 일로 화를 내고 있었던 것은 아니지만 멍하니 있다가 손님의 무릎에 술을 쏟고 말았다. 게다가 돌아오는 길에는 마담 언니에게 듣기 싫은 잔소리까지 들었다. 그 때문에 전차 하나를 놓쳐 아파트 정류장에서 내린 시간은 11시였다. 다른 때보다 15분이 늦었다,

나는 통증을 참으며 발길을 재촉했다. 11월인데도 불구하고 차고 거친 바람이 몸속 깊이 파고들었다. 1초라도 빨리 돌아가서 이불 속으로 기어들어가고 싶었다.

그래서 지름길을 택하기로 했다. 작은 신사 경내를 가로지르는

것이다. 호젓한 곳이지만 이 시각에 이 주변 어디로 간다 해도 인적이 없기는 마찬가지였다.

썩기 시작한 신사의 기둥 밑을 지나 커다란 녹나무의 유달리 어두운 그늘 속으로 들어갔을 때 등 뒤에서 나는 빠른 발자국 소리를 들었다. 그 소리가 빠른 속도로 가까워지더니 바로 뒤에까지 다가왔다. 그것은 분명하게 느껴진 예감이었다.

뭔가가 오른쪽 어깨에 닿았다. 나는 전류라도 통한 듯 깜짝 놀랐다. 필사적으로 뭐라고 외치며 달리기 시작했다. 있는 힘을 다해 도와달라고 외치려 했으나 어느 정도로 소리를 질렀는지 알 수가 없었다.

큰 손바닥이 내 입을 막았다. 동시에 종이봉투를 들고 있던 왼쪽 손목이 붙잡혔다. 내 몸은 활처럼 뒤로 젖혀지고 발뒤꿈치가 흙에 질질 끌렸다. 숨이 가빠지자 더욱 공포가 엄습했다. 숨이 멈출 것 같은 절망적 공포…….

그때 뭔가 변화가 일어났다. 나를 잡고 있던 두 손이 갑자기 떨어져 나간 것이다. 나는 비틀거리며 심하게 엉덩방아를 찧었다. 딱딱한 녹나무의 뿌리에 뼈를 부딪쳤다. 순간, 나는 정신을 잃었다.

나를 곧 현실로 되돌아오게 한 것은 간간이 들리는 남자의 목소리와 뒤섞인 거친 숨결이었다. 멀리 전찻길의 불빛이 뒤엉킨 두 사람의 그림자를 어렴풋이 비춰 주고 있었다. 두 그림자가 떨어졌다. 그때 한 사람의 손에서 예리하게 빛나는 것이 보였다. 그것이 땅으로 떨어졌다. 잠시 그 남자는 그대로 서 있다가 방금 칼을 떨어뜨린 곳과는 다른 장소에서 재빨리 뭔가 집어 들고 발길을 돌려 전찻길이 있는 방향으로 달리기 시작했다.

일순간 쉰 목소리를 내며 또 한 명의 남자가 뒤를 쫓았다.

"거기 서!"

10미터 정도 달렸을까? 갑자기 그 사내는 지면에 무릎을 꿇고 옆구리 부분을 누르면서 고개를 숙였다.

나는 천천히 일어났다. 허리에서 등골까지 예리한 통증이 느껴졌다. 그러나 걷지 못할 정도는 아니었다.

내가 가까이 가도 그 남자는 움직이지 않았다. 양 무릎을 땅에 대고 양손을 왼쪽 옆구리에 댄 채 가만히 머리를 숙이고 있었다. 마치 자기가 받은 타격이 어느 정도인지 가늠이라도 하듯.

나는 남자의 얼굴을 보려고 했다. 그제야 처음으로 그 남자는 얼굴을 들어 나를 바라보았다. 약간 눈살을 찌푸리고는 있었지만 생각보다 고통스러운 표정은 아니었다.

"다치지는 않았습니까?"

그는 거친 목소리로 한마디 한마디 천천히 물었다. 나는 반사적으로 고개를 흔들었고, 그것이 나를 제정신으로 돌아오게 했다.

"당신이야말로 괜찮아요?"

나는 몹시 흥분해서 물었다. 그는 대답 대신 옆구리를 누르며 양손을 천천히 벌렸다. 갈색 바지가 약간 찢어지고 옷에 피가 스며들고 있었다. 손바닥에도 피가 약간 묻어 있었다.

"아파요?"

그는 약간 고개를 저었다. 그러나 나는 그의 상처가 가볍지 않다는 것을 직감했다. 그의 동작은 둔하고 눈에는 어딘지 모르게 흐릿한 빛이 있었으며 전체적으로 심상치 않은 기색이었기 때문이다.

"어쨌든 병원에 가지 않으면……."

신사 옆에 외과 병원이 있는 것이 생각났다.

나는 그 남자의 겨드랑이 밑에 손을 넣어 일으켜 세웠다. 그는 아픈 듯이 얼굴을 찡그렸으나 의외로 기운차게 걸었다.

우리는 한 걸음 한 걸음 천천히 걸어갔다. 그와 나의 거친 숨소리가 갈수록 겹쳐졌다.

경내를 나와 인기척 없는 도로를 가로지르자 드디어 〈시라이시 외과〉라고 쓰인 파란색 등 아래에 도착했다. 우리는 거의 쓰러질 정도가 되어 유리문을 밀었다.

현관에 남자를 앉히고는 "실례합니다." 하고 말하자 잠시 후 안에서 여자의 목소리가 들렸다. 나는 안심하고 남자를 들여다보았다. 그는 모노륨 바닥에 얼굴을 대고 의식을 잃고 있었다.

수술이 끝난 후 그가 옮겨진 것은 오전 1시가 다 되어서였다. 수술이 진행되는 동안 나는 그의 병실로 쓸 살풍경한 작은 방에서 기다리고 있었다.

아직 마취가 덜 깬 그는 죽은 듯 녹초가 되어 늙은 의사와 간호사의 손에 의해 초라한 침대로 옮겨졌다.

찌른 칼날이 예리했기 때문에 상처의 깊이를 정확히 알 수 없었다. 그래서 수술을 하기로 결정했는데 다행히도 상처는 장에까지 미치지는 않은 모양이었다. 바로 정면에서 찔린 것 같지는 않았다. 뒤엉켜 싸울 때 칼이 옆구리를 찔렀을지도 모른다. 출혈량도 아주 적었기 때문에 걱정할 필요가 없다고 의사는 낮은 목소리로 간략하게 설명하고 방을 나갔다.

간호사도 사라지자 나는 가만히 그의 머리맡으로 다가갔다.

기껏 스물일고여덟 정도나 되었을까? 마르고 체격이 작은 남자였다. 모포 밑으로 보이는 셔츠는 약간 더러워져 있었다. 신고 있던 갈색 구두의 앞쪽이 얼마간 찢어져 있었던 것이 생각났다.

어둠침침한 전등이 여윈 뺨 위로 검푸른 그림자를 만들고 있었다. 살아온 나날에 대한 피로감일지도 모른다. 그렇게 느껴지는 면이 그에게는 있었다. 적어도 그는 지금까지도, 그리고 앞으로도 남을 발판으로 삼아 풍요로운 생활을 누릴 수 있는 종류의 사람은 결코 아니라는 느낌이 들었다.

그러나 나에게 그는 몹시 소중한 사람이었다. 스물아홉 살이 된 지금까지 나를 속이거나 짓밟은 남자는 많았으나 목숨을 걸고 나를 구해 준 사람은 이 사람뿐이었다.

나는 아침까지 계속 그의 곁에서 이렇게 앉아 있고 싶었다. 기다리는 사람도 없는 아파트로 돌아가는 것보다는 그편이 훨씬 좋았다.

경관이 찾아온 것은 한 시간 정도 지난 후였다.

바보스럽게도 나는 경관에 대해서는 생각도 하지 않았기 때문에 처음 의사가 경관을 데리고 들어왔을 때 당황했고 동시에 불쾌한 기분이 들었다. 그러나 규칙상 의사가 경찰에 연락했다는 사실을 금방 짐작할 수 있었다.

그는 한 번 마취가 깨어 눈을 떴으나 그때는 또다시 잠들어 있었다. 주변의 기척으로 이번에는 눈을 크게 떴다. 차분하고 아름다운 눈이었다.

건장한 체격의 젊은 경관은 흘끗 그가 있는 쪽을 보고 시선을 나에게 옮겼다. 관찰하듯 천천히 나의 전신으로 시선을 옮겼다. 그러고는 이름, 주소, 직업 등을 사무적인 어조로 물었다.

무라코시 도모코, 29살, 교리쓰 물산이라는 회사에서 타이피스트로 일하고 있다고 대답했다.

"습격당했을 때의 상황을 이야기해 주시겠습니까?"

나는 경내에 들어서서 등 뒤로 발자국 소리를 들었던 일에서부터 간단하게, 그러나 있는 사실 그대로 이야기해 주었다. 경관은 무표정하게 듣고 있다가 물었다.

"그러면 당신은 어떤 사람이 그랬는지 전혀 모른다는 겁니까?"

"네, 갑자기 등 뒤에서 습격해 왔기 때문에."

"누군가 미행하고 있었던 느낌은 없었습니까?"

"글쎄요."

"뭔가 빼앗긴 것은 없군요?"

"……."

경관은 두꺼운 만년필 끝으로 기름진 코끝을 누르며 또다시 나를 유심히 바라보았다.

"그 주변에는 지금까지 두 번인가 치한이 나타난 적이 있어서요."

그렇게 말하고는 약간 웃음 띤 목소리로 덧붙였다.

"치한에게 습격당하는 타입이 있지요."

뒤에 한 말은 나에게 모욕적으로 들렸다.

경관은 이어 침대 쪽으로 얼굴을 돌렸다. 질문은 역시 이름과 직업 등으로 시작되었다.

"기하라 요지, 26세, 택시 운전기사입니다."

그는 다소 더듬으며 대답했다. 수술 직후인데다 경관의 질문에 대답한다고 하는 긴장감 탓인지 말하는 것이 귀찮은 듯이 보였다. 경관 쪽에서는 그런 데는 관심 없다는 태도로 물었다.

"택시 운전기사가 어째서 신사 안을 걷고 있었습니까?"

"네, 그게…… 저, 사실은 소변을 보고 뒤돌아보니까 누군가가 이 사람을 습격하고 있었습니다."

"음, 그래서요?"

"나도 모르게 뒤에서 달라붙어……."

"상대방이 곧바로 칼을 꺼냈습니까?"

"어느 정도 서로 다투기 시작한 후입니다."

"어떤 식으로 찔렀습니까?"

"글쎄, 저도 모르는 사이에 순간적으로 찔린 것 같아서……"

"상대는 곧장 전찻길 방향으로 달아났다는 거군요?"

"네."

"어떤 남자였습니까?"

"그것이 잘 기억나지 않습니다."

기하라 요지는 면목 없다는 듯이 시선을 떨어뜨렸다.

"나이는 몇 살쯤 되어 보였습니까?"

"젊은 사람이었다고 생각합니다."

"키는?"

"저와 같은 정도…… 아니, 약간 더 컸던 것 같기도 하고……."

"학생 같았다거나 노동자 타입이라든지 어떤 인상 같은 것은 남아 있지 않습니까?"

경관은 여유를 주지 않고 다그쳐 물었다. 요지는 눈을 감고 생각하더니 대답했다.

"모르겠습니다. 어두웠으니까요……."

그는 조용히 숨을 내쉬었다. 역시 이야기하는 것이 몹시 피곤해 보였다.

찔린 칼이 아직 현장에 남아 있다는 사실을 알자 경관은 메모하고 있던 수첩을 호주머니에 넣었다.

"다시 찾아뵐 테니까 생각나는 일이 있으면 알려 주십시오."

경관은 구두 소리를 내며 나갔다.

방안에 두 사람만 남게 되자 요지는 처음으로 고개를 돌려 나를 바라보았다. 그러고는 살짝 눈웃음을 지었다. 그의 표정은 수줍어 보였고 오히려 조심스럽기까지 하였다. 은혜라도 베푼 듯한 태도나 오만한 태도는 조금도 느낄 수 없었다. 경관이 돌아가서 안심했다는 것처럼 보이기도 했다. 그런 느낌을 나는 잘 알 수 있었다. 우리 둘 다 마찬가지로 법이라든지 권력이라든지 그런 종류의 것에 의해 별로 친절한 대접을 받은 기억이 없기 때문이 아닐까?

우리는 어쩐지 금방 한숨이라도 나올 것 같은 미소를 떠올리며 오랫동안 서로 바라보았다. 나는 그에게 도움을 받은 데 대해 인사를 해야 한다는 사실조차 잊고 있었다. 지금은 어떤 말보다 단지 조용히 있는 것만으로도 뭐라 말할 수 없는 위로가 된다는 공감이 두 사람 사이에 흐르고 있는 듯이 느껴졌다.

다음날 나는 회사 일을 마치고 곧바로 돌아오는 전차에 올랐다. 박카스는 쉬기로 했다. 공연히 전화를 걸면 마담 언니에게 끈질기게 이유를 추궁당할 테니까 말하자면 무단결근이었다.

시로이시 외과의 현관에는 오늘 저녁에도 휑하니 푸른 등불이 내려져 있었다. 어젯밤의 일을 생각해 보니 마치 꿈을 꾼 것 같았다.

2층 요지의 병실로 올라가니 접수계의 작은 창문을 열고 간호사가 얼굴을 내밀었다.

"기하라 씨의 방에 지금 손님이 와 계세요."

"가족인가요?"

"아뇨, 형사예요."

다른 사람의 출입을 금지하라고 한 듯했다. 간호사의 태도로 보아 어제 왔던 경관이 아닌 듯했다. 그렇다면 왜 형사가?

나는 불안한 마음으로 딱딱한 병원 의자에 앉아서 기다렸다.

15분 정도 지났을까? 계단을 오르면 곧바로 있는 요지의 병실에서 문이 열리고 마흔 살 정도로 보이는 체격 좋은 남자가 나타났다. 사복 차림이었다. 내 앞을 지날 때 그는 무관심한 태도로 예리한 눈빛을 빛내며 슬쩍 쳐다보고 가버렸다.

가볍게 노크하고 문을 열자 요지는 어젯밤에 그랬던 것처럼 침대에 누워 멍하니 천장을 바라보고 있었다.

"무슨 일 있었어요?"

잠시 후 그는 고개를 돌려 나를 바라보았다. 순간, 통증을 느꼈는지 눈살을 찌푸렸다. 그러나 잠시 후 그 가는 눈에 다정한 빛이 떠올랐다.

"형사가 다녀갔다면서요?"

그는 잠시 멍하니 나를 바라보고 있다가 침대 머리맡에 접혀 있던 신문을 펴서 나에게 가리켰다. 아직 보지 못한 오늘자 석간신문이었다.

〈금융업자 살해되다〉라는 신문 표제가 눈에 띄었다.

지방 신문이어서 후쿠오카 시내의 사건은 특히 크게 다루는 것 같았다.

후쿠오카 시 히가시나카슈 X번지의 모리카와 빌딩 1층에 있는 오시다 상사에서, 오늘 아침 출근한 여사무원이 문을 열자 사장 오시다 긴조(60세)가 타월로 목이 졸린 채 숨져 있었다. 오시다 씨는 가족이 없어서 혼자 사무실에 딸린 작은 방에서 기숙하고 있었다. 회사에는 오시다 씨와 여사무원 두 사람뿐이다. 고리대금업자라는 직업상 오시다 씨는 평소 매우 조심하는 편으로 매일 밤 8시에는 문을 걸어 잠그고 잠들었다고 한다.

시체나 그 밖의 상황으로 보아 범행 시각은 어제 저녁 7시경으로 추정된다. 모리카와 빌딩 안에 있는 회사는 대부분 6시경에 마치므로 범인은 사람들의 출입이 끊긴 시간을 노려 오시다 상사에 잠입한 것으로 추정된다.

실내가 흐트러져 있지 않고 금고도 열린 흔적이 없는 것으로 보아 우발적인 범행으로 보기는 어렵고, 피해자의 직업으로 보아 금전 문제에 얽힌 범행으로 보고 있다.

기사 내용은 대개 그와 같은 내용이었다. 모리카와 빌딩이라면 박카스와 골목 하나를 사이에 두고 옆에 있는 오래된 건물이었다.

오늘밤 가게에 나갔더라면 분명 그 사건 이야기로 떠들썩했을 것이다.

"이것이 어쨌다는 거예요?"

"의심받고 있는 거지요, 제가……."

요지는 불만스러운 듯 말했다.

"오시다의 목을 졸랐던 타월이 우리 회사 것이었던 것 같아요."

"단지 그런 이유 만으로요?"

"형님 심부름으로 두세 번 그곳에 간 적도 있고……."

작은 건축회사를 경영하는 형님 이야기를 어젯밤에 그에게서 들어 약간 알고 있었다. 형이라고는 해도 짐작컨대 요지는 첩의 아들인 듯했다. 그러나 부모님은 모두 죽고 그는 형님 집에서 동거하고 있었다. 그에게는 단 하나의 혈육이고 부모 대신이기도 했다

"간 적이 있기는 하지만 당신은 그 오시다라는 사람을 죽일 이유가 없잖아요?"

"그거야 물론 그렇지만. 하지만 상대는 고리대금업을 하니까 돈을 빌렸을지도 모른다고 생각하면 누구라도 의심받을 수 있지 않겠어요?"

"……."

"더구나 나는 사건이 일어난 시각의 알리바이를 증명할 수가 없어요. 교외 방면을 달리고 있어서 영업소에도 없었고……."

"하지만 그렇다고 당신이 의심받는 것은 너무 심해요. 누군가 범

인을 목격한 사람은 없대요?"

"아직까지 목격자를 찾지 못한 모양입니다. 어제는 내게 어지간히 재수가 없는 날이었어요."

요지는 이제 완전히 비관한 듯한 얼굴로 긴 한숨을 내쉬었다.

재수가 없다. 나도 어젯밤에 그런 생각을 하며 걷고 있었다.

그것은 신사에서 습격당하기 직전이었던 것 같다. 그런데 왜 재수가 없다고 생각했더라?

갑자기 나는 비명을 지를 뻔했다. 왜 지금까지 눈치채지 못했을까?

"오시다가 살해된 시각이 어제 저녁 7시경이었다고 했죠?"

"네."

"그렇다면 난 범인을 봤어요."

내 목소리는 떨리고 있었다. 목소리뿐 아니라 몸도 떨렸다. 요지는 어이없다는 듯이 나를 돌아다보았다.

"어젯밤 박카스의 뒷문으로 들어가려던 순간 모리카와 빌딩에서 뛰어나온 남자와 부딪쳤어요. 모리카와 빌딩의 그 입구는 오시다 상사의 출입구로 사용하는 거예요. 게다가 제가 박카스에서 근무하는 시각은 7시에서 10시 반이니까 그건 틀림없이 7시경이었어요."

요지의 창백한 뺨이 조금 붉어졌다.

"그 남자는 제 발을 밟았으면서도 미안하다는 말도 없이 달려갔어요. 몹시 당황한 것처럼 보였어요."

"그때 그 남자 얼굴을 봤어요?"

"아뇨. 얼굴을 들었을 때는 어두운 골목을 뛰어가는 뒷모습만 보였어요. 약간 화가 났지만 크게 마음에 두지는 않았어요. 하지만 지금은 모든 것이 확실해졌어요."

"모든 것이?"

"제가 습격당한 이유도요. 그 사람은 치한이 아니었어요. 그 남자가 오시다를 살해한 범인이고, 범인은 저에게 얼굴을 보였다고 생각하고 사건이 발각되기 전에 제 입을 막으려고 했던 거예요."

"그랬었군."

"곧 경찰에 알리겠어요. 그러면 당신에 대한 의심이 풀릴 거예요."

"그렇게 간단할까요?"

요지는 억지로 흥분을 감추고 조심스러운 어조로 말했다.

"당신은 그 사람의 얼굴을 보지 못했지요? 저도 당신을 습격한 놈의 얼굴을 기억하지 못해요. 그렇다면 결국 아무런 단서도 없는 것 아닙니까?"

"그래요, 그런데 한 가지 기억나는 것이 있어요."

남자와 부딪쳤을 때의 상황이 발가락 통증에 대한 기억과 함께 선명하게 떠올랐다.

"제가 발을 밟혔을 때 무심코 발밑을 봤어요. 그때 위쪽에 켜져 있던 파란색 네온이 순간적으로 그 남자의 구두에 비쳤어요. 좀 색다른 구두를 신고 있었어요."

검은색 에나멜과 아마도 스웨이드의 콤비였던 것 같은데, 좀 색다르다고 느꼈던 점은 에나멜과 스웨이드를 이은 선이 들쑥날쑥해서 마치 별 모양으로 되어 있었다는 것이다.

“기억나는 건 그 구두뿐인가요?”

“네, 하지만 아무것도 기억 못 하는 것보다는 낫지요?”

요지는 물음에 대한 대답은 하지 않고 앞에 있는 벽을 보고 말했다.

“도모 씨.”

그는 약간 부끄러운 듯이 말했다. 그가 나를 그런 식으로 부른 것은 처음이었다. 나는 베갯머리 쪽으로 다가갔다.

“나는 더 이상 당신을 말려들게 하고 싶지 않아요. 당신이 그 사실을 경찰에 알리면 범인이 또다시 당신을 노릴지도 몰라요.”

“하지만 이대로 있으면 당신이…….”

“이제 어떻게 되든 상관없어요. 나 같은 놈은 살건 죽건 어차피 마찬가지니까…….”

오히려 담담하다고 할 수 있는 요지의 말투가 내 가슴을 아프게 했다.

“소심해서 아무것도 못 하는 주제에 뭐든 했다 하면 언제나 변변치 못해요. 어젯밤 일도 결국 당신한테 도움받는 꼴이 되었으니…….”

“그렇다면 저와 알게 된 것이 변변치 못한 일인가요?”

요지는 놀란 눈으로 돌아보았다. 그는 가만히 내 눈을 보며 고개를 저었다.

"당신이 의심받고 있다면 어떻게든 도와주고 싶어요. 위험해진다 해도 괜찮아요. 당신이 절 도왔던 것과 마찬가지로요."

요지의 손끝이 내 이마를 살짝 스치고 천천히 내 뺨을 어루만지기 시작했다. 나는 그의 거친 입술에 키스했다. 그는 살짝 입술을 벌렸을 뿐 내가 하는 대로 가만히 있었다. 아마 지금까지 내가 경험한 것 중 가장 서툰 키스였을 것이다. 하지만 지금처럼 다정한 기분으로 남자의 입술에 키스한 적은 없었다.

나는 오시다 사건의 관할서인 하카다 경찰서에 가서 담당 형사 면회를 요청했다. 시로이시 외과로 요지를 방문했던 그 뚱뚱한 형사의 모습은 보이지 않았다.

그들은 일단 내 이야기에 귀를 기울였으나 어느 정도 진지하게 들어 주었는지는 의문스러웠다. 내 인상으로는, 중대하게는 취급하지 않은 것 같았다. 구두만을 본 목격자는 조사에 별 도움이 되지 않을지 모른다. 아니면 내가 요지를 위해 적당히 이야기를 날조했다고 생각할지도 모른다. 내가 퇴근 후 밤에 바에서 근무하고 있다는 것을 말하자마자 그들이 나를 보는 눈이 미소로 바뀐 듯했으니까.

오직 노자키라는 중년 형사 혼자 내 이야기에 열심히 질문을 하고 신사에서 습격당했을 때의 상황을 반복해 물었지만, 그도 내가 상대방 남자를 거의 보지 못했다는 것을 알자 실망하여 입을 다물고 말았다.

나는 또다시 예전의 생활로 돌아와 있었다. 아침부터 저녁까지 기계처럼 타이프를 두드리고 회사가 끝나면 동료들의 눈을 의식하며 아파트와는 반대 방향인 번화가 쪽으로 가는 전차를 탔다. 박카스에서는 매일 저녁 7시부터 10시 반까지 근무하고 그 일이 끝나면 너무 지쳐서 돌아오는 전차에서는 대개 잠이 들었다. 하지만 그러지 않고서는 이 도시에서 나 혼자 생활하고 게다가 고향의 가족들 생활까지 도울 수가 없었다.

그러나 사건이 있던 날 이후 내 일과는 조금 변했다. 돌아오는 길에 반드시 시로이시 외과에 들르게 된 것이다. 지금까지는 한시라도 빨리 돌아가서 이불 속으로 들어가는 순간만을 그리며 걸음을 재촉했지만 요지를 병문안하게 되고부터는 그 짧은 순간이 내 하루의 피로를 깨끗이 풀어 주었다.

그 사람은 항상 잠들지 않고 나를 기다려 주었다.

경과는 순조로웠다. 수술한 자리의 실을 푸는 날이 가까워졌다. 실을 뽑으면 당장이라도 퇴원할 수 있다고 했다.

그러나 오시다 살해 사건에 대한 그의 입장은 조금도 나아지지 않았다. 달리 유력한 용의자가 나타나지 않았기 때문이다. 내가 목격한 콤비네이션 구두를 신은 남자도 발견될 것 같지 않았다.

한편, 신사에서 나를 습격한 남자의 조사도 더 이상 성과가 없는 듯했다. 현장에 떨어뜨린 칼은 어디서든 볼 수 있는 과도로 범인을 찾아내는 단서도 될 수 없는 것 같았다. 이 이야기는 그날 밤의 경관이 또다시 왔을 때 요지가 들은 이야기였다.

오시다 사건의 형사도 낮에 잠깐씩 들르는 것 같았다. 그런 식으로 요지를 감시하고 있는 게 틀림없었다. 퇴원과 동시에 체포하는 것은 아닐까? 불안이 공포로 바뀌어 마음을 짓누른다는 것을, 방문할 때마다 가슴 아플 정도로 느낄 수 있었다. 이제 더 이상 경찰에 의지하지 말고 내 힘으로 어떻게든 범인을 잡아 볼까? 요지가 진심으로 웃는 얼굴을 보고 싶었다.

하지만 실제로 어떻게 하는 것이 좋을까? 내 기억에 있는 것은 단지 그 골목의 어둠 속에서 파랗게 비친 남자의 구두뿐이 아닌가.

구두, 구두…… 하고 중얼거리며 걷고 있던 나는 큰길에서 박카스 쪽으로 가는 길모퉁이에서 한동안 보지 못했던 사람의 모습을 발견하고 문득 생각이 났다.

초겨울 차가운 바람이 바다를 향해 부는 도로 구석에서 콘크리트 벽을 등 뒤로 하고 어깨를 움츠리고 앉아 있는 사람은 이누이라고 하는 구두닦이 노인이었다. 약간 다리를 저는 고독한 노인으로 기분에 따라 장사하고 한동안 보이지 않는다고 생각하면 또 며칠 지나서 같은 장소에 앉아 있곤 했다. 그런 이누이에게 나는 두세 번 하이힐 수선을 맡기며 왠지 친밀감이 느껴져 오며 가며 한두 마디 나누는 것이 습관처럼 되어 있었다.

"할아버지, 오랜만이네요."

이누이는 주걱턱을 무심코 들었다. 좀처럼 웃지 않는 그에게는 그것이 인사였다.

"감기라도 걸리셨어요?"

"그런 고상한 것과는 인연이 없어. 집에서 빈둥거리고 있었지."

"그렇다면 다행이지만."

"도모 양이야말로 약간 여위어 보이는군."

마치 화가 난 말투였다. 그러나 움푹 팬 눈 속에는 의외로 따뜻한 빛이 넘치고 있었다. 나는 이누이 옆에 웅크리고 앉았다.

"할아버지께 물어볼 게 있는데요."

좀처럼 자기 얘기를 하지 않는 그이지만 옛날에는 버젓한 구둣방 기술자였다고 들은 적이 있었다. 매일 다른 사람의 구두만 들여다보고 앉아 있노라고 항상 즐거운 듯이 말했었다.

범인이 오시다를 죽일 정도라면 그만큼 관계가 깊다는 뜻이니까 가끔 이곳을 지나서 오시다 상사에 가지 않았을까? 어쩌면 한 번 정도?

이누이는 길을 바라보며 가만히 듣고 있더니 곧바로 고개를 끄덕였다.

"본 기억이 있어."

"구두를 닦은 적은 없지만, 열흘쯤 전인가, 모리카와 빌딩 쪽에서 걸어와 바로 내 앞에서 잠시 서 있었지. 택시를 기다리고 있었는지도 몰라. 이전에도 한 번 본 적이 있는 구두라고 생각하면서 보고 있었어. 약간 낡긴 했지만 손으로 만든 고급 구두구나 하고…….”

“어떤 남자였어요?”

나도 모르게 구두 닦는 상자를 꽉 쥐고 있었다.

“사람은 기억이 잘 안 나.”

이누이는 기억을 더듬듯이 눈을 가늘게 떴다.

“땅딸막한 남자였던 것 같아. 그리고 안경을 썼던가?”

안경! 신사 경내에서 요지를 찌른 남자는 달아나면서 땅바닥에서 뭔가를 주웠었다. 그것은 안경이 아니었을까?

“나이는요?”

“글쎄, 마흔 살 전후였던가.”

이누이가 기억하는 것은 그 정도였다. 그것만으로도 나에게는 의외의 수확이었다. 나는 그 남자를 또 보면 일부러 양복에 구두 크림을 묻히기라도 해서 그것을 구실로 이름과 주소를 물어 두지 않겠느냐고 부탁했다. 다리가 불편한 노인으로서는 그 남자를 미행하는 것은 무리였다.

“그 구두를 또 보게 되면 그렇게 하지.”

이누이는 웃지도 않고 나의 말을 정정했다.

나는 가게로 출근하는 것을 단념하고 지금 내린 곳과는 반대쪽 전철역으로 건너갔다. 범인에게 한발 다가갔다는 생각이 나를 흥분시키고 있었다. 한시라도 빨리 요지에게 알리고 싶었다. 내가 이런 시간에 나타날 거라고는 생각지도 못할 테니까 더더욱 놀랄지도 몰라.

러시아워의 전철에서 내린 나는 뒤쪽 시장으로 들어갔다. 생선 프라이와 콩자반을 2인분 샀다. 요지의 방에서 함께 저녁을 먹을 생각을 하니 가슴이 울렁거렸다. 음식물의 온기가 신문지를 통해 기분 좋게 손바닥에 느껴져 왔다.

그러나 밤의 장막에 싸이기 시작한 도로를 걸으며 내 마음은 점점 시들해져 갔다. 냉정을 되찾았다고 해야 할 것이다.

이누이가 그 구두를 본 적이 있다고 한 것만으로 뛸 듯이 기뻐했지만, 도대체 앞으로 어떻게 범인을 찾을 수 있단 말인가?

이름은커녕 얼굴도 모르는 무수한 사람들 중의 한 사람. 그 남자가 또다시 같은 구두를 신고 이누이 앞을 지나간다는 보장도 없고, 만약 나타난다 해도 과연 신원을 알아낼 수 있을까?

시라이시 외과 앞에 도착했을 때 나는 완전히 실망하고 있었다. 힘없이 문을 밀었다.

그러나 한 발자국 내딛는 순간 너무 놀라 그 자리에 우뚝 섰다. 그 구두가! 사건날 밤 지금과 같은 파란색 네온 아래서 분명히 봤던 별 모양의 스티치가 있는 구두가 돌바닥 구석에 가지런히 놓여 있는 것이 아닌가.

마음을 가라앉히기까지는 약간의 시간이 걸렸다. 그리고 천천히 계단을 올라갔다. 나도 모르게 발소리를 죽이고 요지의 방 앞으로 갔다. 구두의 주인공은 요지를 만나러 온 것이 틀림없었다. 관계없는 다른 사람의 병문안으로 이 병원에 나타난다는 우연한 일이 있을 수 있을까?

내가 문 앞에 섰을 때 거의 동시에 문이 안쪽에서 열렸다. 나는 놀라서 물러섰다. 병실에서 나온 사람은 검은 양복의 중년 남자였다. 땅딸막하고 안경을 쓰고 있었다.

남자는 내가 서 있자 일순 놀라는 것 같았다. 그러나 곧 안경 속으로 살피듯이 나를 바라보았다. 경계하는 듯한 음울한 눈길이었다. 그는 인사를 하는 둥 마는 둥 하고는 계단을 내려갔다. 그 구두를 신고 나가는 것을 나는 위에서 내려다보았다.

요지는 침대 위에서 옆으로 누워 양치질용 플라스틱 컵으로 차를 따르고 있었다. 내가 그를 위해 준비한 찻잔은 테이블 위에 있고 반 정도 차가 남아 있었다.

요지의 표정에서는 바로 조금 전까지의 희미한 여운 같은 것이 느껴졌다. 그의 옆얼굴은 온화해 보였다.

"지금 그 사람 누구예요?"

나는 묻지 않고는 참을 수가 없었다.

"형님이오."

그는 당연하다는 듯이 대답했다.

그의 형에 대한 이야기를 몇 번이나 들었는지 모른다. 그럴 때마다 요지의 어조에는 항상 형에 대한 존경과 무조건적인 신뢰가 담겨 있었다. 기하라 게이이치, 작은 건축회사 사장이라는 사실은 벌써 알고 있었지만 오늘 저녁에도 그의 화제는 자연히 그쪽으로 옮겨질 것 같았다.

"아버지가 살아 계실 때는 건축업계에서는 알려진 회사였죠. 그러나 잠시 빌릴 목적으로 고리대금업자에게 돈을 빌린 것이 잘못되어 도산 직전에 이르렀어요. 아버지는 그 괴로움으로 급성 폐렴에 걸려 어이없이 돌아가셨지요. 그 후 회사를 간신히 일으켜 놓은 것은 형님 혼자의 힘이오."

요지는 차분한 어조로 열심히 이야기했다. 그 고리대금업자는 혹시 오시다를 말하는 것이 아닐까?

"빌린 돈이 아직도 남아 있나요?"

"네."

괴로운 빛이 요지의 입술을 일그러뜨렸다.

"형님이 몹시 고생하고 있어요. 고등학교 시절에는 나까지 비뚤어져 있었으니까요. 어떻게든 나에게 맞는 직업을 가질 수 있었던 것도, 지금까지 잘해 나온 것도 모두 형님 덕분입니다."

나는 가슴을 쥐어뜯고 싶을 정도로 애가 탔다. 그를 위해 그와 힘을 합해 범인을 찾으려고 했다. 그러나 그 구두를 신고 있던 사람이 그의 형이라고 말할 수는 없었다. 그때 이유 없이 나에게 향해질지도 모를 그의 노여움이 두려웠다.

"저, 좀 이상한 질문이지만."

나는 어두운 창문 쪽으로 시선을 돌리며 말했다.

"형님은 오시다 사건으로 한 번도 의심받지 않았나요?"

"있지요."

요지의 대답은 의외로 태연했다.

"돈을 빌렸었으니까요. 하지만 형님에게는 확실한 알리바이가 있어요. 당연한 일이지만."

"회사에 있었나요?"

"아뇨, 거래처 사람과 식사를 하고 있었대요. 도이 거리의 '뉴 라틴'이라는 레스토랑에서요."

뉴 라틴이라면 우리 회사와 박카스 중간쯤에 있는 지하 레스토랑이다. 그 가게 카운터에서 일하고 있는 미즈사와 기쿠에 라고 하는 여자는 나와 고등학교 동기동창이었다.

나는 더 이상 요지에게 묻지 않았다. 스스로 기분을 바꾸기 위해 웃으면서 아직 손에 쥐고 있던 신문지 꾸러미를 풀었다. 생선도 콩자반도 완전히 식어서 딱딱해져 있었다.

레스토랑이 가장 혼잡한 시각은 퇴근 시간보다 약간 늦은 시간이다. 그래서 조금 일찍 회사를 빠져나온 내가 검은 벨벳을 드리운 뉴 라틴의 문을 열었을 때 가게 안에 손님은 거의 없었다.

작은 체구의 기쿠에는 약간 어두운 가게 중앙에 있는 카운터 뒤에 숨듯이 앉아 있었다. 낮에 전화를 해두었기 때문에 나를 보자 히죽 웃었다. 둥근 눈과 튀어나온 입술이 매력적이어서 나이보다 훨씬 어려 보였다. 그러나 그녀에게 누군가가 있어 결혼한다고 하는 이야기는 들은 적이 없었다.

기쿠에는 카운터를 젊은 아이에게 맡기고 나를 제일 구석에 있는 자리로 데리고 갔다. 이제 곧 바빠질 시간이라 나는 서둘러 용건을 말했다.

"일주일 정도 전의 일인데, 11월 29일 저녁 7시경 이런 사람 식사하러 왔었니? 두 사람이 함께 왔었는데."

나는 다른 구실을 붙여 요지로부터 빌려 온 그와 게이이치가 나란히 있는 사진을 가리켰다.

"나이는 38살, 165센티미터 정도로 땅딸막한 사람이야."

기쿠에는 사진을 가까이 들여다보기도 하고 멀리 떨어져서 보기도 했다.

"한 번 온 손님 얼굴은 대개 기억하는 편인데."

그녀는 잠시 망설이다 말했다.

"아, 혹시 오히라 선생과 같이 온 손님인가?"

오히라라면 건너편에 있는 산부인과 병원 원장으로 잘 아는 손님이라는 것이다. 문제의 그날 저녁 7시 조금 전에 또 다른 남자와 함께 와서 지금 우리가 앉아 있는 곳과는 반대편 구석에 있는 테이블에서 식사를 했다고 한다.

"항상 비교적 천천히 식사를 하시는데 그날은 30분 정도에 끝마치고 일찍 돌아가셨어. 요즘 병원이 개축 중이라 바쁘실 거야."

"같이 온 사람은 계속 함께였니?"

"응, 함께 와서 함께 돌아간 것 같아."

식사 중에도 뭔가 서류를 펼쳐 열심히 의논하고 있었다고 한다.

"같이 온 사람이 틀림없이 이 남자였지?"

"틀림없느냐고 물으니까 조금 자신은 없지만…… 어쨌든 비슷한 느낌이 드는 사람이었어." 더 이상 기쿠에를 추궁해도 의미가 없었다. 그 남자가 과연 정말 기하라 게이이치였는지 아닌지는 오히라에게 묻는 수밖에 없었다.

오히라 산부인과 병원은 옛날 관청을 생각나게 하는 목조 건물이었다. 그곳은 뒷부분이 헐려 있었다. 정말로 개축 중인 듯했다.

외래 접수가 오전에만 있었기 때문에 나는 출근 전에 병원에 들렀다. 찬바람이 스며드는 대기실에서 한 시간이나 기다리고 나서야 겨우 내 이름이 불렸다. 진찰실에는 가스스토브가 새빨갛게 타오르고 있었다.

건물의 인상으로 보아 노인을 상상했던 나는 오히라 의사가 의외로 젊은 데 놀랐다. 아직 마흔도 안 된 것 같았다. 윤기 있는 큰 얼굴은 정력적인 장년을 느끼게 했다.

나는 각오를 단단히 하고 오히라 앞에 앉았다.

"저, 생리통이 심해서요."

"언제부터입니까?"

"최근 반년 정도요."

오히라는 두세 가지 질문을 더 한 다음 등 뒤의 회색 커튼을 가리켰다.

"아뇨, 오늘은 곤란해요."

나는 당황해서 고개를 저었다. 오히라는 잠시 어이없다는 듯이 나를 보다가 말했다.

"그렇다면 일단 약을 드릴 테니까 끝나고 나서 다시 와주십시오."

그는 말을 마치더니 옆에 있는 간호사에게 처방을 지시했다. 나는 안심했다.

"선생님, 요전에 뉴 라틴에 오신 적이 있지요?"

진료 카드를 적고 있는 오히라의 옆얼굴을 보며 나는 태연하게 말했다.

"11월 29일 7시경이었던가, 같이 오신 분은 기하라 건축회사 사장님이셨죠?"

"그래요."

오히라는 곧 생각난 듯 말했다.

"그런데, 왜요?"

"두 분이 들어오시는 걸 봤으니까요. 기하라 씨는 우리 가게 단골이세요."

“아가씨 가게는 어디죠?”

“히가시나카의 박카스라는 곳이에요.”

“허.”

오히라는 새삼스럽게 나를 바라보았다. 호스티스를 바라보는 바로 그 눈길이었다.

“기하라와는 대학에서 같은 클럽에 있었죠. 그런 친분으로 이번 개축을 맡기기로 했소. 다음번엔 아가씨 가게로 안내해달라고 할까?”

오히라는 쾌활하게 웃었다.

“선생님, 얼마 전에 우리 가게 부근에서 살인 사건이 있었어요. 오시다라는 고리대금업자가 살해됐어요. 무서워요.”

“아, 신문에 났었지. 그 부근인가, 아가씨 가게는?”

나는 그의 표정을 살피고 있었으나 무슨 특별한 반응을 읽어낼 수는 없었다.

나는 내가 본 구두를 자신 있게 기억할 수 있다. 그리고 틀림없이 같은 구두를 기하라 게이이치가 신고 있었다. 더구나 게이이치라면 요지에게 죄를 뒤집어씌우는 것이 그다지 힘든 일이 아니었을 것이다. 요지가 다니는 회사의 타월을 손에 넣는 일도 쉬웠을 것이고, 요지의 알리바이가 증명되기 힘든 시간도 자세히 알고 있었을 것이다.

요지에게 형은 절대적인 존재다. 그러나 게이이치의 마음속에는 이복동생이 귀찮은 존재가 아니었을까? 그러던 때에 오시다로부터 돈을 돌려달라고 시달렸다. 다급해진 게이이치는 오시다를 죽이고 그 혐의를 요지에게 씌우는 공작을 한 것이 아닐까?

경찰은 게이이치의 알리바이를 인정하고 있었다. 게이이치에게 부탁받은 오히라가 그와 닮은 사람을 시켜 가짜 알리바이를 만들었을 가능성은 없을까?

나는 경찰서로 향하고 있었다. 내 추리를 누군가에게 말하지 않을 수가 없었다. 요지에게 말할 수 없다면, 전에 내 얘기를 가장 열심히 들어 준 노자키 형사밖에 없었다.

노자키는 오늘도 공손히 내 이야기를 들어 주었다. 내 얘기가 모두 끝나자 그가 입을 열었다.

"잘 알았습니다. 또 다른 일이 생기면 서슴지 말고 알려 주십시오."

자기 의견을 얘기하지 않는 것도 전과 마찬가지였다.

나는 실망과 분노로 분이 풀리지 않은 채 경찰서를 나왔다. 적이 꼬리를 보이지 않는 한 추리를 입증할 만한 것이 내게 더 이상 남아 있지 않은 것이다.

드디어 기하라 요지의 퇴원 날이 다가왔다.

출근하기 전에 병실에 들러 보니 그는 파자마 차림으로 창가에

서서 멍하니 밖을 내다보고 있었다. 어제 저녁 실도 뽑았고 이미 완전히 원래의 건강한 모습으로 돌아와 있었다. 다른 때 같으면 퇴원한다는 사실이 즐거운 일이겠지만 그의 얼굴에 밝은 빛이 비치지 않는 것은 오시다 사건이 무겁게 짓누르고 있기 때문일 것이다. 지금까지는 약간 조심스러웠던 경찰도 퇴원을 하게 되면 가차 없이 추궁해 올 것이다.

저녁 6시경 형님이 와서 퇴원 수속을 한다고 해서 나는 그 시간에 맞추어 회사를 마쳤다. 경찰서에 들러 노자키 형사와 만난 다음 서둘러 시라이시 외과로 갔다.

게이이치는 나보다 먼저 와 있었다. 요지도 벌써 입원할 때 입었던 바지와 점퍼 차림으로 침대에 앉아 있었다.

요지는 새삼스럽게 나를 자기 형에게 소개했다. 지난번 문 앞에서 얼굴을 마주친 적은 있지만 소개받은 것은 이번이 처음이었다. 게이이치는 조용히 고개를 숙였을 뿐이다. 이제 와서 나에게 들킬 염려는 없다고 느긋한 태도를 보이는 듯했으나 가능한 한 대화를 나누지 않고 접촉을 적게 하려는 듯이 보였다.

게이이치가 병원비를 지불하기 위해 계단을 내려갔다 다시 돌아와서 문 앞까지 왔을 때 나는 큰소리로 말했다.

"요지 씨, 이제 걱정하지 마세요. 오시다 살인범을 잡을 수 있는 증거를 잡았어요."

예상한 대로 발소리는 문 앞에서 멈추었다. 문은 열리지 않았고 요지는 요지대로 약간 신경질적으로 나를 바라보며 내 다음 얘기를 기다리고 있었다.

"그 사건이 있던 시각에 저는 모리카와 빌딩과 박카스 사이에 있는 골목에서 범인 같은 남자와 부딪쳤다고 했었죠?"

"네."

"부딪친 순간 남자는 약간 비틀거리며 무의식적으로 제 핸드백을 만졌어요."

"……?"

"그 핸드백에는 그러니까 그 남자의 지문이 묻어 있을 거예요. 저는 그날 이후 그 핸드백을 아파트에 그대로 두었으니까, 분명 지문이 그대로 남아 있을 거라고 생각해요."

"그렇겠군요!"

요지는 찬찬히 나를 바라보며 혼자 중얼거렸다.

"그걸 경찰에 가지고 가겠어요. 분명 용의자 중 일치하는 지문이 나올 거예요."

요지는 몇 번이고 고개를 끄덕였으나 다시 불안해졌는지 물었다.

"정말 지문이 지워지지 않았을까요?"

"문제없어요. 그날 이후 전혀 사용하지 않았으니까요."

문이 열리고 게이이치가 들어왔다. 그는 무관심한 듯 가장하면서 이쪽으로 걸어 들어왔다. 나는 요지의 손을 잡고 있었다.

"경찰에는 오늘 밤에 갈 거예요. 좋은 결과가 있도록 빌어주세요.”

내가 아파트를 나선 것은 9시가 지나서였다. 퇴근해 돌아오는 사람들의 발길이 끊기고 이 일대에 서서히 사람의 그림자가 끊기는 시각이었다.

바람은 없고 으스스하게 뼛속으로 스며드는 추위가 느껴졌다. 나는 코트 깃에 얼굴을 묻고 걷기 시작했다. 오른손에는 핸드백이 든 상자를 꼭 쥐고 있었다.

시라이시 외과 앞을 지나 신사 경내로 들어갔다.

짙은 나무숲으로 둘러싸인 경내에는 사람의 그림자라곤 보이지 않았다. 화장실 옆에 외로이 켜져 있는 작은 외등이 주위의 어둠을 한층 더 짙게 느끼게 하고 있었다.

그 앞에 우뚝 서 있는 그 커다란 녹나무가 보였다. 일주일 전 나는 반대편에서 걸어와 저 나무 아래에서 습격당한 것이다. 나는 그쪽으로 같은 속도로 걸어갔다.

경내에 들어가고 나서 나는 계속 뒤쪽에서 나를 미행하는 느낌을 받았다. 발소리가 들린 것이 아니라 신경으로 느껴지는 전류 같은 것이었다.

녹나무 그늘 밑으로 들어가려 했을 때 이번에는 확실히 발소리가 들렸다. 내 머릿속은 일주일 전의 그 감각이 스쳐 지나갔다. 그러나 오늘 밤에는 예감이 아니었다. 더욱 확실한—오른쪽 어깨에 손이 닿았다. 그날 밤과 같은 감촉!

그날 밤과 다른 것은 내가 소리를 지르는 대신 멈추어 서서 천천히 뒤를 돌아보았다는 것이다.

외등을 등지고 남자가 서 있었다.

"기다려. 묻고 싶은 것이 있소."

나는 상대방을 뚫어지게 바라보았다. 갸름한 얼굴, 움츠린 어깨. 기하라 게이이치가 아니었다.

"도모, 오시다를…… 오시다를 죽인 것은 나요."

요지의 목소리가 괴로운 듯이 말했다.

"거짓말!"

나는 반사적으로 외쳤지만 몸속에서 뭔가 와르르 무너지는 느낌을 막을 수가 없었다.

"오시다와는 아버지 때부터 끊을 수 없는 악연이었소. 오시다에게 돈을 빌린 것이 화근이 되어 사업에 실패하고 아버지는 돌아가셨소. 형님도 몹시 고통을 당했지요. 일단 거의 모두 갚았지만 결국 다시 빌렸소. 그 변제를 추궁당하고 있었소."

"……."

"그날 나는 독단으로 오시다에게 어음 기한을 연기해 달라고 부탁하기 위해 갔었소. 형의 고통을 가만히 보고만 있을 수 없었기 때문이오. 테이블에 머리를 숙이고 애원하는 나에게 그놈은 코웃음을 치며 비웃었소. 그래서 나도 모르게 화가 치밀어서…… 난 형편없는 인간이오. 소심한 주제에 금방 흥분하지요. 그러고는 이미 나 자신이 무엇을 하고 있는지 모르게 되어 버리는 거요."

"그러면…… 그날 밤 내가 골목에서 부딪친 콤비 구두를 신고 있었던 남자가 당신이었단 얘긴가요?"

"그렇소. 내 구두가 찢어져서 외출할 때 형님 것을 잠시 빌린 거요."

나는 파도가 밀려갈 때 발아래 모래가 송두리째 밀려 나가는 그런 기분을 맛보고 있었다.

"그렇다면 왜 그날 밤 당신은 여기서 저를 도와주었죠?"

"도모."

그렇게 말하고 요지는 잠시 침묵했다. 어둠에 익숙해진 눈에 그의 얼굴을 문득 스치는 쓸쓸한 미소가 비쳤다.

"당신은 그때 뒤에서 습격을 당했지요. 옆에서 도와주는 사람이 있어 잡고 있던 손에서 벗어나는 순간, 그 바람에 나무뿌리에 엉덩방아를 찧고 잠시 정신을 잃었다고 했지요?"

"……."

"그래서 당신은 범인의 얼굴을 보지 못했소. 당연히 도와준 사람의 얼굴도 못 봤을 거요. 그렇다면 어떻게 습격한 사람과 도와준 사람을 구분할 수 있겠소?"

"아."

나는 뭔가 말하려고 했다. 그러나 더 이상 아무 말도 할 수 없었다. 그날 밤 내가 가까이 다가갔을 때 요지는 "다치지 않았습니까?" 하고 물었었다. 그 한마디 때문에 나는 그를 믿었던 거야!

"나는 알고 싶었소. 골목에서 부딪쳤을 때 당신이 내 얼굴을 보았는지 아닌지. 일단 정신없이 집으로 도망친 후 따뜻한 화로 옆에 있었소. 그러나 자꾸 신경이 쓰여 가만히 있을 수가 없었소. 그래서 완전히 다른 옷으로 갈아입고 구두도 찢어진 내 구두로 갈아 신고 또다시 당신 가게 앞까지 갔소. 시체는 아직 발견된 것 같지 않았소. 어떻게 해야 좋을지 궁리하며 박카스 앞 도로 구석에 서 있었더니 뒤쪽에서 당신이 나왔소. 나는 무조건 당신을 뒤쫓았지요. 당신이 이 신사의 어두운 곳에 들어가는 것을 보고 결국 마음을 결정했소. 시치미를 떼고 뭔가 얘기를 걸어 보기로. 그래서 만약 당신이 내 얼굴을 전혀 못 알아본다면 일단 안심이고 만약 기억한다면 사건이 밝혀지기 전에 어딘가 멀리 도망치자. 그런데 살짝 어깨에 손을 댄 것만으로 큰소리를 질렀지요. 나는 갑자기 흥분해서 나도 모르게 당신 입을 막았소. 그때 누군가… 아마 지나던 사람이었던 듯싶소. 그에게 뒤에서 붙잡혔소. 나는 결국 그 사람 위에 올라타고는 호주머니에서 칼을 꺼냈소. 위협해서 내쫓을 생각이었는데 상대는 그런 내 손을 비틀려고 했고 엎치락뒤치락 싸우는 동안 칼이 내 옆구리를 찔렀소. 그래서 상대가 겁을 먹고 도망쳤던 것 같소. 얼굴에 칼자국이 있는 야쿠자 같은 남자였소. 경찰과 관련이 되면 귀찮아질지도 모르니까 그 뒤에도 자기 이름을 대며 나서지 못했을지도 모르오. 당신이 다가왔을 때, 그때 그 상처로는 아무리 여자라도 도저히 당해내지 못할 것 같았소. 가만히 있으면 경찰에 끌려갈 거라고 생각하고 있었는데, 그 순간 놀랍게도 당신이 거침없이 말을 걸어온 거요."

"……."

"나는 계속 당신을 속이고 있었고, 그런데 왠지 이 일주일간 나는…… 진실로 행복했었소. 당신이 범인을 잡겠다고 했을 때도, 아까 지문에 관한 얘기를 했을 때도, 이상할 정도로 차분해져 있었소. 고분고분한 마음이었다고나 할까."

"그렇다면 왜 이곳에 왔죠?"

"체포되기 전에 당신에게 한마디 사과라도 하고 싶어서."

"바보!"

그러나 나는 나 스스로가 왠지 조금도 화를 내고 있지 않다는 사실을 깨달았다. 단지 초조함과 슬픔이 얽힌, 이유를 알 수 없는 뜨거운 감정이 솟구쳐 올라왔다.

"왜 당신은 그날 밤처럼 저를 습격하지 않지요? 아니면 왜 함께 도망가자고 말하지 않는 거예요? 왜 그런 식으로 용서를 비는 거죠?"

요지는 약간 당황한 듯 바라보았다. 그러더니 입술을 움직였다. 그러나 말소리를 알아들을 수 없었다. 대신 한줄기 눈물이 눈가에서 뺨을 타고 흘러내렸다.

요지의 등 뒤로 또 하나의 그림자가 천천히 다가왔다. 노자키 형사였다. 아까 경찰서에 들렀을 때 미리 약속해 두었던 것이다.

나는 문득 웃고 싶어졌다. 그저 진심으로 웃고 싶었다. 그리고 요지와 헤어지고 싶었다.

"바보로군요. 요지."

하지만 내 목소리는 흐느끼고 있었다.

"그날 밤 나는 핸드백 같은 건 갖고 있지도 않았는데."

아마도 나는 요지가 돌아오기를 기다릴 것이다.

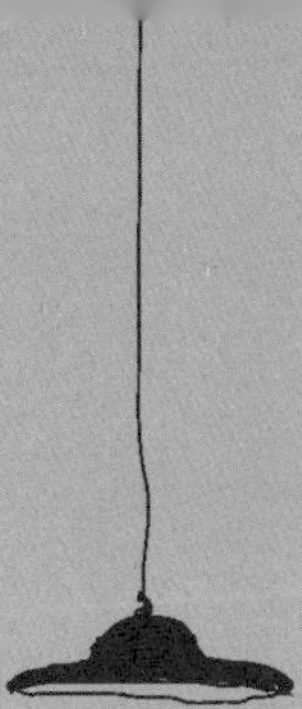

03 / 아메리카 아이스

바바 노부히로 馬場信浩

1941년 오사카 태생. 무대를 중심으로 연극 활동에 힘쓰는 한편 소설을 쓰기 시작하여 1978년 「맴도는 용」으로 제1회 엔터테인먼트소설 대상을 수상.
같은 해 심야 TV프로의 사회자로 활동했으나 작가로 돌아와 「영광의 노사이트」 「파란 비둘기 살인 사건」 등을 발표.

-만약 당신이 살아 있는 한 콧물을 흘리고 싶다면 코카인을.

-만약 형제와 부모의 얼굴을 잊고 싶다면 코의 점막에 크랙[1])을.

-만약 실룩실룩하고 경련이 오는 머리 작은 아기를 원한다면 스노우[2])를 팔에 주사합시다.

1) crack : 코카인의 결정

2) snow : 분말 코카인

학교 화장실의 문, 교무실, 칠판 끝 등 어디에나 이 작은 벽보가 붙어 있다. 짜증나는 일이다.

우리 반의 반 정도는 약물을 하고 있다. 선생이 눈을 부릅뜨고 하지 말라고 말하지만 눈을 부릅뜬다고 무슨 효과가 있겠는가. 왜 그럴까. 선생도 약물을 하고 있기 때문이다.

약물이 왜 나쁘다는 것인지 잘 모르겠다. 이렇게 멋진 것은 세상에 없다. 주니어 하이(중학교)까지는 최고조의 기분을 느끼게 하는 것이 알코올이라는 생각에 열심히 마셔 댔다. 하지만 말도 안 되지. 그런 것으로 최고조에 이를 리 없다. 숙취로 속이 메슥거릴 뿐이다. 그 점에서 약물은 알코올로는 절대 얻을 수 없는 환각 상태가 가능하기 때문에 그 녀석을 한 번 맛보면 다른 것에는 눈도 돌리지 않게 된다. 절대로.

나의 유쾌하지 못한 고교 생활의 마지막에 일어난 사건의 발단은 바로 이 약물에 있었다. 그 사건의 내용을 벤추라 경찰서의 버드 코크란 형사 앞에서 쓰고 있다. 하나도 빠짐없이 정확히 써라. 이것이 버드의 명령이다. 말하지 않아도 그렇게 할 것이다.

1

내 이름은 토비 맥과인. 부모는 3년 전에 이혼했다. 이혼 사유는 판에 박힌 성격 차이. 말도 안 되는 거짓말이다. 사실은 양쪽 모두에게 이성 친구가 생겼던 것이다. 아버지는 위자료를 지불하고 싶지 않아서 자신의 여자 친구가 생긴 시기를 변호사와 상의해 조정했다. 즉 어머니에게 남자가 생긴 시기보다 늦춘 것이다. 내게는 어느 쪽이든 상관없다. 부모의 끊이지 않는 싸움으로부터 멀어져 공부까지 할 수 있다면 그것으로 충분했기 때문이다.

내가 다니고 있는 학교는 캘리포니아의 산타바바라에 있다. '해피밸리스쿨'. 물론 사립 고등학교이다.

사방이 산에 둘러싸인 조용하고 오래된 마을의 북서쪽 끝에 숲이 있고, 학교는 그 숲 가운데에 있다.

나는 시니어(4학년)이다. 꽤 노는 아이였기에 열심히 공부했던 기억은 없다. 성적은 그저 그렇다. 주니어(3학년) 때 운이 좋아 알고 있는 문제가 나와서 GPA(내신 점수) 3.5는 받을 것이라 생각한다. 이것과 SAT(대학 입학 검정 시험)를 천 점 정도 받으면 캘리포니아 주립 대학은 가능하다. 우리 학교에서 동부의 유명 대학에는 보통 7, 8명 정도 간다. '전통의 새로운 체계'. 이것이 학교가 내세우는 슬로건이다. 그러나 사실은 학교에 이름을 조금이라도 남긴 사람, 즉 여름방학의 수학 캠프에 왔던 사람이라도 졸업생으로 계산해 버리기 때문에 이것은 순 허풍이다. 학교 경영은 점점 힘들어 외국에서 유학생을 받아 급한 불을 끄고 있다.

언젠가 이란 혁명으로 쫓기는 팔레비 왕족의 아이들이 학교 기숙사에서 지냈는데 그게 참 볼만했다.

어제까지 왕후 귀족 생활을 했던 그 애들로서는 교사 따윈 시종과 마찬가지일 수밖에. 한번은 한밤 중에 배가 고프다며 기숙사 사감을 깨워 음식을 만들게 했다. 처음에는 그런 대로 넘어 갔지만 두 번째는 그렇지 못했다. 그러자 그 애들은 선생과 기숙사 사감의 멱살을 틀어쥐고 때리기 시작했다. 우리는 대단한 듯 행동했던 선생들이 매 맞는 것을 두근거리는 가슴으로 보고 있었다. 주방장 아슈만은 맞고 울음을 터뜨렸다. 아슈만은 독일인으로, 자신들은 세계에서 가장 위대한 민족이라고 거리낌 없이 떠들어 댔었다. 아이들은 히틀러를 비꼬아서 그를 아돌프라고 불렀다. 그런 그가 팔레비의 꼬마들에게 맞아 코피를 터뜨리며 우는 모양은 걸작이었다. 내

위대한 인생에서 지워지지 않을 광경일 것이다.

팔레비 왕족의 아이들은 1년 동안만 학교에 있었다. 그 이유는 늘 암살의 위험이 있었기 때문이다. 그들은 떠나는 목적지도 알리지 않고 모습을 감췄다.

다음에 찾아온 것이 일본인이다. 학교는 일본이라면 아주 긍정적이었다. 얌전하고 학비도 제때 잘 내고 식사에 대해 불평도 하지 않기 때문이다. 멍청이 아돌프는 한번 실추한 권위를 일본인 학생들 앞에서 뽐내는 것으로 만회했다.

솔직히 일본인 학생은 얌전하긴 하지만 문제를 갖고 있는 아이들 투성이다. 고등학교로 유학 온 녀석은 일본의 고등학교 시험에서 떨어진 녀석이나 일본에서 문제를 일으켜 퇴학을 당한 녀석들이다. 다시 말해 멍청한 녀석이 많다. 또 일본에서 고등학교를 졸업하고 온 녀석은 수학은 잘하지만 영어는 엉망이다. 우리는 그 애들을 귀찮은 녀석들이라고 부르고 있다.

그런데 왜 이런 시골 고등학교를 택해 유학을 오는 걸까. 그것은 로스앤젤레스와 샌프란시스코 같은 도시의 ESL(학교 부설의 외국인 학생용 영어 학급)에 들어가면 영어가 몸에 배지 않기 때문이다. 왜? 그야 주위가 온통 일본인이기 때문이지. 영어를 할 줄 모르는 녀석들이 모여서 일본어로 떠들고 있는 것이다. 때문에 조금이라도 미국을 아는 부모라면 자녀를 시골의 고등학교 기숙사에 넣는다. 하숙도 괜찮지만 지금은 옛날하고 사정이 달라 집의 대출금에 보태기 위해 여건이 되지도 않으면서 학생을 받거나 일본 여학생이라도 들어오면 하숙집 남편까지 호기심 어린 눈으로 봐 부자父子가 성폭행 했다는 이야기는 얼마든지 있다. 그래서 여학생은 거의 기숙사로 보낸다. 사실 기숙사도 안전한 곳은 아니지만 영어를 익힌다는 면에서는 지극히 옳은 방법이다. 반 년 정도면 영어로 떠들 수 있게 된다. 그런데 일본인이 그렇게 될 수 있도록 도와주는 것이 바로 우리의 책임이기 때문에 때때로 부아가 치민다. 우리 학교에는 그렇게 해 주어야 할 일본인이 17명이나 있었다.

"국제 친선이다. 영어로 말을 걸어 줘라."

교장은 늘 그렇게 말한다. 농담 아냐, 이야기를 걸어서 일본 학생이 '으흠' 하고 맞장구를 칠 정도가 되기까진 반년은 걸리기 때문이다. 유학생이 맨 처음 익히는 영어는 '으흠'이란 것을 모든 일본인에게 알려 주고 싶다.

우리 학교에 노보루라는 일본인 유학생이 있었다. 녀석의 영어는 형편없지만 제법 떠들어 댄다. 수학은 녀석을 따를 상대가 없기에 모두 존경 어린 눈으로 그를 본다. 게다가 야구도 끝내 준다. 완벽한 수비로 유격수를 지키고 있다. 방망이를 휘두르기만 하면 안타라고 한다. 나는 야구나 축구 같은 스포츠에 별 흥미가 없기에 노보루의 플레이를 본 적은 없다. 모두 닷지로부터 들은 이야기이다.

닷지, 이 녀석은 친구도 뭐도 아니지만 가끔 크랙, 그것도 양질의 크랙을 베풀어 주어서 친구처럼 지내고 있었다. 크랙은 코카인의 결정으로 이것을 코로 빨아들이면 머리가 맑아진다. 닷지는 이것을 대량으로 기숙사에 갖고 들어왔다.

한번은, 그 닷지가 한밤중에 식당으로 척척 들어가 남은 음식을 우적우적 먹었다. 그것이 퇴학 소동으로 이어졌는데 소송을 하여 결국 닷지가 승리했다. 퇴학은 무효가 되었고 학교 측에서는 위자료로 닷지에게 수업료를 내 주었다.

"머리로 이긴 거야."

닷지가 말했다.

이긴 이유는 이렇다. 학교는 연간 만 오천 달러의 수업료와 기숙사비를 받으면서도 학생들에게 충분한 음식을 먹이지 않고 있다. 때문에 배가 고파 참다 못해 식당에 들어갔다. 책임은 학교에 있다, 라고 닷지의 아버지가 고소했던 것이다.

법정은 닷지 부자에게 승소 판결을 내렸다.

새학기가 시작됐다. 우리는 그 해 9월을, 부모로부터 떨어져 기숙사에 들어가는 기쁨과 한편으로는 힘든 기숙사 생활을 지겨워하면서 맞이했다.

갑작스런 일이었다. 닷지가 교장실로 불려갔고 다시 퇴학 조치를 받았다. 이유는 '기숙사 내 약물 반입'이었다.

닷지는 그런 적이 없다고 소리쳤지만 증거가 있었다. 그것은 다들 제일 하고 싶어 하는 스노우였다. 순도 99퍼센트의 코카인 분말이었던 것이다.

교장에게 닷지를 고자질한 것은 노보루 같았다. 닷지가 자신에게 스노우를 강매했다고 증언했다.

부모가 불려오고 이번에는 반대로 교장이 고소장을 건넸다. 학교의 명예를 실추시켰다며 15만 달러의 손해 배상을 요구했다. 우리는 휘파람을 불었다. 닷지 아버지의 얼굴이 새파랗게 질렸다. 그러나 정작 장본인인 닷지는 태연했다.

"교장 선생님, 제가 이 학교에서 쫓겨나게 되었으니 그 비밀을 폭로해도 상관없을 것 같은데, 각오는 되어 있겠죠?"

"비밀이라니? 무슨 비밀?"

"캐시터스 호수로 캠프 갔을 때의 일인데, 기억 안 나세요? 일본인 여학생 교코를 강간했잖아요."

교장은 당황했다.

"자, 자네 무슨 말을……."

이번 역시 닷지의 승리였다. 나는 닷지로부터 이야기의 전말을 듣고 자지러지게 웃었다. 교장은 닷지에게,

"닷지 군. 이후로는 자넬 성인으로서 대하겠네. 잘 지내보세."

라고 말했다 한다.

교코는 약물을 한 후 시니어 학생들에게 차례로 돌려졌던 것이다. 기숙사에서 자주 일어나는 일이다. 미국 여자는 그런 일을 싫어하진 않는다. 오히려 즐기는 편이다. 하지만 일본인에게는 너무 큰

충격이었는지, 그날 이후 공부도 서클 활동도 하지 않게 되었다. 나는 일본인이 섹스를 즐기는 것에 죄책감을 갖고 있다는 사실을 알고 있다. 그런 것은 춤을 추며 즐기는 것과 조금도 다를 게 없는데 말이다.

일이 그것으로 끝났으면 문제는 없었다. 노보루가 쓸데없이 교코가 누구에게 당했는지 캐기 시작했고 그것이 닷지와 노턴, 이스마엘 이란 걸 알고는 닷지에게 결투를 신청했다. 닷지는 코웃음쳤다.

"너, 그 애한테 관심 있냐?"

닷지가 물었다.

"그런 것 아냐."

"그렇다면 너도 즐겨 봐."

갑자기 노보루의 주먹이 닷지의 배에 꽂혔다. 그것으로 결투는 끝이 났다. 닷지가 정신을 잃고 바닥에 쓰러진 것이다. 우리는 노보루를 존경했고 따라서 그 일에 대해서는 학교 측에 입을 다물었다.

그 다음은 노턴이었다. 노턴은 계속 도망다녔고 노보루는 잠자코 끝까지 뒤쫓았다. 새벽녘, 노턴은 기운이 떨어져 얇게 얼음이 언 캐시터스 호수로 뛰어들었다. 그리고 용서해 달라며 싹싹 빌었다. 노턴은 30분 동안 호수에서 나오지 못하고 결국 기절했다.

이스마엘의 경우가 걸작이었다. 노부루가 오이를 이스마엘의 항문에 처넣고 기숙사 안을 돌아다니게 했다.

"강간당하는 게 바로 이런거야."

노보루는 이스마엘에게 마구 퍼부어 댔다. 중국인과 한국인 유학생들이 숨을 죽이고 그것을 보고 있었다. 이스마엘은 울음을 터뜨렸다. 하지만 노보루는 기숙사 내의 방을 하나도 빠짐없이 돌아다니게 했다. 마지막으로 사감인 그레이디의 방에서 퍼포먼스, 즉 오이 댄스를 추게 하는 것으로 끝이 났다.

이로써 노보루는 완전히 영웅이 됐다. 세 사람은 노보루에게 앙심을 품었다. 특히 이스마엘은 그날 이후 죽이겠다고 입버릇처럼 말했다.

그런 일을 벌였어도 그레이디 사감은 노보루를 혼내지 않았다. 그레이디는 야구팀 감독이었다. 노보루가 없으면 리그 우승은 불가능하다. 게다가 이스마엘이 교코를 범했던 것도 잘 알고 있었다. 노보루의 분노를 이해했던 것이다.

그런데 교코 말인데, 교코는 그런 노보루를 싫어했다. 그 일 이후 오히려 노턴과 사이가 좋아졌다. 노턴은 기세가 꺾이긴 했지만 교코가 자기에게 관심을 보인다는 사실 하나만으로 노보루를 이겼다는 자만심에 차 있었다. 여자의 마음이란 이런 것이다.

교코는 그런 일을 당하고 난 후 갑자기 색기를 풍겨 댔다. 바로 그 점에 교장이 걸려든 것이다. 시나리오는 내가 썼다.

캐시터스 호수 캠프에서 교장과 교코 둘만 있게 해 주었다. 교장은 교코를 범했다. 교코는 우는 시늉을 했다. 그것으로 3년 만에 졸업 시켜 주겠다는 약속을 받아 냈다고 한다. 대개는 4년 이상 다니지 않으면 졸업을 할 수 없는데 말이다. 여자는 강한 존재이다.

어쨌든 노보루는 교코의 참모습을 알지 못한다. 이런 녀석을 우리 사이에서는 '멍청이'라고 한다. 여하튼 착실한 놈은 어딘가 이상하다니까. 공부하는 것도 우리의 상식 범위를 넘고 있다. 어떻게 그렇게 어려운 방정식과 인수분해를 척척 풀 수 있는 걸까. 아무리 생각해도 도저히 이해가 안 간다. 노보루는 방정식을 암산으로 푼다. 그것도 한 번도 틀리지 않고 정답을 척척 댄다. 미친놈이야, 라고 닷지가 말했다. 정말 미워 죽겠는 모양이다.

그때 이스마엘이

"역시 죽여야 해. 녀석을 죽이지 않으면 나는 절대 안심할 수 없어."

라고 말했다. 그 말대로이다. 오이를 볼 때마다 엉덩이가 근질거리기 때문에.

노보루를 죽이려는 생각이 굳어진 것은 크리스마스 휴가가 시작되기 바로 전쯤이었다. 이 휴가는 며칠 되지 않는다. 그 사이에 집에 가는 녀석도 있지만 대개는 터키 슈팅이라고 칭해 여자 친구에게로 놀러 간다.

크리스마스 휴가 동안 일본인 학생들은 대부분 일본으로 돌아간다. 노보루도 마찬가지이다. 겨우 열흘 동안의 휴가를 위해 일본으로 가다니, 일본인은 정말 부자들인가 보다. 고속도로를 달릴 때 놀라운 점은 자동차의 70퍼센트가 일본차라는 것이다. 미국에서 이렇게 차를 판다면 일본은 부자가 될 게 뻔하다. 반대로 미국의 자동차 산업은 파멸하게 될 것이다. 묘한 것에 관심을 갖는다고 하겠지만 사실 어른이 되어 차를 살 수 있게 된다면 제일 먼저 일본차를 주문할 게 분명하다. 일본인들은 자동차에 대한 생각이 우리와는 다르다. 우리는 자동차를 발로 생각하고 있지만 일본인은 차 그 자체를 하나의 집으로 여기고 있다.

노보루 암살 계획에 내가 왜 가담했는지는 한마디로 말할 수 없다. 모든 과정을 처음부터 끝까지 다 이야기해야만 한다.

나는 수학은 그저 그렇지만 영어만큼은 상위권에 든다. 반 친구들은 나를 독서가라고 부른다. 아직은 막연하지만 작가나 저널리스트가 되고 싶다는 생각도 한다.

"이봐, 토비. 존 스타인벡의 『분노의 포도』에 그려진 배경이 몇 년대 미국인지 알고 있니?"

닷지가 수업 중에 내게 물었다. 그거라면 마침 알고 있는 것이었다. 그 당시 우리 할아버지가 경영하고 있던 오렌지 주스 회사가 불황으로 파산했던 것이다. 그래서 그 배경을 가르쳐 주자,

"야, 토비 너 공부 좀 하는구나."

영어 선생인 콧치가 칭찬해 주었다. 그 이후 내게 독서가, 백과사전 등의 별명이 붙여졌다. 그 어느 것도 듣기에 나쁘진 않았다. 그래서 그 이름에 먹칠하지 않도록 늘 준비해야만 했다. 애들은 내가 뭐든 알고 있다고 생각했다.

게다가 닷지와 몇몇 아이들이 뭐든 백인이 가장 우월하다, 라고 생각하고 있는 쪽에 내가 속해 있는 것이 사실이다. 백인 우월설에 가담하고 싶었던 것이다. 이렇게 모든 면에서 일본인에게 당하고 있으면 더더욱 백인 우월설에 의지하고 싶어진다.

교코가 노보루의 스케줄을 일러 왔다.

"그 애는 12월 20일 화요일 수업이 끝나는 대로 로스앤젤레스 공항으로 달려가, 오후 SQ편을 탈거야. 돌아오는 것은 내년 1월 2일 아침, 우리는 그 때를 노리는 거야."

교코는 짐짓 갱의 정부인 양 우리에게 떠벌렸다. 하지만 그 생각에는 결함이 있었다. 교코가 미끼가 된다고 하지만 노보루가 교코의 유혹에 넘어가지 않을 가능성도 있었다. 내가 그 점을 이야기하자 이스마엘은

"괜찮아. 노보루가 우리에게 그런 짓을 한 건 교코에게 관심이 있기 때문이야. 그 녀석 분명 넘어갈 거야."

라고 장담했다. 교코가 다시 상세하게 노보루의 스케줄을 이야기했다. 이스마엘이 그 스케줄에 따라 계획을 세웠다.

"SQ편의 로스앤젤레스 도착은 아침 11시야. 통관에 1시간 정도 걸린다고 치고 12시면 나올 거야. 노보루는 그레이트 라인을 탈거야. 우리도 우연을 가장해서 그것을 타는 거야. 벤츄라가 종점이야. 거기서부터는 택시밖에 없어. 네 명이니까 딱 되잖아. 택시 운전사는 잠재우고, 텍사코 석유 회사의 폐쇄된 갱으로 데리고 가는

거야. 그리고 노보루를 갱에 버리는 거지."

나는 노보루 암살 계획이 엉망진창이란 걸 알고 깜짝 놀랐다. 모두 이쪽 편한 대로 생각할 뿐 노보루의 성격이나 버릇 등 충분한 정보가 모아지질 않았다. 좀 더 확실한 정보가 필요했다.

"뭐? 빠진다고?"

이스마엘은 코웃음을 쳤다. 코웃음은 내가 양질의 '아이스'를 필요로 한다는 것을 알고 있었기 때문이다. 사실 아이스는 욕심이 났다. 그 놈을 한 번 맛보면 다른 약물은 모두 쓰레기처럼 생각된다.

"아아, 그게 말이지. 이런 조잡한 계획으로는 노보루를 죽인다 해도 경찰에 금방 잡혀 버릴 거야."

"뭐가 조잡하다는 거야?"

"잘 들어봐. 한 사람의 인간이 없어지는 거야. 이 세상에서 가장 부자연스런 일이 일어나는 거라고. 이 계획이 성공하기 위해서는 더 자연스런, 즉 없어져도 그것이 당연하다고 생각될 이유가 없으면 의심이 생겼을 때 주위 사람을 납득시킬 수 없단 말이야."

"무슨 말인지 모르겠어."

"이건 지극히 상식적인 거야. 그런 책들이 많으니까 도서관에서 찾아보면 될 거야. 『본 아이덴티티』, 『늑대의 율법』, 『북에서 온 명령』, 『미소는 언제나 장밋빛』, 『재칼의 날』 같은 것을 읽어 보라고. 암살자가 얼마나 치밀한 계획을 세우는지 알 수 있을 거야."

이스마엘은 입을 다물고 말았다. 우리는 각자 헤어졌다. 조금 아쉽긴 했지만 이런 암살 방법으로 경찰에 붙잡혔다가는 그야말로 끝장이다.

2

"야 토비. 너 요즘 내 얼굴을 똑바로 쳐다보지 않는데 무슨 일 있는 거야?"

기숙사 식당에서 저녁을 먹을까 어쩔까 생각하고 있는데 노보루가 일본어투의 영어로 말을 걸어왔다. 순간 화가 치밀었다. 왜일까? 일본인의 영어를 들을 때마다 나는 바보 취급을 당하는 기분이 들기 때문이다. 되지도 않는 발음을 억지로 하려고 하는 것은 무리다. 나도 스페인어를 배워 외국어를 익히는 것의 어려움을 이해해 볼 생각이다. 하지만 노보루의 영어는 이 학교에 처음 왔을 때와 전혀 달라진 것이 없다. S와 TH의 발음, L과 R, B와 V 거기에다 T의 발음은 너무 강하다. 단어를 나열하는 것만의 회화도 참을 수 없다. 그런데 우리가 슬랭으로 이야기를 하면 정확히 의미를 파악하는 것이다. 그러곤 히쭉 웃는다. 정말 화가 치민다.

노보루의 영어에서 가장 참을 수 없는 것은 입을 오므려 '아우'라든가 '에에' 따위를 사이에 끼우는 것이다. 나만 그렇게 느끼는 것이 아니다. 더 솔직하게 발음하면 되는데 말이다. 그렇게 하면 영어다운 영어가 될 것이다. 로스엔젤레스에 나가 보면 일본인들이 꽤 많이 있다. 우리가 다른 동양인과 일본인을 구별하는 데에는 이 입을 오므려 '아우', '에에'를 사이에 끼어 지껄이는지 그렇지 않은지를 기준으로 한다. 그리고 그런 인물과 만나면 일본인 인가요? 라고 한 번 물어봐 준다. 그럼 그들은 눈을 동그랗게 뜨고 "어떻게 일본 사람인 줄 알았죠?"라고 묻는다. 그럼 적당히 얼버무리든가,

"그야 알 수 있죠. 다른 아시아인과 행동이 다르거든요. 일본인은 옛날부터 예절이 바르잖아요."라고 한다. 이렇게 말하면 상담은 반드시 성공한다고 아버지가 말했다. 아버지는 일본 상대의 장사에서 늘 고된 싸움을 하고 있다. 아버지는 뒤에서 '일본 놈' 이라고 욕을 퍼붓는 것을 잊지 않는다.

그래서 나는 화가 치미는 것을 숨기고 노보루에게

"일부러 그런 건 아냐. 너는 영웅이 됐으니까."

라고 대답했다.

"내가 영웅이라고?"

"그래. 세 명이나 되는 미국 애들을 손 봐줘서 찍소리도 못 하게 했잖아."

"그래서 내 얼굴을 똑바로 못 보는 거라고?"

이런 여우같은 녀석. 거짓말이 통하질 않는다. 나는 다시 반격에 나섰다.

"노보루. 나는 너와 친구 사이도 아무것도 아냐. 그래서 충고나 어드바이스는 하지 않겠지만 여긴 우리나라야. 여기에는 우리의 규

칙이 있어. 너무 네 나라의 규칙을 내세우면…….”

“암살당한다.”

“아, 아니 뭐 그렇게까지는”

“알고 있어. 이 나라에서는 마이너리티 | 소수파 | 가 아무리 노력해도 너희 백인에게 이길 수 없다는 것을. 그런데 스노우 갖고 있니?”

“아니. 그런 걸 왜 찾니?”

“하고 싶어서.”

갖고 있지 않다고 하자 노보루는 더 이상 말하지 않았다.

드디어 크리스마스 휴가가 돌아왔다. 노보루가 일본에 가기 전에 나를 만나러 왔다.

“토비. 선물로 갖고 싶은 거 없어?”

그렇게 물었다. 일본에서 사오려나 보다고 생각했다.

“있어. 아이스 있으면 사 와.”

“알았어. 아이스 말이지.”

나는 걸렸다, 라고 생각했다. 일본인 유학생들 사이에서는 ‘아이스’는 ‘아이스크림’을 말하는 것이었다. 하지만 우리 사이에서 ‘아이스’는 암페타민 | 중추신경을 자극하는 각성제 | 의 화합물을 가리킨다. 코카인 이상 가는 약물이다. 이것을 보통 코로 빨아들이지만 정맥에 주사를 놓을 경우 그 효과는 크랙에 비할 게 아니다. 로스앤젤레스에서 아는 친구를 만나 한 번 맞아 봤는데 단번에 엠파이어

스테이트까지 올라간 기분이었다.

내 여자 친구였던 제니퍼가 이것을 정맥에 맞고 고속도로를 질주하다가 죽었다. 제니퍼는 일본인이었다. 영어를 굉장히 잘했다. 제니퍼의 부모는 나를 원망하고 있다고 한다. 하지만 아이스를 주사한 것은 내가 아니다. 닷지였다.

제니퍼가 내게 '사랑해'라고 말하는 것은 아기가 '엄마, 쉬 마려' 라고 말하는 것과 다름없다. 그것을 제니퍼의 부모는 진지하게 받아들여 나를 변변치 못한 놈이라느니 용서할 수 없다느니 하는 것이다. 너무 심한 거 아냐.

제니퍼는 내가 처음으로 자신의 가슴을 만지는 것이라고 했다. 잘 자라는 키스가 그만 끝까지 가 버린 적이 꽤 있었다. 다만 닷지와 노턴과도 그런 일이 있었다고 하기 때문에 그리 크게 책임을 느끼진 않았다.

이야기가 옆길로 빗나갔다. 어쨌든 제니퍼는 기분이 최고인 상태에서 저 세상으로 간 것이다. 짧지만 행복하지 않았을까. 나도 환각 상태에서 죽는다면 상관없다고 생각한다.

아, 맞아. 아이스 얘기였지. 아이스는 어디에서 만드는 걸까. 지금이야 캘리포니아에 밀조 공장이 3백 개 정도 있다고 하지만 원래는 일본에서 만들었다고 한다. 이것은 아버지에게서 들은 이야기인데 일본은 미국과의 전쟁에서 패하기 직전에 특공대원들에게 아이스를 정맥 주사로 놓아 적진에 침투시켰다고 한다.

일본의 야쿠자가 제조 방법의 노하우를 알아, 보다 양질의 것을 만든 것 같다. 그것뿐이라면 우리와는 상관없는 남의 집 이야기지만 일본인의 무서운 점은 이것을 미국에 들여온다는 것이다. 그것도 베트남과 필리핀의 마피아를 시켜 들여오는 것이다. 지금은 도요타와 마찬가지로 아이스 역시 현지 생산되고 있다. 하지만 기분 좋은 환각 상태를 즐길 수 있는 것은 역시 메이드 인 재팬이다. 나는 그것을 원했다.

하지만 노보루는 아이스크림을 사올 게 뻔했다. 나는 그때 노보루를 비웃어 줄 것이다.

3

나는 안절부절못했다. 닷지와 노턴, 이스마엘 그리고 교코가 로스앤젤레스로 갔다. 내게도 같이 가자고 했지만 나는 새로 사귀고 있는 여자 친구인 에니와 테니스를 칠 생각이었기에 거절했다.

에니는 공립 고등학교에 다니고 있다. 공립에서 보면 우리 사립에 다니는 아이들은 부자이고 머리가 아주 좋다고 생각하나 보다. 하지만 나는 부모에게 방해가 되어 기숙사가 있는 학교에 처박혀 있는 것뿐이다.

요즘 나는 에니의 금발에 정신이 팔려 있다. 에니는 제니퍼에 대해 아무 것도 모른다. 나도 이야기할 생각은 없다. 에니는 내게 있어 제니퍼 이상으로 소중히 대하고 싶은 상대이기 때문이다.

문득 생각난 것이 있어 벤츄라 카운티 도서관으로 갔다. 석유 채굴장의 폐쇄된 갱에 시체를 버리는 이야기를 읽은 적이 있다. 정확히『연분홍색 공포』라는 스티븐 로이드의 추리 소설이다. 그것을 다시 한 번 읽고 싶었다.

읽어보니 더욱 불안해졌다.『연분홍색 공포』는 B급 추리 소설이다. 살인 동기가 애매하다. 시체를 갱에 버릴 필연성도 없었다. 그런데도 작가는 독자를 놀라게 할 의도로 집어넣은 것이다. 이런 조잡한 소설에서 힌트를 얻었다면 금세 탄로날 것이다. 하지만 그것을 말하기에는 너무 늦었다.

다음날 테니스 클럽에 갔다. 고원 풍의 오두막이 있는데 그곳이 클럽 하우스였다. 에니의 아버지가 이곳 회원이다. 입회비 5백 달러를 내고, 매달 120 달러의 회비를 낸다고 한다. 동반 가능한 게스트는 한 명뿐이다. 내가 그 영광을 받은 것이다.

테니스는 해 본 적이 없다. 하지만 별 거 아닐 것이다. 애거시와 샘프러스 같이 간들거리는 녀석들도 되는데 내가 안 될 이유는 없다.

그런데 막상 해 보니 장난이 아니었다. 원 바운드 된 공이 전혀 맞질 않는다. 에니가 친 공을 받기 위해 실컷 뛰어 다니다 위액까지 토해 냈다. 화가 났다. 그래서 정신을 차리려고 담배, 즉 마리화나를 입에 물려 했더니 "안 돼. 클럽에선 금연이야."라고 에니가 말했다.

물을 마시고 쉬고 있는데 복식 시합을 하자고 했다. 벤츄라 경찰서의 보안관이란 사람이 상대였는데, 지긋한 나이인데도 몸의 동작이 가벼웠다. 이런 젠장, 이라는 말만 연발했다. 간단하게 지고 말았다. 이 보안관이 버드인데 그 때에는 이름도 직업도 알지 못했다.

너무 힘이 들었다. 하지만 귀중한 체험을 했다. 무엇이든지 겉모습만으로 판단해서는 안 된다는 것이다. 책의 겉표지로 내용을 알 수 없다, 라는 것을 배웠다.

주말에도 테니스를 치자는 에니의 말에 고개를 끄덕이고 말았다. 하지만 생각만 해도 속이 다 울렁거린다.

기숙사로 돌아왔다. 그 순간 닷지 일행이 생각났다. 설마 했던 일이 현실로 나타나는 게 아닐까 하는 생각이 들었다. 기숙사 통금 시간인 오후 6시가 넘었다. 하지만 닷지도 노턴도 이스마엘도 돌아오지 않았다. 교코 역시 마찬가지였다. 노보루가 돌아오지 않은 것은 당연한 일이다.

다음 날 교장은 아무런 연락도 없이 학교에 돌아오지 않고 있는 네 명에게 처분을 내렸다.

〈닷지 퇴학, 노턴 3일간 정학, 이스마엘 학내 청소, 교코 식당 보조〉였다. 이상하게 노보루에 대한 처분은 없었다. 이것은 공평치 못하다. 그런데 그날 저녁 노보루가 기숙사로 돌아왔다. 나는 그에게 어떤 처분이 떨어질지 기대하고 있었다. 하지만 노보루에게는

어떤 잘못도 묻지 않았다. 나는 있을까 말까한 정의감을 발휘해서

"교장 선생님, 이건 불공평하잖습니까. 노보루에게도 처분을 내려야만 합니다."

하고 대들었다.

"왜 그러는 거지? 노보루는 일본에서 전화를 걸었네. 눈 때문에 비행장이 폐쇄되어 하루 늦어지겠다고 말이야. 그게 처분 대상이 되는 건가?"

그렇다고 할 말이 없는 건 아니다. 일본의 기상 조건과 비행기의 발착 상황을 생각해 두어야만 했다. 일이 이렇게 됐으니 역시 계획은 실패한 것이다. 나는 가슴을 쓸어 내렸다. 마음이 놓이는 한편 새로운 불안에 사로잡혔다. 4명은 대체 어디로 간 것일까. 나는 오후 내내 몹시 우울했다.

그날 밤이었다. 노보루가 내 방에 찾아왔다.

"토비, 선물이야."

라고 말하며 아이스크림이 든 박스를 내밀었다. 원형의 아이스크림 박스에 미술품을 연상케 하는 포장이 되어 있었다. 노보루는 턱으로 열어 보라는 신호를 했다. 나는 정중하게 인사를 하고 포장을 뜯지도 않은 채 냉장고 안에 집어넣었다. 노보루는 기묘하게 코웃음을 치며 방을 나갔다.

나는 노보루가 나간 뒤 배를 잡고 웃었다. 저 바보가 드디어 해 주었구나. 일부러 일본에서부터 아이스크림을 사온 것이다. 그날 밤

내내 꿈속에까지 노보루가 나타나 나를 웃겼기에 결국 거의 남지 않은 크랙을 몽땅 코로 빨아들이고 말았다. 이것으로 우울해 있던 기분이 싹 가셨다.

다음 날도 닷지는 돌아오지 않았다. 노턴과 이스마엘도. 물론 교코 역시.

교장은 새파랗게 질린 얼굴로 교내를 뛰어 다녔다. 기숙사로 와서는 닷지의 방과 나머지 3명의 방도 둘러보았지만 아무 것도 찾지 못했는지 고개를 가로저으며 교장실로 돌아갔다.

드디어 전교생이 소집되었다.

"닷지, 노턴, 이스마엘, 교코가 행방불명이다. 누구 그들이 간 곳을 모르나?"

라고 물었지만 휴가 중에 생긴 일을 아는 사람은 하나도 없었다. 내 목에 가시가 박힌 것 같았다. 식욕이 없어졌다. 그래서 다시 한 번 약물을 했다. 이것으로 양질의 스노우는 바닥이 났다.

4

"텍사코 석유 회사의 폐쇄된 갱에 사람이 버려져 있오."

라고 벤츄라 경찰서에 전화를 한 것은 나다. 이건 나의 느낌이었다.

"자넨 누구지? 장난 전화라면 그 말 취소하는 게 좋을 거야."

잠이 덜 깬 경찰이 그렇게 말했다. 역탐지에 걸릴지도 모르기 때문에.

"알렸으니까 나머지는 당신들 일이야."

라고 어른 같은 목소리로 말해 보았다.

"텍사코 석유의 폐갱이라면 3백 개도 넘을 텐데, 그중 어디라는 거야?"

잠시 침묵으로 시간을 끈 후 그대로 전화를 끊었다. 온몸이 땀으로 젖었다.

오후, 휴가 중에 해야 할 숙제와 관련된 테스트가 있었다. 수학은 포기했었기 때문에 충격을 받진 않았지만 SAT 영어 모의고사에서 큰 실수를 했다. 얕보고 있었기에 문제의 의미를 혼동했다. 반대어를 찾는 것인데 동의어를 찾아 표시를 해 버렸던 것이다.

다음날 복도로 나갔다가 이중의 쇼크를 받았다. 시험 결과 용지가 붙어 있었다. 늘 하는 것이긴 하지만 가장 위에 노보루의 이름이 있었다. 수학이 만점이었다. 영어는 550점으로 미국 학생들하고 합해 8등이었다. 두 과목을 합하면 1,300점이 된다. 복도가 술렁거렸다.

노보루에 대한 의혹이 점점 굳어 갔다. 네 명의 실종에 어떤 관계가 있다고 보았다. 하지만 노보루에게는 일본에 있었다고 하는 알리바이가 있다.

"요즘은 내 얼굴을 제대로 보는구나."

노보루가 그렇게 말하며 다가왔다.

"그런가? 난 널 존경하고 있으니까."

“거짓말. 너희 백인이 일본인을 존경한다고? 너는 내가 좋은 성적을 받아서 깜짝 놀라고 있어. 다시 말해 내가 커닝한 게 아닐까 하고 의심하는 거야.”

“아냐. 그냥 단순히 존경하는 거라고.”

나는 그렇게 말했지만 노보루의 말이 맞았다. 우리는 일본인에게 존경심 따위 갖고 있지 않다. 일본인은 언제까지라도 우리 미국인의 심부름꾼으로 있어 주길 바라는 것이다.

“궁금증을 풀어 주지. 수학은 일본의 중학생이라도 풀 수 있는 문제였으니까 상관없었어. 영어는 골칫거리였지. 그런데 말이야 일본인 거리에 가면 SAT 예비 학교가 있어. 그곳에 가면 SAT 교과서와 문제집까지 갖춰져 있다고.

“왜 그런 짓을 하는 거지?”

“좋은 대학에 들어가기 위해서지. 이 SAT라는 시험에 결함이 있다는 것은 미국인도 알고 있어. 너무 쉬워서 믿을 수 없다는 거야. 그래서 동부의 유명 사립대들은 SAT를 중요시하지 않게 됐지. 면접과 논문으로 바뀌고 있다고. 그리고 또 하나 내신 성적표. 이 내신 성적표로 말하자면 일본의 사립 고등학교는 인심이 후한 편이지. 행동 발달 상황에서는 늘 좋은 점수를 주거든. 그 점에서 미국은 아직 믿을 만해. 신용이 있지. 유명 사립 대학은 이걸 크게 반영하고 있어. 너도 내신 성적표를 잘 받도록 해.”

“그래, 알았어.”

"그런데 일본의 사정은 조금 달라. 이 SAT 시험에 결함이 있단 것을 채 모르고 있어. 나는 고등학교만 마치면 일본으로 돌아갈 거야. SAT 시험 1,300점을 선물로 안길 거야. 그럼 일본의 대학은 어디에나 들어갈 수 있어. 입학만 하면 맘껏 놀아 볼 거야. 일본의 대학이란 게 놀기 위해 가는 곳이거든."

노보루는 매끄럽지 않은 영어로 말했다. 그리고 SAT 시험으로 일본의 대학을 들어가는 요령을 적은 영어 팸플릿을 보여주었다. 나는 그 순간 노보루를 죽이고 싶었다. 미국 최고의 시스템을 악용하여 일본의 대학에 무시험으로 들어간다니 용서할 수 없다. 죽이고 싶었다. 하지만 애써 화를 누르고

"노보루, 너 같이 머리 좋은 애가 마치 무뢰한 같이 닷지와 노턴, 이스마엘을 해치웠는데 왜 그랬지?"

하고 물었다.

이 질문은 내가 생각해도 괜찮은 것이었다.

"셋 모두 이 학교에 아니 이 세상에 불필요한 인물이잖아. 쓰레기지. 녀석들은 두들기면 두 번 다시 덤벼들지 않아. 그래서 철저하게 두드려 준 거야."

그 순간 탁하고 짚이는 것이 있었다.

"교코에겐 맺힌 거 없어?"

"있어. 교코는 나를 까닭 없이 싫어했지. 코쟁이에게 꼬리를 쳐댔어. 하지만 여자를 혼내는 것은 내 취미가 아냐. 그래서 남자 3명

에게 따끔한 맛을 보여 준 거야."

노보루는 냉정했다. 나는 점차 압도당하기 시작했다.

"그 애들 아직도 돌아오지 않고 있어. 무슨 일이 생긴 게 분명해."

나는 노보루의 표정을 살폈다.

"어디서 포르노 영화 흉내라도 내고 있겠지."

노보루는 웃으며 말했다.

5

벤츄라 경찰이 텍사코 석유 회사의 폐쇄된 갱에서 닷지와 노턴의 시체를 발견한 것은 새 학기가 시작되고 일주일이 지나서였다. 사인은 기아와 동사로 추정되었다. 굶주려 움직일 수 없게 되어 얼어 죽은 것이다.

그로부터 이틀 후 이스마엘과 교코가 알몸으로 죽은 채로 발견됐다. 장소는 노드오프 언덕의 중간 지점이었다. 사인은 크랙 다량 흡인으로 인해 새가 되었다는 환각 증세로 바위에서 뛰어 내려 다리가 부러져 움직일 수 없게 되었고 그로 인해 동사한 것이라고 벤츄라 경찰서가 발표했다.

일본에서 교코의 부모가 날아왔다. 두 사람은 교코를 품에 안고 놓지 않았다. 울음소리가 내 귀에서 떠나지 않는다.

벤츄라 경찰서의 보안관 버드가 학교로 찾아왔다. 버드는 그 '테니스 클럽' 에서 내 힘을 쏙 뺐던 테니스의 명수이다. 내가 불려 갔다. 그것은 죽은 닷지, 노턴, 이스마엘이 미국인 학생과 사이가 좋았을 것이라고 생각했기 때문이다.

버드는 부드러운 어조로 물었다.

"별로 생각나는 게 없어요."

"생각해 봐. 죽은 세 사람은 어떤 사이였지?"

"아주 친했어요."

"토비, 나는 그런 대답을 원하는 게 아냐. 네 명이 죽었다. 그것도 사인이 확실치 않아. 무슨 일이 있었을 텐데 말이야."

나는 이 괴로운 심문으로부터 도망치고 싶었다. 그럴 수만 있다면 뭐든지 했을 것이다. 해방시켜 준다면 그의 마음에 드는 대답을 제공했을 것이다. 그런데 나도 모르게 특별히 할 말이 없다고 해 버렸다.

"세 명 모두 교코를 범했어요."

그렇게 말하고 나서, 나는 다들 알고 있는 사실이라고 강조했다. 버드는 잠자코 듣고 있었다.

"너도 그 애들과 몰려 다녔니?"

"난 그 애들과 달라요. 교코에겐 흥미가 없어요."

나는 고개를 가로저었다.

"유혹에 넘어가지 않았다는 거냐?"

"네."

버드는 내 말을 믿는 것 같았다. 에니와 테니스를 친 덕분이다.

닷지와 노턴, 이스마엘과 사이좋게 지냈던 학생들이 차례로 불려갔다. 내용은 나와 비슷했던 것 같다.

나는 그날 밤 늦게 노보루의 방으로 갔다. 노보루와 아침까지 함께 있었다. 노보루가 침낭을 빌려 주었다.

다음 날 아침, 큰 일이 일어났다. 교장이 보이지 않는다 싶었는데 자동차가 강에 떨어져 있고 교장은 그 안에서 권총으로 자살했다는 것이다.

'설마, 그것이 탄로날까봐 죽은 걸까?'

그것이란 교장이 교코를 강간한 일이다. 노보루를 찾았다. 노보루는 카페테리아에서 샌드위치를 먹고 있었다.

"교장 얘기는 들었어. 교코 때문은 아냐, 교장은 마리화나를 피우고 있었어. 그게 알려지기 전에 죽은 거지."

"교장이 마리화나를?"

"몰랐어? 교장뿐만이 아냐. 수학을 가르치는 랠리, 사회의 레슬리, 셰익스피어를 강의하고 있는 앨리슨도 하고 있어. 모두 벌벌 떨고 있지."

나는 노보루가 무서웠다.

"캐시터스 호에서 교장이 교코를 범한 일은 죽은 네 명과 나만 알고 있다고 생각했는데."

"으레 그런 일은 자신들만이 알고 있다고 생각하지만 대개는 세상에 알려지는 거야. 그런데 그 일로 날 찾은 건 아니겠지?"

"왠지 불안해. 내가 살해당할 것 같은 기분이 들어."

"왜?"

노보루를 보자 망설일 수 없었다.

"노보루, 너를 죽이려고 계획 세웠던 걸 알고 있니?"

"뭐라고?"

노보루는 내 멱살을 움켜쥐었다.

"놔 줘. 다 이야기할 테니까."

나는 숨이 막혀 양팔을 버둥거렸다.

"이스마엘이 참을 수 없었던 모양이야, 네가 있으면 언제나 항문에 오이를 처박힌 것 같다며, 그래서 교코가 네 휴가 스케줄을 조사했어. 네가 일본에서 로스엔젤레스로 돌아오는 것을 기다렸다가 그레이트 라인에 같이 타는 거야. 벤츄라에서 택시를 태워 감쪽같이 너를 텍사코 석유 회사의 갱으로 데리고 가려 했지. 그럴 계획이었어."

"왜 잠자코 있었지?"

"난 설마 했어. 그 애들이 정말로 그런 짓을 할 리 없다고 생각했거든."

"유감스럽게도 내가 그 비행기를 타지 않았던 거군. 덕분에 목숨을 건진 셈이군."

그렇다. 노보루는 목숨을 건진 것이다. 그런데 나는 네 명의 사인이 경찰의 발표와는 다르다고 생각한다. 의문이 남는다. 사고사는 아니다. 살해당한 것이다. 내 불안은 바로 그것이다. 이 학교의 악동이 그들 뿐만은 아니다. 나 역시 그렇다. 크랙도 마리화나도 하고 있다. 여자도 여러 명 범했다. 이번에는 내가 죽을 것 같은 기분이 든다. 그것을 노보루에게 말하자,

"누가 널 죽일 것 같은데?"

노보루는 맑은 눈으로 나를 보며 물었다.

"몰라."

"지나친 생각이야."

묘하게도 노보루의 말에는 설득력이 있다.

6

벤츄라 경찰의 조사는 의외의 방향으로 진전됐다.

'네 명의 학생을 죽인 범인이 교장이 아닐까. 이유는 교장의 비밀을 죽은 4명이 알고 있었고, 네 명은 그것을 빌미로 퇴학 철회, 정학 경감, 재학 연수年數 축소 등을 얻어냈다. 사건 당일 교장의 알리바이는 없으며 그의 자동차 타이어에서 텍사코 석유의 폐유가 검출된 점과 노드오프 언덕으로 차를 모는 교장을 봤다고 하는 증언 등으로 미루어 보아 유력한 용의자로 생각된다.'

라고 발표했다. 우리 학교는 이로써 미국 제일의 문제 학교가 되었다. TV와 라디오, 신문사의 보도진이 학교로 몰려왔다. 교사들이

놀림거리가 됐다. 우리도 취재당했다. TV에 방송된 녀석도 있었다.

나는 에니가 걱정됐다. 전화를 하려 했지만 데이트를 취소당할까 봐 떨고 있었다.

"토비, 다음 토요일 SAT 본시험을 칠 건데 함께 어때? 수학은 내게 맡겨. 그 대신 영어를 어떻게 해봐."

노보루가 말을 걸어 왔다. 수학이라면 노보루는 주어진 시간의 반 만에 다 풀 수 있다. 반대로 영어라면 내가 제한 시간의 반 만에 해치워 보이겠다.

방법에 대해서 상세하게 의논했다. 답안 용지를 맞바꾸거나 아니면 모르는 번호를 연필로 두드려 신호를 보내는 것이다. 연습을 했다. 이것을 효과적으로 하려면 나란히 앉거나 앞뒤로 앉아야만 한다. 그리고 될수록 시험장에 늦게 들어가 뒤쪽 자리를 확보하는 것이다.

토요일. 우리는 가까운 공립학교에서 SAT 시험을 쳤다. 노보루의 지시대로 한 커닝은 대성공이었다. 내 영어는 거의 완벽했다. 노보루의 수학은 보증서 그 자체였다. 이것으로 1,500점은 확실했다. UC 버클리의 저널리즘과에 원서를 낼 수 있다. 모두 놀라겠지.

"내일 테니스 클럽에 나도 데리고 가 줘."

시험이 끝나자 노보루가 나를 졸랐다.

"쉬운 부탁인걸."

나는 에니에게 전화를 걸었다.

"어떻게 된 거니? 걱정했어. 넌 사건과 관계없는 거지?"

라고 울먹거리며 말했다. 귀여운 에니.

"물론이지. 그런데 내일 일본인 친구를 데려가도 괜찮겠니?"

"그럼, 환영이야. 일본어에 흥미가 있거든."

다행이었다.

테니스 클럽으로 향했다. 출발 전 냉장고에 넣어 두었던 아이스를 꺼냈다. 테니스로 지친 에니에게 먹게 할 생각이었다. 분명 기뻐할 것이다. 수북이 담은 아이스크림 2개를 눈 깜짝할 사이에 먹는 걸 보았거든.

"나이스."

노보루가 친 공이 타원처럼 보였다. 나는 내 눈을 의심했다. 노보루의 테니스 실력은 보통이 아니었다. 마치 프로 같았다. 달리는 법, 스윙, 스피드, 상대방을 읽는 것 등 그 어느 것에서도 클럽 안에서 노보루를 이길 만한 사람은 없었다. 벤츄라 경찰서의 버드는 기뻐하며 몇 번이나 노보루에게 도전했다. 그때마다 헛스윙으로 코트를 분주히 뛰어다녀야만 했다. 버드는 마조히스트다.

"에니, 저 녀석 굉장하지, 어때?"

"그래, 정말 굉장해. 나 말이야. 옛날부터 일본인에게 관심이 있었거든. 이제부터 배울 외국어는 프랑스어나 독일어가 아냐. 일본어야."

나는 그다지 기쁘지 않았다. 노보루에게 관심을 가진 에니의 눈이 빛나고 있었다. 이럴 의도는 아니었다.

“에니, 아이스크림 먹을래?”

나는 에니에게 물었다. 에니는 노보루에게서 눈을 떼지 않았다. 대답도 없었다.

“졌다, 졌어. 정말 굉장한 플레이어야.”

버드가 클럽 하우스로 올라왔다. 노보루도 곧 올라올 것이다.

“보안관님, 아이스크림 드실래요?”

내가 권했다.

“아, 그래. 마침 단 것이 먹고 싶었는데, 기분 좋게 피곤할 때는 단 게 최고야.”

노보루가 올라올 때까지 기다릴 수 없었다. 나는 아이스크림이 들어 있는 박스의 포장을 풀었다. 미술품 같은 포장지를 갈가리 찢었다.

“자아—”

테이블 위에서 뚜껑을 열었다. 주위의 눈이 내 손끝에 집중되었다.

7

“토비, 테니스는 끝났다.”

버드는 그렇게 말하고 나를 그의 차에 밀어 넣었다. 아이스크림의 종이 상자에는 아이스, 즉 암페타민의 결정이 들어있었던 것이다. 에니가 울 것이라고 생각했다. 멍하니 나를 보고 있었다. 슬퍼 보이진 않았다.

벤츄라 경찰서에 들어가자 버드의 태도가 돌변했다. 애매한 대답을 하면 내 뺨을 때리고 배를 걷어찼다. 손톱을 밟는 것도 예사였다.

"어디에서 손에 넣은 거지?"

이렇게 물으며 머리카락을 움켜잡았다.

노보루에게서 받았다고 했다. 하지만 노보루는 정말로 아이스크림을 일본에서부터 사 왔다고 말해 내 말을 믿지 않았다. 일본의 제과 회사에 문의해 보니 상자와 포장지는 분명 자사 것이라고 했다. 포장은 제대로 되어 있는 것처럼 보였다. 나는 모두의 앞에서 포장지를 찢어 버렸다. 그래서 누군가가 농간을 부린 것인지 어떤지 알 수 없게 되었다.

결국 노보루가 사 온 아이스크림 상자에 누군가가 '아이스'를 채워 넣은 것이다, 라는 말이 된다. 그래서 석방이 되었다. 아버지가 데리러 왔다. 아버지와는 아무 말도 하지 않았다. 변호사를 붙여 주지 않았기 때문이다.

노보루에게는 범죄 전문의 쥬디 야콥이라는 변호사가 붙여졌다. 야콥은 유태인이다. 그의 손에 의해서 무죄를 받은 범죄자는 무수히 많다. 벤츄라 경찰서의 버드도 야콥을 본 것만으로 노보루를 학교로 돌려보냈다. 이 응어리가 아버지에게로 향했다. 꼭 보상받고야 말 테다.

나는 '해피밸리스쿨'에서 퇴학당해 공립학교로 옮겼다. 몇 개월 지나 노보루에게서 전화가 걸려 왔다.

"토비, 나 일본으로 돌아가. 대학에 합격했거든. 일본에서 제일 가는 대학이야. 다 네 덕분이다."

대학 이름은 못 듣고 말았다. 그보다 놀란 것은 노보루가 완벽한 영어로 말한다는 것이다. 완벽하게 S와 TH, R과 L, B와 V를 구분해 쓰고 있었다. 문장도 이제까지의 대강대강이었던 것과는 다르다. 단어도, 표현도 지금까지의 저패니즈 잉글리시가 아니었다. 마치 본토 미국인의 영어 같았다.

"왜 그래? 말 좀 해."

나는 아무 말도 할 수 없었다. 나는 사람을 믿지 않게 됐다. 왜냐면 노보루가 SAT 시험의 수학 시간에 내게 전혀 엉뚱한 답을 가르쳐 주었던 것이다. 내 점수는 합계 850점이었다. 그것으로 원서를 낼 수 있는 대학 따윈 없다.

정말 그를 죽이려 했다. 전화가 아니었다면 뛰어들었을 것이다.

"노보루! 더러운 자식. 내 영어 답안만 챙기다니."

그렇게 푸념을 했지만 노보루는 내 기분을 더욱 엉망으로 만드는 말을 했다.

"토비, 똑바로 짚고 넘어가자. 네 영어 답안을 보았는데 틀린 답 투성이였어. 그걸로는 나와 비즈니스를 할 수 없지. 네 영어 실력을 믿고 답안지를 냈다면 나는 큰 손해를 봤을 거다. 그래서 수학은 내 답안지의 반만 건네 줬던 거야."

나는 새파랗게 질려 말을 잇지 못했다. 하고 싶은 말이 많았는데 말이 나오질 않았다.

"토비, 경찰에 신고해 봐. 재미있을 거야. 버드가 나한테 이렇게 말하더라. 교장이 자살한 게 아닌 것 같다고, 혹시 토비가 교장을 죽였을지도 모른다고 말야. 나는 부정도 긍정도 하지 않았지. 우리가 아침까지 같이 있었던 것은 아무도 몰라. 내가 증언하지 않으면 네 알리바이는 없어. 일단 모든 게 교장의 자살로 결말이 났고 나는 일본으로 돌아가 대학생이 되는 거야, 이걸로 모두 잘 될 거야."

잘 되긴 뭐가 잘 된다는 거야. 나는 반격을 하고 싶었다.

"일본인은 정말 야비하군."

"바보. 이런 걸 보고 스마트하다고 그러는 거야. 자, 이제 헤어져야 해. 엔진 소리가 들리겠지?"

공항에서 건 전화였다. 이미 때는 늦었다.

나는 후회했다. 벤츄라 경찰서의 버드에게 전화를 걸었다.

"노보루를 조사해 보세요. 녀석이 사건에 관여하고 있어요. 틀림없어요."

"토비, 괜히 아무한테 화풀이 하지 마. 경찰이 한가한 줄 아니? 잠깐, 잠깐만 기다려 봐. 이 목소리, 이 전화 목소리 어디서 들은 것 같은데. 그래, 바로 너야. 갱에 시체가 있다고 전화를 건 게 바로 너였어."

나는 다시 경찰에 끌려갔다. 이번에는 교장 살해 혐의였다. 알리바이가 있다고 말했다. 하지만 그날 밤 나와 같이 있었다고 증언할 수 있는 것은 노보루뿐이었다.

"노보루에게 물어 봐요. 그 애와 같이 있었단 말이에요."

"범죄자는 언제나 그렇게 말하지. 노보루한테는 벌써 물어봤어. 이렇게 얘기하더군. 토비는 그런 류의 전문 서적을 반복해 읽고 있었다고. 그중에서 『연분홍색 공포』에는 폐쇄된 갱에 시체를 버리는 이야기가 나오지. 학교 도서관에서 빌려 읽었겠지?"

분명 그 책을 읽었다. 하지만 그건 학교 도서관에서 빌린 것이 아니다. 벤츄라 카운티 도서관이었다. 그 책에 그런 내용이 나오는지 버드가 어떻게 알고 있는 걸까. 노보루에게 듣고서 조사한 걸까.

"혹시 도서관의 대출 카드는 누가 빌려갔는지 알 수 없게 되어 있지 않나요?"

"그래. 하지만 살인 사건은 달라. 우리는 다 조사할 수 있다고."

다시 상황은 악화되었다.

"노보루는 일본으로 돌아갔어요. 이 상태로는 진범이 도망간 게 된다고요."

버드는 괴이한 표정을 지었다. 그리고 갑자기 내 팔을 걷어 올렸다.

"역시. 이럴 줄 알았다니깐. 주사 바늘 흔적이 있어."

버드는 그렇게 말하고 나를 카운티 약물 요양소에 집어넣었다. 그곳에서 검사를 받았다. 약물 반응이 양성으로 나오면 그것이 없어질 때까지 나갈 수 없다.

"양성이에요. 3개월 정도 교육을 받으세요."

아버지는 나를 어머니에게 떼어 넘기려 하고 있다. 아버지는 새로 생긴 여자에게 정신이 팔려 있다. 어머니는 한 번도 면회를 오지 않았다. 앞으로도 오지 않을 것이다. 제니퍼의 일에 죄의식을 느끼느냐는 카운슬러 질문에 아니었지만 그렇다고 대답했다. 이것으로 점수가 조금 올라갔다.

에니가 일본으로 갔다는 말을 카운슬러로부터 들었다. 노보루를 만나러 간 것이다. 노보루를 생각하면 내 정신이 이상하게 흥분하여 아드레날린을 배출한다. 이것이 검사 시 양성 반응으로 나타나게 된다. 주의해야만 한다. 카운슬러가 테스트를 하고 있는 것일지도 모른다.

지금 내가 해야 하는 것은 사건에는 아무런 관계도 없고 지극히 평범한 고등학생이었다는 사실을 인식시키는 일이다. 그러고 나서 노보루를 어떻게 해치울 것인지 천천히 생각하고 싶다.

노보루를 해치울 방법을 그 녀석이 보여 주었던 팸플릿에서 찾고 있다. 찬찬히 읽어보니, 녀석의 중대한 실수를 알게 되었다. 그건 바로, 해외 귀국 자녀 규제가 있는 일본의 대학에 들어가기 위해서는 부모가 2년 이상 해외 근무 경력이 있는 자제에 한해서라는 조건인 것이다. 노보루의 부모는 계속 일본에 살고 있다. 이건 분명 사기다. 이 증거를 쥐고 일본의 대학으로 쳐들어가 줄 것이다. 나는 은밀하게 내 두뇌의 명석함에 박수를 보냈다.

양성 반응은 없어졌다. 학교에 돌아갈 수 있게 되었다. 하지만 이상한 일이 생기고 있었다. 요양소의 닥터는 내 얼굴을 똑바로 보지 않게 되었고, 간호사 마시는 내 농담에 웃지 않았다. 주초가 예정이었던 퇴원 허가도 그냥 지나가 버리고 말았다. 그리고 주말.

"토비 맥과인, 진정하고 내 말 잘 들어라. 오늘 결과가 나왔다. 너는 에이즈 보균자였어. 증상이 나오고 있다. 약물을 할 때 여럿이 같은 주사기를 사용한 적이 있지?"

나는 카운슬러의 입술만 보고 있었다. 아무 말도 들리지 않았다. 절망한 나머지 기절하고 말았다. 정신이 들자,

"선생님, 저는 아직 살아 있어요. 싸워 보일 거예요. 노보루 말인데, 범인이에요. 에니는 속아 넘어 갔어요. 무서운 놈이니까. 테니스 클럽에서 아이스가 나왔고, 저는 버드가 싫어요. 노보루는 사기꾼이에요. 알겠어요? 알겠냐고요?"

하고 호소했다. 조리 있게 이야기하려 했는데 제대로 연결이 되지 않았다.

카운슬러는 생긋 웃더니 '착란' 이라는 항에 체크를 했다. 그런 게

아냐. 내 말은 다 진짜라고. 그렇게 소리쳤다. 오른팔에 통증을 느꼈다. 마취 주사를 놓은 것이다.

나, 토비 맥과인은 현재 캘리포니아주 벤츄라 카운티의 드네인 밸리 병원에 입원 중이다. 하지만 얼마 남지 않았다. 얼굴도 변해 비렸다. 목소리도 쉬었다. 폭삭 늙은 것 같다. 아버지도 찾아오질 않는다.

'토비, 약물 반응을 음성으로 해서 일본에 한 번 와. 우리 부모님도 화가 풀렸어. 에니와 나는 장래를 약속했다. 네가 소개해 준 멋진 여성. 감사하고 있어. 매일 꿈 같은 날들을 보내고 있다. 너무 즐겁다.'

노보루에게서 편지가 왔다. 거기에는 전화번호가 적혀 있었다. 컬렉트콜로 일본에 전화를 했다. 노보루가 받았다. 옆에 에니도 있는 것 같았다. 그건 분위기로 알 수 있다.

"죽여 줄 테다."

"너, 날 죽이고 싶니? 난 그 이상으로 널 죽이고 싶었다. 왠 줄 알아? 크랙으로 환각에 빠져 고속도로에서 죽은 제니퍼는 바로 내 여동생이었어. 제니퍼가 자포자기했던 이유는 닷지, 노턴, 이스마엘 그리고 너에게 당했기 때문이다. 나는 원수를 갚은 거야."

나는 바닥에 털썩 주저앉았다.

"왜 나를 살려 둔 거지?"

"글쎄, 너를 살려 둔 건 제니퍼가 널 사랑했기 때문이다."

나는 갈증을 느껴 몇 번이나 침을 삼켰다. 그리고 궁금했던 것을 결국 물었다.

"어떻게 네 명을 아니, 교장까지 다섯 명을 죽인 거지?"

"그야 간단하지. 나는 그들의 노보루 님 살해 계획을 알고 있었다. 어떻게 알았는가 하면 녀석들이 열심히 학교 도서관을 들락거리기 시작했기 때문이지. 그것도 읽고 있는 것은 암살 계획서뿐이었어. 그러는 사이에 교코가 내 스케줄을 끈질기게 캐물었다. 퍼뜩 감이 오더군. 그래서 나는 일본에 가지 않았지. 차를 빌려 녀석들의 움직임을 감시했지. 은밀하게 말야. 로스앤젤레스로 가서 녀석들의 계획에 맞게 행동해 주었다. 갱으로 끌고 가 버릴 작정이란 것을 알고 마지막 순간에 권총을 빼 들었지. 녀석들도 권총을 갖고 있었지만 내 연기에 완전히 속아 넘어갔지. 내가 녀석들보다 빨랐어. 깜짝 놀라더군. 닷지와 노턴을 갱에 떨어뜨리고 울고 있는 교코를 한 대 때려 줬지. 그러곤 차로 처넣었어. 교코와 이스마엘에게 아이스를 주사했지. 노드오프 언덕의 정상까지 데려가 알몸으로 놓아주었어. 동사할 게 뻔했지. 다음은 교장이었는데 그 늑대가 일본 여학생을 몇 명이나 범했는지 알아? 나는 완벽한 영어로 교장을 불러냈지. 내가 일본인이란 것을 전혀 눈치채지 못했지. 부인이 후에 증언했겠지만 내 이야기는 한마디도 나오지 않았을 거다. 그건 유학생의 영어가 아니었으니까. 교장은 용서를 빌었지. 하지만 아이스를 물려주니까 얌전해지더군. 스스로 권총의 방아쇠를 당겼어. 엔진을 끄고 사이드 브레이크를 풀었지. 차는 저절로 강으로 떨어졌지."

"살인자. 자살해."

"싫은걸. 이건 완전범죄야. 자살할 생각은 전혀 없어. 교코를 왜 죽여 버렸는지 그것만은 나도 잘 모르겠어. 굳이 말하자면 일본인의 치부를 지워 버리자, 뭐 그런 걸까. 그리고 나와 여동생의 영어에 대한 건데 우리는 초등학교 때부터 미국에서 지냈어. 너희들의 슬랭을 모른다고 생각했나?"

"왜 미국에서 학교를 다녔지?"

"우리 집안은 야쿠자야. 일본에서는 야쿠자의 자녀는 놀림을 당하지. 아이스는 집에 얼마든지 있어, 토비."

나는 그 날 카운슬러에게 안락사를 선택하고 싶다고 호소했다. 하지만 '아직 충분히 싸우고 있지 않다' 며 거절당했다.

그날 밤, 나는 탕에 뜨거운 물을 받고 갖고 있던 면도칼로 손목을 그었다. 몸의 힘이 빠져 나갔다. 반대로 의식은 점차 또렷해졌다. 물결에 흔들리는 것 같았다. 그때 팸플릿에 '일본에서는 18세 이하의 연령으로는 대학에 입학할 수 없다' 라고 실려 있었던 것이 문득 떠올랐다. 내 몸은 탕 속으로 미끄러져 들어갔다.

'노보루는 아직 대학생이 아니야. 앞으로도 입학을 취소시켜 주겠어.'

손목에서 항문에서 줄줄 피가 흘러 탕의 물을 물들였다. 눈 바로 위에 빨간 물이 막처럼 덮였다. 숨을 쉴 수 없게 되었다. 손을 뻗었다. 하지만 아무것도 잡히지 않았다. 이번에는 완전히 잠겼다. 누군가의 비명소리가 들리는 듯하다.

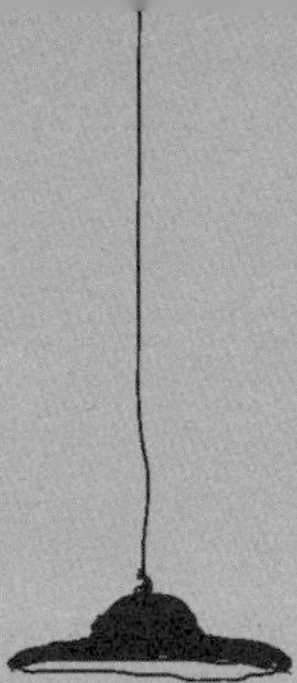

04

붉은 강

고스기 겐지 小杉健治

1947년 3월 20일 도쿄 스미타구 무코지마 출생. 컴퓨터 소프트웨어 회사에 18년 근무.
데뷔작은 올요미모노추리 신인상을 수상한 「하라시마 변호사의 처치」. 대표작 「고삐」.
취미는 고우타(小唄) 샤미센(三味線), 신파, 가부키 관극.

1

교도소를 나오자 줄무늬 검은색 양복에 포켓치프로 멋을 낸 가자미 변호사가 기다리고 있었다. 쉰 살이 넘었을 텐데도 얼굴엔 윤기가 흘러 나이보다 젊어 보인다. 무가이 도키요시는 키가 큰 가자미 변호사 앞으로 다가가 지방 덩어리인 살찐 몸을 둘로 접어 온순하게 인사를 했다.

"바쁘실 텐데 와주셔서 고맙습니다."

"그동안 고생이 많았네. 자, 가세."

가자미 변호사가 무가이의 어깨를 토닥거리며 대기시켰던 택시를 가리켰다. 무가이는 5년 만에 맛보는 속세의 공기를 가득히 들이마시고 나서 작은 가방을 들고 택시에 올라탔다.

"역까지 갑시다."

가자미가 말을 마치자 운전기사는 백미러를 힐끗 쳐다보고 나서 시동을 걸었다.

"우선 내 사무실로 가지."

"폐가 많습니다."

백미러로 자신을 훔쳐보는 운전기사를 노려보던 무가이는 가자미 변호사의 말에 허둥대며 대답을 했다.

무가이는 창밖으로 스쳐 지나가는 초록빛 나무들을 바라보았다.

가자미와 무가이는 신주쿠 역에서 내려 남쪽 개찰구로 나와 고슈 도로 방향에 있는 사무실로 향했다.

가자미 변호 사무실에는 소장 가자미 이외 네댓 명의 젊은 변호사가 더 있었다. 무가이는 그곳을 지나 응접실로 안내 받았다.

이마가 넓고 콧날이 뾰족한 여직원이 차를 가져와 무가이의 탁자 앞에 놓았다. 귀엽다는 생각에 여직원을 지긋이 쳐다보자 여직원은 눈썹을 찡그리며 도망치듯 방을 빠져나갔다. 무가이는 코웃음을 치며 찻잔을 들었다.

무가이는 올해 마흔 살이다. 발칵, 화를 잘 내는 성격에다가 싫증도 잘 내서 한 가지 일에 오래 매달려 있지 못한다. 그래서 절도로 교도소를 들락거렸다.

가자미가 응접실로 들어오자 무가이는 허겁지겁 길게 뻗고 있던 다리를 오므렸다.

"앞으로의 일, 말인데."

가자미가 약간 코맹맹이 소리로 말을 꺼냈다.

"직장 때문에 초조해 할 건 없어. 자네만 좋다면 일을 찾을 때까지 우리 집에 와 있어도 좋아. 비어 있는 방이 있으니까 한 달 가량 사용해도 상관없네. 신중히 생각해서 좋은 일자리를 찾아보게."

피붙이가 없는 무가이는 돌아갈 곳도 없었다.

"고맙습니다."

무가이는 부드럽고 너그러운 표정을 짓고 있는 가자미에게 짐짓 아첨을 하듯

"선생님 말씀대로 하겠습니다."

하고 고개를 숙였다. 그리고 살짝 눈을 치떠 가자미의 안색을 훔쳐보았다. 가자미는 얼굴에 미소를 지으며 말했다.

"좋아, 그럼 그렇게 하지. 집사람에게는 얘기를 해 둘 테니까."

일이 끝나면 같이 돌아가자는 말을 마치고 가자미가 방을 나가자 무가이는 탁자 위의 담뱃갑에서 담배 몇 개비를 꺼내 주머니에 넣고 그중 하나를 입에 물고 불을 붙였다.

앞으로 무엇을 할까 하는 생각은 전혀 하지 않았다. 그다지 인생에 집착하지 않기 때문에 두려움도 없었다.

들여 마신 연기가 목구멍을 빠져 나와 내장으로 퍼져 나가는 듯 현기증을 느꼈지만 기분 좋게 연기를 내뿜었다.

사실은 좀 더 무거운 형벌을 받았을 터였다. 가자미 변호사는 무가이도 질릴 만큼 사실을 미화해 당사자인 무가이조차 가자미가 만든 스토리가 진실인 것처럼 생각하게 되었다.

어린 여자의 뒤를 밟아 어두운 공사 현장에서 덮쳐 강간을 하고는 목을 졸라 죽이는 수법의 범행이라고 검사는 주장했다. 이에 가자미 변호사는 피해자가 술집에 다니는 여자였으며, 이따금 손님과 매춘 행위를 한 사실을 밝혀냈다. 그리고 그 당시에 피해자는 성

적 충동을 일으킬 만한 야한 옷을 걸치고 있었던 것을 보면 피해자가 매춘을 하기 위해 피고인을 유혹했지만 화대 문제로 다투게 되어 살해를 하게 된 것이지, 애초에 죽일 생각은 없었다는 과실치사를 주장했다. 그리고 가자미가 요청한 증인은 피해자의 자유분방하고 특이한 성생활을 법정에 나와 폭로했다.

피고인은 범행 현장이 그때가 처음이었고 그곳이 공사장인 줄도 몰랐다. 즉 피해자가 피고인을 유인했고, 곧 매춘 흥정이 이루어졌지만 화대 문제로 옥신각신 하다가 그만 목을 졸라 죽였다는 가자미 변호사의 변호에 무가이도 그것이 사실인 듯한 기분이 들었다.

무가이는 다 타버린 담배를 재떨이에 비벼 끄고 자리에서 일어나 방을 나왔다. 그러자 가까이 있던 사무원이 가자미를 불렀다. 가자미가 집무실에서 나와 어디에 가느냐고 물었다.

"바깥바람 좀 쐬고 오겠습니다. 죄송하지만 이 가방 좀 맡아 주세요."

무가이가 가방을 가자미에게 내밀었다.

"저녁때까지는 돌아오게."

가자미는 양복 안주머니에서 지갑을 꺼내 만 엔짜리 지폐를 무가이 손에 쥐어 주며 말했다.

"아껴서 쓰게."

"고맙습니다."

무가이는 그 돈을 바지 주머니에 아무렇게나 쑤셔 넣고 사무실을 나왔다.

길가로 나온 무가이는 크게 기지개를 켰다. 변호사와 있으면 왠지 긴장이 된다는 생각을 하며 목을 좌우로 돌리고 어깨를 한쪽 손으로 주물렀다.

가부키초를 두리번두리번거리며 걷고 있는데 어깨를 세게 부딪쳤다. 검은색 셔츠에 흰색 상의를 걸쳐 입은 근육질의 사내였다.

"아얏!"

무가이가 엄살을 부리며 소리를 질렀다. 지나치던 사내가 멈춰서 뒤를 돌아본다.

"왜 불만 있나?"

사내가 험상궂은 얼굴을 무가이한테 바짝 들이대며 말했다. 무가이도 매섭게 노려보며 말했다.

"사람을 쳤으면 미안하다는 말 한마디는 해야 할 거 아냐."

느닷없이 사내의 손이 무가이의 멱살을 잡았다. 상대는 자기보다 훨씬 힘이 세고 강해 보였다.

"내가 잘못했어."

무가이가 손을 모으며 사과했다.

"조심해."

사내가 내뱉고 돌아서자 무가이는 한쪽 발을 걸어 사내를 쓰러트렸다. 그리고 잽싸게 발로 얼굴을 걷어차고 연달아 배와 얼굴을 다시 내질렀다. 사내가 코피를 흘리자 무가이는 쏜살같이 도망을 쳤다.

무가이는 신주쿠에서 시부야로 갔다. 파친코를 하고 술을 마시고

7시가 넘어서 불그스레한 얼굴로 사무실에 나타났다.

"어딜 다녀오기에 이렇게 늦었나?"

가자미가 안심하듯 말했다.

"죄송합니다."

무가이는 야단을 맞을 때마다 '죄송합니다'라는 한마디로 일관했다.

무가이는 가자미와 함께 사무실을 나와 가미키타자와에 있는 그의 집으로 갔다.

작은 문 옆 철쭉꽃이 흐드러져 있고 손질이 잘된 정원으로 가자미의 아내 사치코가 나와 있었다. 사치코는 하얀 얼굴에 쌍꺼풀이 없는 온순해 보이는 느낌의 여자였다. 자기 부인을 살해한 범인의 변호를 맡은 가자미한테 감동을 받아 스물넷이라는 젊은 나이에 가자미의 후처가 되었다고 한다.

십여 년 전, 가자미의 아내가 대낮에 강도에게 살해당하는 사건이 있었는데 공교롭게도 그가 살인범의 변호를 맡게 된 것이다. 가자미는 범인이 심신 상실자喪失者라는 무죄 변호를 주장했고 그 결과 범인은 무죄를 선고받아 정신 치료를 받았는데 지금은 사회에 복귀해 잘 적응하고 있다고 한다.

"자, 어서 올라오세요."

사치코가 무가이의 손이라도 잡을 듯이 반갑게 집안으로 안내했다. 사치코의 향긋한 향내가 오랫동안 해 왔던 교도소 생활이 끝났음을 실감나게 해 주었다. 몸의 굴곡이 드러나는 사치코의 모습은 자극적이었다.

욕실에서 나오자 저녁 식사 준비가 되어 있었다. 가자미가 욕실에 있는 동안 무가이는 제멋대로 맥주를 마셨다. 이윽고 목욕을 끝낸 가자미가 옷을 갈아입고 나왔다.

"죄송합니다. 먼저 마시고 있었습니다."

무가이가 황송해 하며 말했다.

"미안해 할 것 없네. 자 건배하세."

차가운 맥주가 목구멍을 타고 흘러내리자 무가이는 가자미의 표정을 살폈다. 자기에 대한 행동이 진심인가를 알고 싶었지만 가자미는 시종일관 부드러운 표정으로 무가이에게 말을 건넸다.

무가이는 새벽 1시가 될 때까지 실컷 먹고 마시다가 자기 방으로 돌아갔다. 무가이의 방은 안채와 접해 있는 정원에다 만든 조립식 방이었다. 다다미 여섯 장 정도에 해당하는 방이었다.

구석 한 켠에는 부엌과 화장실이 딸려 있다. 이 방은 아이가 없는 가자미 부부가 한동안 데리고 있었던 조카들이 사용했던 방인 듯했다.

무가이는 이불 속으로 들어가 느긋하게 몸을 쭉 폈다. 이제야 세상으로 돌아왔다는 실감이 마음속에서 솟아올랐다. 꾸벅꾸벅 졸고 있던 무가이는 야릇한 신음 소리에 눈을 떴다. 그리고 윗몸을 일으켜 귀를 기울이다 곧 일어나서 창문을 열었다. 창문 바로 앞을 가로막고 있는 안채의 이층 창문이 조금 열려 있었다. 그곳에서 여자의 신음 소리가 때로는 높고 격렬하게 들려오는 것이었다.

2

일주일이 지났다.

무가이는 밤마다 가자미 부부의 격렬함에 고통스러웠다. 아침마다 점잔을 빼고 있는 가자미를 대할 때마다 그가 얌전한 사치코의 몸을 매일 밤 애무하고 있는 것을 상상하면 묘하게 조바심이 났다.

무가이는 매일 안채로 가서 가자미, 사치코와 함께 아침을 들고 점심은 사치코와 둘이서 먹었다. 그리고 저녁 역시 가자미의 귀가가 늦어져 사치코와 먹을 때가 많았다.

그날 밤, 오랜만에 가자미가 일찍 들어와 저녁 식사를 같이 했다.

"무가이 씨, 요즘 외출하시는 것 같던데 어디에 가세요?"

별 뜻 없이 던지는 사치코의 질문에 무가이는 조금 당황스러웠다.

"산책이오"

무가이가 차를 한 모금 마신 후 대답했다. 저녁 식사를 끝내면 고급 맨션이나 정원이 딸린 주택가를 어슬렁거렸다. 어디에 어떤 여자가 혼자 살고 있는지 대충 알 수 있었다.

"자네도 빨리 결혼을 하는 게 좋을 것 같은데, 어떤 타입의 여자가 좋은가?"

가자미가 웃으며 물었다.

"딱히 없습니다."

"그럴 리가 있나. 마른 여자가 좋은가 아니면 글래머 스타일이 좋은가?"

무가이는 문득 산책을 하다 찾아낸 한 여자가 떠올랐다. 술집에 나가는 듯 저녁때가 되면 붉은색 양장을 하고 맨션 현관을 나서는 것이다.

가자미가 뭔가 할 말이 있는 듯 그를 쳐다보자, 무가이는 잘 먹었습니다, 라고 말을 한 뒤 서둘러 자리에서 일어났다.

방으로 돌아와 위스키를 마시고 있는데 가자미가 들어왔다. 무가이는 가자미가 이젠 직장을 알아보라는 말이라도 하러 왔다고 생각을 했는데, 종이 가방을 들고 있는 그를 보자 다른 용건인 듯싶어 안심을 했다. 가자미가 무가이의 앞에 앉으며 말을 했다.

"미안한데, 내일 이곳으로 이것을 전해주지 않겠나? 나는 내일 재판이 있어서 시간을 낼 수가 없군."

가자미가 내민 종이에는 주소와 여자 이름이 적혀 있었다. 가자미는 장소를 자세히 설명하고 돌아갔다. 굳이 여기까지 와서 부탁한 것을 보면 사치코에게는 비밀임에 틀림이 없다. 종이에 적혀 있는 사토 미치코라는 이름에서 무가이는 은밀함을 느꼈다.

이튿날 오후, 무가이는 가자미가 부탁한 가방을 가지고 외출을 했다. 신주쿠 역으로 가서 주오선을 타고 아사카야로 갔다. 약도를 보면서 병원 앞을 걸어 놀이 공원 옆을 지나자 찾고 있던 아파트가 보였다. 초록색으로 멋을 낸 건물로 계단을 올라가 이층의 가장 안쪽으로 갔다. 벨을 누르자 안에서 소리가 들렸다.

"가자미 선생님의 심부름입니다."

무가이가 대답을 하자 미리 알고 있었다는 듯이 곧 문이 열리고 빨간 스웨터에 빨간 치마를 입은 서른 살 안팎의 여자가 나왔다. 눈매가 날카롭고 얼굴빛은 좋지 않지만 화장이 잘 받는 얼굴이었다.

방안으로 들어온 무가이는 거리낌 없이 여기저기를 둘러보았다. 집은 다다미 여섯 장쯤 되는 방 두개와 주방으로 나뉘져 있었다. 옆방에는 서너 살 된 남자 아이가 텔레비전을 보고 있다가 자기를 바라보는 무가이를 보자 놀란 눈을 하고 방문을 부서져라 닫았다.

"여기까지 오느라 힘드셨지요."

미치코가 홍차를 무가이 앞에 놓았다.

"오늘이 아이의 생일이라서……."

무가이는 오는 도중에 가방 안을 뒤져보았기 때문에 장난감이라는 것을 알고 있었다.

"혹시 가자미 선생님의……."

미치코는 부끄러운 듯 살짝 웃었다.

무가이는 뒷말을 잇지 못했다. 가자미한테 여자가 있다는 사실이 도저히 믿어지지 않았다. 미치코는 자리에서 일어나 주방으로 갔다. 무가이는 붉은 뒷모습을 바라보며 자신의 심장 고동 소리가 거세지는 것을 느꼈다.

그날 밤, 가자미가 양복 차림으로 무가이의 방에 얼굴을 내밀었다. 가방을 들고 있는 것을 보면 곧장 이곧으로 달려온 모양이다.

"갔다 왔나?"

"전해 주었습니다."

"고맙네."

가자미가 안심한 듯 말했다.

"그 여자는 선생님의……."

무가이가 새끼손가락을 세워 보였다.

"집사람에게는 비밀이네. 알았지?"

가자미가 호탕하게 웃었다. 무가이도 따라 웃었지만 마음속으로는 조금도 즐겁지 않았다. 사치코라는 멋진 아내가 있는데도 불구하고 바깥에 여자를 두다니, 무가이는 불공평하다고 생각했다.

며칠이 지난 어느 날 아침, 가자미가 출근을 한 후 무가이는 도저히 참을 수가 없어서 밖으로 나왔다. 가미키타자와역까지 한달음에 달려가 신주쿠로 가는 표를 샀다. 출근 시간이 지난 전철 안은 조금 한산했지만 신주쿠 역은 갈아타는 승객으로 붐볐다.

아사가야 역의 개찰구를 나온 무가이는 발걸음을 재촉했다. 뇌리에 확실하게 새겨져 있는 아파트를 향해 쏜살같이 달려갔다.

아파트가 눈 속으로 들어오자 심장의 고동 소리가 거세졌다. 문 앞에 서서 호흡을 가다듬고 벨을 눌러 가자미 선생님의 심부름으로 왔다고 말했다. 문을 연 여자가 의아한 표정으로 얼굴을 내밀었다. 무가이는 아랑곳하지 않고 제멋대로 안으로 들어갔다.

“무슨 일이시죠?”

여자가 당황해 하며 묻는다.

오늘은 검은색 스웨터를 입었지만 치마는 붉은색이다.

“시원한 거라도 한잔 주고 나서 물어 봐도 상관없잖아.”

미치코는 잠시 망설였지만 결국 주방으로 갔다. 무가이는 방 한가운데서 하품을 하며 담배를 물었다.

“아이는 어디에 있지?”

아까부터 아이가 보이지 않는다.

“아침 일찍 친구 집으로 놀러 갔어요.”

여자가 컵을 무가이에게 내밀었다. 무가이는 컵에 입을 대더니 곧 내뱉었다.

“뭐야 보리차잖아, 위스키 없어?”

무가이는 일부러 험악한 자세를 취했다. 여자도 눈을 치켜 올렸다.

“정말로 가자미 선생님 심부름으로 왔어요?”

“그래, 일부러 멀리서 찾아왔는데 기껏 보리차야, 맥주라도 없나?”

“수작 부리지마, 선생님한테 아무 연락도 받지 못했어. 돌아가요, 돌아가지 않으면 소리 지를 거야.”

여자는 팔짱을 끼고 떡 버티고 서서 말한다.

“날 못 믿겠다는 거야?”

무가이가 일어났다.

"그래요. 좋아, 그럼 전화를 걸어서 확인해 보겠어."

여자가 전화 쪽으로 다가서자 무가이가 허둥대며 여자의 팔을 잡아 당겼다.

"놔요!"

"힘이 세군."

무가이는 여자의 팔을 끌어당기며 말한다.

"놔!"

여자가 팔을 힘껏 뺐다. 팔을 빼면서 여자의 손이 무가이의 코를 쳤다.

"이년이!"

무가이는 코를 문지르며 여자에게 다가갔다. 여자는 뒷걸음치며 방어 자세를 취했다.

"날 우습게 보지 말아요."

"난 선생님의 귀여움을 받고 있는 사람이야. 선생한테 했던 것처럼 나한테도 해봐, 그렇지 않으면 혼이 날거야."

무가이는 여자를 벽 한 구석으로 밀어붙였다.

"이런 짓을 하고 무사할 것 같아. 선생님한테 다 말 할 거야!"

"벗어!"

무가이는 여자의 가슴과 허리를 더듬거리며 살집이 적당히 붙은 몸매에 홍분을 했다. 여자가 노려보며 그에게 침을 뱉었다. 이년이, 하며 무가이가 여자를 덮치려는 순간 벨소리가 났다. 여자는 무가이의 힘이 빠진 순간에 그를 밀어젖히고 문 쪽으로 달려갔다.

"또 보자고."

무가이가 여자 곁을 지나 문을 열었다. 복도에는 중년 여자가 서 있었다. 무언가를 팔러 온 모양이다. 무가이는 찜찜한 기분으로 아파트를 나왔다. 가미키다자와로 돌아왔지만 곧장 집으로 돌아갈 기분이 아니었다. 치마를 벗길 수 있었다는 생각에 아직도 흥분이 가라앉지 않았다.

상점가를 벗어나 퍼뜩 정신을 차려 보니 이미 한적한 주택가로 들어와 있었다. 무의식 상태에서 '샤를 가미키타자와' 맨션으로 향하고 있었던 것이다. 이곳에는 넓은 주택과 고급 맨션들이 줄지어 있다. 무가이는 '샤를 가미키타자와' 맨션 뒤뜰로 돌아가서 나무들 틈새로 1층 105호 베란다를 들여다보았다. 오후의 뜨거운 햇살이 내리쬐고 있었다.

눈여겨보았던 여자가 빨래를 걷고 있었다. 붉은 치마를 입은 여자를 보며 무가이는 꿈틀거리는 욕망을 지긋이 눌렀다. 이윽고 여자가 빨래를 안고 방으로 들어가자 무가이는 재빠르게 베란다를 기어 올라갔다.

창가에서 방으로 숨어 들어가려는 순간, 나머지 빨래를 가지러 베란다로 나온 여자와 딱 마주쳤다.

무가이는 여자가 비명을 지르기 전에 뛰어들어 빨래로 여자의 입을 막고 쓰러트렸다. 그리고 여자 위에 올라타며 말했다.

"조용히 해. 시끄럽게 굴면 죽여 버리겠어!"

여자의 목을 팔로 누르자, 여자는 공포로 몸을 떨었고 거세게 저항했다.

"더러워, 싫어. 저리 가!"

손이나 얼굴을 손톱으로 찌르며 여자는 난폭하게 저항했다. 더럽다는 여자의 말이 그를 자극했다. 이성을 잃은 무가이는 여자의 뺨을 몇 차례 때렸다.

3

그날 밤, 무가이는 저녁밥을 절반 이상이나 남겼다. 목뼈를 부러뜨리기라도 한 듯한 기분 나쁜 감촉이 아직도 손가락에 남아 있었다.

"어머, 카레라이스를 좋아하지 않나 봐요?"

사치코가 미안해하며 말했다.

"식욕이 없어서요. 감기 기운이 있는지 머리도 아프고."

"약을 드릴까요?"

사치코의 말을 뒤로 하고 무가이는 부랴부랴 방으로 돌아와 이불을 덮고 누웠다. 붉은색이 눈앞에서 아른아른 거려 무가이는 이불을 머리끝까지 뒤집어썼다.

한 시간이 지났지만 여전히 신경이 곤두서 있어 몸을 일으켰다. 가방을 열어 작은 위패를 꺼내어 방바닥에 놓았다. 정좌를 하고 두 손을 모으는데 방문을 두드리는 소리가 들렸다. 무가이는 끌끌 혀를 차며 문을 열러 나갔다. 가자미가 굳은 표정으로 들어와 위패에 잠깐 눈길을 던지더니 말문을 열었다.

"물어 볼 말이 있는데."

가자미는 몹시 흥분된 모습이었지만 꾹 참고 있는 듯했다.

"감기 기운이 있어서 자고 있던 중입니다. 무슨 일입니까?"

무가이가 이불 위에 앉으며 하품을 늘어지게 했다.

"아침에 외출했다고 하던데 어디에 갔다 왔나?"

가자미가 물었다. 평상시의 차분한 모습이 아니어서 다른 사람처럼 보인다.

"시부야요."

무가이가 얼버무렸다.

"아사카야에 갔다 온 건 아닌가?"

가자미가 다그쳤다.

"그곳에 갈 일이 있습니까? 대체 누가 그런 말을 합니까? 그 여자가 무슨 말이라도 했습니까?"

무가이가 오히려 반박을 하자 가자미는 당황하며 불쾌한 표정으로 말했다.

"가지 않았으면 됐네. 자네는 이젠 그곳에 가지 않아도 좋으니까."

무가이는 마음속으로 비웃었다. 사회에서는 고매한 인격자로 알려진 가자미도 여자 문제에는 이처럼 완전히 이성을 잃고 만다. 가자미 변호사가 자신과 같은 종류의 인간처럼 생각되었다.

"뭐가 우습지?"

가자미가 화가 난 듯 말했다.

"아무것도 아닙니다."

그렇게 말하면서 무가이는 계속 웃었다.

"출소한 지 벌써 이 주일이 되었네. 이젠 슬슬 일자리를 찾아보게."

무가이의 웃음이 멎기를 초조하게 기다리고 있던 가자미가 말을 했다.

"내가 고문을 맡고 있는 회사에서 사람을 구하고 있네. 내일이라도 면접을 보러 가게."

"내일 말입니까? 내일은 좀……."

무가이가 그다지 내키지 않는 듯 되물었다.

"모레라도 상관없네."

"알았습니다."

가자미의 표정이 싸늘해졌다.

"언제까지 자네를 데리고 있을 수는 없네. 하루라도 빨리 일을 찾아서 이 집에서 나가 주게."

가자미의 어투는 강했다. 그곳에는 질투심 많은 한 중년 남자가 있을 뿐이었다.

다음날 아침, 식사 후 무가이는 일단 자기 방으로 돌아와 가자미가 출근했을 시간을 계산해서 다시 안채로 갔다. 이번에는 뒷문을 통해 안으로 들어갔다. 사치코가 청소를 하고 있었다. 무가이는 사치코의 허리 부근에다 시선을 고정시켰다. 무슨 낌새를 느꼈는지 사치코가 청소기의 스위치를 끄고 뒤를 돌아보았다.

"아, 깜짝이야."

"사모님, 뭔가 도울 일은 없습니까?"

"아뇨, 괜찮아요."

청소기의 스위치를 켜고 사치코는 다시 청소를 시작했다. 무가이가 돌아갈 기미를 보이지 않자 다시 스위치를 끄고 의아스런 얼굴로 그를 돌아보았다.

"사모님, 말씀을 안 드리려고 했지만……, 아니 역시 말하지 않는 편이 좋겠군요."

무가이가 거들먹거리며 말했다.

"무슨 일이에요?"

무가이가 일부러 애를 태우려는 듯 입을 다물었다.

"대체 무슨 일이죠?"

사치코가 재촉했다.

"놀라시면 안 됩니다. 선생님한테 여자가 있어요."

무가이의 말에 사치코가 눈썹을 찡그렸다.

"이상한 말 하지 마세요. 남편은 그런 사람이 아니에요."

"내가 만나보고 왔어요. 사모님이 딱해서 견딜 수가 없었어요."

무가이가 다가가 손을 잡자 사치코가 가볍게 뿌리치며 말했다.

"당신이 뭘 착각하고 있는 거예요."

"선생을 꽤 믿으시는군요."

무가이는 감탄과 함께 어이없어 하며 말했다.

"사모님은 선생에게 속고 있는 거예요."

무가이가 사치코의 어깨에 손을 올려놓았다.

"이러지 말아요."

"선생도 밖에서는 적당히 즐기고 있다고."

"안 돼요, 이런 짓을 해서는."

사치코가 그를 달랬다.

"하지만 난 부인이 좋은 걸요."

사치코가 다가오는 무가이의 몸을 손으로 가로막으며 말했다.

"그래요 그럼 그 증거를 보여줘요."

"증거?"

"그 여자를 어떻게 해봐요. 그렇다면 당신 말을 믿겠어요."

"정말입니까?"

"물론 농담이에요. 이상하군요. 그런 무서운 얼굴을 하다니. 장난은 이쯤에서 그만두지요."

사치코는 무가이의 팔에서 벗어나려 했지만 무가이는 놓아주지 않았다.

그때 벨이 울렸다.

무가이는 어쩔 수 없이 사치코를 놓아주었다. 언제나 결정적인 순간에 방해를 받게 되자 무가이는 화를 삭일 수 없어 소파를 발로 힘껏 찼다.

담배를 입에 물고 불을 붙이려는데 사치코가 얼굴을 내밀었다.

"무가이 씨, 경찰이 찾아왔어요."

무가이가 펄쩍 뛰어오르듯 일어나다가 담배를 입에 물고 사치코를 노려보았다. 사치코가 문득 웃었던 것 같아 무가이는 화를 누르고

"경찰이 내게 무슨 볼일이야."

라고 내뱉으며 현관으로 향했다.

현관에는 키가 큰 두 남자가 서 있었다.

"무가이 씨죠. 물어 볼 말이 있습니다."

눈초리가 매서워 보이는 남자가 한 발 다가서며 말한다.

"사모님은 아무 걱정 마시고 안으로 들어가세요."

무가이는 따라 나온 사치코를 안으로 들여보내고 형사에게 얼굴을 돌렸다.

"샤를 기타자와 맨션을 알고 있습니까?"

무가이는 얼굴빛의 변화를 눈치채지 못하도록 조심하면서 퉁명스럽게 대답했다.

"무슨 일이죠?"

형사들은 서로 얼굴을 마주보고 나서 설명을 했다.

"사실은 어제 낮 2시쯤, 이 맨션에 살고 있는 여자가 강간을 당한

뒤 살해된 사건이 있었습니다. 그 사건 때문에 왔습니다."

"내가 범인이라는 증거라도 있습니까? 실례가 아닌가요, 여기는 가자미 변호사 집입니다. 난 가자미 선생 댁에서 신세를 지고 있는데 날 의심하는 건 선생을 의심하는 것과 같은 겁니다."

무가이가 기세 좋게 지껄이자 형사들은 당혹스런 표정을 지었다.

"딱히 당신을 의심하는 건 아닙니다. 이건 누구에게나 묻는 것이니 협조해 주세요. 아무튼 탐문 수사를 했다는 보고서를 써야 하니까요."

형사가 겸손하게 말했다.

"그럼 협조를 해볼까."

무가이는 일부러 생각하는 척 하더니

"어제는 직장을 알아보려고 이타바시에 갔었습니다."

하고 거짓말을 했다.

"그 회사 이름은?"

"가는 도중에 그만 짜증이 나서 되돌아 왔소."

"그래요, 그럼 그것을 증명해 줄 사람은?"

"혼자서 갔기 때문에 아무도 없소."

무가이가 사납게 내뱉었다.

무가이는, 그 뒤에도 시시껄렁한 질문들을 장황하게 묻고 나서, "알겠습니다, 바쁜데 실례가 많았습니다." 하고 돌아서려는 형사를 불러 세웠다.

"대체 날 찾아온 이유가 뭐요?"

형사는 약간 머뭇거리더니 말했다.

"맨션에서 수상쩍은 사내가 도망가는 것을 목격한 사람이 있었습니다. 그 목격자에 의하면, 사내 특징이 서른 후반에 몸집이 작고 살이 쪘다고 하더군요."

무가이는 불쾌한 듯 얼굴을 찡그렸다.

형사들이 돌아간 후 무가이는 방 한가운데 털썩 주저앉고 말았다. 아무에게도 들키지 않을 자신이 있었는데, 목격자가 있었다는 사실은 큰 충격이었다. 무가이는 맨션의 쓰레기장을 통해 밖으로 나왔기 때문에 사람 모습은 전혀 없었던 것이다.

문득 정신을 차려 보니, 뒤에 사치코가 서 있었다.

4

무언가 두드리는 소리가 점점 커지는 것을 의식할 수 있는 반수면 상태에 있었다. 퍼뜩 눈을 뜨자 난폭하게 문 두드리는 소리가 들렸다.

창문으로 아침 햇살이 들어왔다. 시계는 9시를 가리키고 있었다. 어젯밤은 도저히 마시지 않고는 잠을 잘 수가 없어서 역앞에 있는 술집으로 달려가 코가 삐뚤어지게 마시고 돌아왔었다.

아직도 문을 마구 두드리고 있다.

무가이는 제기랄, 하고 중얼거리며 일어섰다. 문을 열자 가자미가 못마땅한 듯 안으로 거침없이 들어와 담배를 피웠다.

무가이는 일부러 늘어지게 하품을 했다.

"경찰이 왔다고 하더군."

담배연기를 뿜어내며 가자미가 말했다.

"별 대수롭지 않은 일이라 곧 돌아갔어요."

"설마 자네가 저지른 짓은 아니겠지?"

가자미가 무서운 얼굴로 물었다.

"무슨 말씀을 하시는 거예요. 선생님이 저를 제일 잘 알고 있지 않습니까?"

가자미는 잠자코 있었다. 무가이는 싸늘한 표정으로 이 솜씨 좋은 변호사를 노려보았다. 완벽하게 이쪽의 페이스에 말려든 게 아주 통쾌했다.

"사실이겠지?"

"집요하군요. 증거는 있습니까? 증거도 없는데 의심을 하다니 선생님답지 않으시군요."

무가이가 여유를 부리며 대답했다.

가자미는 거칠게 담배를 재떨이에 비벼 끄고 자리에서 일어났다. 문 쪽으로 가다가 생각이 났다는 듯 뒤를 돌아보며 말을 했다.

"이젠 여기서 나가도록 하게. 이곳에 있어 봤자 아무래도 자네한테는 도움이 될 것 같지가 않군."

"사모님도 같은 생각인가요? 사모님이 나가라고 하지 않는 이상 나갈 수 없습니다. 난 여기가 아주 마음에 들거든요."

"은혜를 원수로 갚는군, 배은망덕한 것."

"선생님, 왜 그렇게 화를 내십니까? 날 여기서 내쫓는다면 난처해지는 것은 선생님일 텐데요."

무가이의 돌변한 태도에 가자미는 아연 실색한 표정이다. 더 이상 잃을 것이 없다는 것은 강점이었다.

"자네가 미치코한테 어떤 짓을 했는지는 잘 알고 있어. 두 번 다시 아사카야 근처에는 얼씬거리지 마. 한 번 더 찾아간다면 내게도 생각이 있어."

가자미는 이 말을 남기고 방에서 나갔다. 변호사라는 위치에서 그는 아무 것도 할 수가 없다. 무가이는 그의 약점을 꿰뚫고 있다. 그런데 가자미는 미치코에게 푹 빠진 모양이다. 사치코를 두고 그런 짓을 하다니 뻔뻔스럽다.

"그 여자를 어떻게든 해봐요," 하는 사치코의 말이 갑자기 되살아났다.

무가이는 길가 모퉁이에 서서 아파트 이층을 노려보고 있다. 한 시간이 지났다. 아파트에서 나온 한 여자가 무가이를 아래위로 훑어보며 사라졌다.

30분이 더 지나서야 미치코가 문을 열고 나왔다. 샌들을 신고 옷가지를 들고 나왔다. 세탁소라도 가는 것일까. 미치코의 모습이 보이지 않게 되자 무가이는 계단을 올라가 열려 있는 창으로 들어갔다.

방안은 어지럽게 어질러져 있고 주방에도 접시나 찻잔들이 쌓여 있다. 이불도 펼쳐져 있는 그대로이고 속옷들도 여기저기 널려져 있다. 의외로 깔끔하지 못한 성격인 모양이다. 벽에는 남자용 유카다가 걸려 있다. 어젯밤 가자미가 다녀간 것일까.

무가이는 옷장 서랍을 뒤지다 돈이 들어 있는 봉투를 발견했다. 빚이라도 졌는지, 십만 엔이나 들어 있다. 다른 서랍도 뒤져보았지만 현금은 보이지 않는다. 무가이는 반지 따위는 거들떠보지도 않고, 화장대 주위를 샅샅이 뒤졌다.

문 열리는 소리가 들렸다. 무가이는 서둘러 욕실로 가서 숨었다. 귀를 기울이자 텔레비전을 켜는 소리가 들렸다. 살짝 문을 열어 보니 미치코가 냉장고 안에다 물건을 넣고 있다.

무슨 눈치를 챈 걸까 미치코가 갑자기 뒤를 돌아보았다. 그 순간 무가이는 여자에게 사납게 뛰어들어 쓰러트렸다. 그러고는 다시 왔어, 하고 말했다.

여자는 눈을 커다랗게 뜨고 와들와들 떨고 있다.

"만지지 마! 더러운 손으로 내 몸을 만진다면 두드러기가 날거야, 썩 꺼져!"

"뭐 더럽다고!"

순간 피가 머리끝까지 치솟았다. 무가이는 무자비하게 여자의 붉은색 블라우스 단추를 뜯어냈다. 그리고 붉은 스커트를 벗겼다.

5

기류 켄타로가 수사 1과의 당직으로부터 사건의 통보를 받은 것은, 술을 잔뜩 마시고 세 여자와 함께 2차, 3차 술집을 돌다가 집으로 막 돌아왔을 때였다. 술에 취한 기류는 지검으로 전화를 해서 숙직을 하는 사무관한테 집으로 차를 보내 달라고 부탁해서 현장으로 달려갔다. 현장에는 이미 감식반과 수사 1과의 수사원들 등 많은 경찰관들이 모여 있었다.

기류는 가나자와 지검에서 도쿄 지검 형사부로 옮겨온 후 처음 터진 사건 현장에 술 냄새를 풀풀 풍기며 참석하게 된 것이다. 기류는 주변을 휙 둘러보고 책임자인 듯한 형사를 붙들고 사건의 전말에 대해 물었다. 기류는 될수록 멀리 떨어져서 형사의 이야기를 들었다.

피해자는 다다미 위에 반듯이 쓰러져 있었고 명백하게 강간을 당한 뒤였다

요코하마의 친지가 전화를 했지만 좀체 받지를 않자 불안한 생각에 한밤중에 황급히 달려와 시체를 발견했다고 한다. 그리고 피해자한테는 아이가 하나 있는데 친구네 집에 자러 갔다고 한다.

현장을 한 바퀴 둘러본 그에게 수사 1과의 비슷한 또래 형사가 말을 걸어왔다.

“난처하게 되었습니다.”

화장대 서랍에서 가자미 변호사의 명함과 피해자와 함께 찍은 사

진 따위를 발견했다는 것이다. 언뜻 보아도 여자 혼자 사는 집으로 생각되는 방에는 곳곳에 남자의 자취가 느껴지는데 공교롭게도 가자미 변호사가 아니겠냐는 것이다.

원래 가자미 변호사는 도쿄 지검의 검사였다. 가자미는 부정 사건에 연루된 정치가를 상사의 반대를 무릅쓰고 법원에 기소했기 때문에 검찰계로부터 따돌림을 받게 되었고 결국 변호사로 전환을 하게 된 것이다.

기류는 가자미를 만나 본 적이 없지만 변호사가 된 뒤의 평판은 잘 알고 있었다.

기류는 가자미 집으로 전화를 걸어 자초지종을 설명했다. 가자미는 번개같이 달려왔다. 머리는 헝클어져 있고 양복은 입었지만 넥타이는 매고 있지 않았다. 시체에 매달리려는 가자미를 형사가 만류했다.

"부끄러울 뿐입니다. 보기 흉한 꼴을 보여서."

가자미가 울음 섞인 목소리로 말했다.

"피해자와 선생님의 관계를 말씀해 주십시오."

기류는 자기소개를 한 뒤에 물었다.

"내가 돌봐 주던 여잡니다."

가자미는 기운 없는 목소리로 말했다.

"5년 전에, 신주쿠의 한 술집에서 호스티스였던 그 여자에게 법률 상담을 해 준 일이 있었습니다. 그 뒤에 그 여자는 시즈오카에 있는 고향으로 돌아갔기 때문에 한동안 만나지 못했습니다만 최근에 어떤 사정이 있어서 도쿄로 올라왔습니다. 여기는 석 달 전부터 있었습니다."

어떤 사정이란, 그 여자가 시즈오카로 내려가서 결혼을 했던 상대와 헤어졌다는 것이다.

젊은 형사가 옆에서 말허리를 잘랐다.

"짐작되는 범인은 없습니까?"

가자미의 표정이 어두워졌다. 기류는 가자미의 표정을 보고 그가 범인을 알고 있다고 생각했다.

"내 책임입니다."

"범인을 알고 있군요?"

기류가 물었다.

"오늘 밤 시간을 좀 주시겠습니까?"

"좋습니다."

기류가 대답했다.

그러나 수사본부에서는 이미 샤를 기타자와 맨션에서 발생한 호스티스 살인 사건의 용의자로, 가자미 변호사의 집에 묵고 있는 무가이 도키요시를 주목하고 있었다.

무가이 도키요시에게 임의 출두를 요청해 진술을 듣고 싶다는 경찰의 의견에 대해 기류는 무가이가 도망갈 이유가 없기 때문에 간접적인 증거를 확보하는 일이 먼저라고 주장했다.

무가이 도키요시의 혈액형과 정액으로부터 검출한 혈액형이 일치했고 또한 방안에서 발견한 머리카락도 확실한 증거가 되었다.

그런데 그날 무가이 도키요시는 가자미 변호사와 함께 자수를 하러 왔다.

기류 겐타로가 사무실로 들어오자 검찰 사무관인 가사기가 조간 신문을 그에게 내밀었다. 신문에는 가자미 변호사가 자숙한다는 뜻에서 1년간 변호 활동을 그만둔다는 기사가 실려 있었다.

〈변호사로서 의뢰인 또는 피고인의 정상참작을 요구하는 변호를 하는 것은 앞으로 범행을 되풀이하지 않겠다는 확신이 있었기 때문이다. 사실 내가 변호를 해서 가볍게 형량을 받은 피고인들은 대부분 재범을 하지 않았다. 거기까지 책임을 갖고 변호 활동을 계속해온 것이다. 이것은 나의 자랑이었고 자부심이기도 했다. 그러나 이번 사건은 내가 변호사로서 살아온 삶의 방식을 뿌리째 흔들어 놓았다. 책임을 지고, 이런 지경에 이른……〉

가자미 변호사의 담화를 읽어내려 가던 기류가 얼굴을 들었다.

"소문대로 결백하신 변호사군요."

가사기가 말을 했다. 기류도 수수한 느낌을 받았던 가자미 변호사의 얼굴을 떠올렸다.

"하지만 이 정도의 일로 책임을 질 필요가 있을까?"

기류는 이해할 수가 없었다. 타인의 일로 자신이 져야할 범위를 넘어선 게 아니냐고 기류는 말했다.

"자기가 변호한 피고가 출소한 뒤에 무슨 짓을 하는지 사실 변호사와는 아무 상관이 없지요. 하지만 난 이런 사고방식이 마음에 드는군요."

서른세 살의 기류보다 스무 살이나 더 많은 가사기가 차분한 음성으로 말했다.

"하지만 유능한 변호사가 일 년 동안 활동을 하지 않는다는 건 사법계에 큰 손실이 아닌가 요?"

"그야 검사님의 말이 옳지요. 하지만 이것은 한 개인의 삶의 방식이고 가자미 변호사의 인생철학의 문제이니까요."

"인생철학이라."

기류는 예전부터 스스로를 인간적인 변호사로 칭하고 있는 가자미를 좋아하지 않았다. 그의 행동이나 태도가 지나치게 훌륭했기 때문이다. 자기 아내를 죽인 범인을 위해 변호를 할 수 있다는 그의 고귀한 마음이 오히려 인간적이지 않다는 생각이 들었다. 사실은 너무나 미워서 자신의 손으로 죽이고 싶다는 생각이 일반적이지 않은가. 그게 또한 인간이지 않은가, 하고 기류가 자기의 생각을 이야기했다.

"처음엔 무척 괴로웠겠지요. 하지만 곧 깨달은 게 아닐까요. 그

또한 인간이라 가능했겠지요."

"전 아직 풋내기라 그런지 잘 모르겠습니다. 다만 인간적이라 하면 가자미 변호사한테 여자가 있었다는 사실이 인간적이라고 생각되는군요."

기류의 말을 듣고 가사기가 싱글싱글 웃으며 의미 있는 눈초리로 말했다.

"검사님은 미남이시니깐 특히 여자를 조심해야 합니다."

"매일 긴자에서 놀고만 있는 건 아닙니다."

기류가 허둥대며 부인을 했다.

6

경찰에서 조사가 끝나자 무가이는 검찰청으로 넘겨졌다. 용의는 아사가야의 강간 살인과 기타자와의 샤를 기타자와 맨션의 호스티스 살해 사건 두 가지이다. 그러나 무가이는 전자에 대해서는 인정을 했지만 호스티스 살인 사건에 대해서는 완강하게 부인했다.

기류는 무가이를 심문하면서 그가 취하는 태연자약한 태도를 어떻게 판단해야 좋을지 갈피를 잡지 못했다.

무가이는 만사가 귀찮은 듯 심문에 대한 대한 대답이 끝나면 기류나 가사기의 존재는 전혀 안중에 없는 듯이 팔짱을 끼고 벽의 한 점만을 뚫어지게 바라보고 있다. 마치 콧노래라도 부르는 듯한 태도였다.

"한 번 더 묻겠는데 당신은 피해자가 가자미 변호사의 여자라는 것을 알고 범한 거지요?"

기류의 질문에 무가이는 나른한 얼굴을 천천히 그에게 돌렸다.

"그렇소. 선생의 소중한 것을 빼앗고 싶었소."

"왜죠?"

"나를 진심으로 대하고 있는지 확인해 보고 싶었을 뿐이야."

무가이가 태연하게 대답했다.

이전의 사건에서 변호를 맡은 가자미 변호사의 최종 변론에 의하면 무가이는 태어난 순간부터 애정을 받지 못한 생활을 해 온 듯하다.

무가이는 이바라키 현 시모쓰마 시에 가까운 T시에서 알코올 중독자 아버지와 술집에 다니는 엄마 사이에서 태어났다. 어렸을 때부터 아버지의 폭행과 어머니의 무관심 속에서 애정에 굶주린 그에게 유일하게 손을 내민 사람은 어머니의 막내 여동생이었다.

무가이는 한 번 찾아오는 이모에게 어머니에 대한 애정을 구했다. 그 이모가 태풍으로 불어난 고가이 강에 빠져 익사한 것이다. 그 후부터 그의 행동에도 이상한 점이 보였다.

"그 선생은 내가 또 사건을 저지르지 않을까, 그것만 걱정했지, 나를 감시하고 있었을 뿐이야."

"당신에게 무슨 사건을 일으킬 만한 위험성이라도 있었나요?"

"그런 게 있을 턱이 없잖아."

무가이가 불만스러운 듯 퉁명스럽게 내뱉었다.

가자미 변호사는 무가이를 올바르게 이끌려고 무던히 애썼지만 제멋대로 행동을 해 몇 번인가 충고를 했지만 들을 생각도 않았다고 안타까운 듯이 말했다.

"처음부터 죽일 생각이었나요?"

"천만에! 사모님이 너무 불쌍해서 그 여자에게 협박을 하면 선생한테서 떨어질 줄 알았지. 사모님을 기쁘게 해주고 싶었을 뿐이야."

"그런데 왜 죽였죠?"

"그 여자가 내게 더럽다며, 손톱으로 가슴을 찌르면서 발광을 하더군. 나도 모르게 불끈 치밀어 올라서."

무가이는 아무 부끄러움도 없이 손짓 발짓으로 여자를 강간했을 때의 상황을 설명했다.

"정신을 차렸을 땐 이미 손으로 목을 누르고 있더군."

얼굴 앞에 두 손을 대고 목을 누르는 시늉을 했다.

이전의 매춘 살인 사건에서도 무가이는, 당신 같은 더러운 남자한테는 돈을 받아도 하고 싶지 않다는 말을 듣자 그만 불끈 치밀어 올랐다고 했다.

무가이는 금방 발끈해지는 성격으로 자신을 컨트롤하지 못하는 타입인 듯했다.

"샤를 기타자와 맨션을 아나요?"

기류가 화제를 바꿨다.

"모르겠는데."

"하지만 이따금 산책을 하러 나가지 않았나요?"

"맨션 이름 따위를 알게 뭐야. 난 죽이지 않았어. 절대 죽이지 않았다고."

무가이가 갑자기 눈을 부라리며 호스티스 살인을 단호히 부인했다.

"이제부터 난 아무 말도 하지 않겠어."

기류는 문득 위패가 생각이 났다.

"당신은 희한한 것을 소중하게 간직한다고 하던데?"

"희한한 것?"

무가이가 의아스런 표정을 지었다.

"위패를 가지고 있지 않나요?"

"위패?"

"누구의 위패인가요? 이모의……."

무가이의 얼굴이 순식간에 달아오르고 뺨에 경련이 일어났다.

이모가 죽고 나서부터 무가이의 행동에 이상한 변화가 있었다고 했다. 기류는 거기에 무가이의 마음을 열 돌파구가 있다고 생각했다.

기류는 "조사라면 제가 가겠습니다." 하고 말하는 가사기의 제의를 뿌리치고 무가이가 태어난 고향 이바라키 현의 T시로 향했다. 무가이의 굳게 닫힌 마음속으로 들어가기 위해서는 자신이 가야 된다고 생각했다.

죽은 이모의 남동생을 만나 죽게 된 당시의 이야기를 들었다.

"누나가 왜 다리에서 떨어졌는지 믿을 수가 없었습니다."

옛 일을 회상이라도 하듯 가물가물해진 눈으로 그가 말했다.

"누나의 죽음과 도키요시의 범행과 무슨 관계가 있습니까. 변호사도 와서 같은 것을 묻더군요."

남동생의 질문에 대답을 하지 않고 기류가 되물었다.

"변호사라면 가자미 변호사 말입니까?"

"아니, 그런 이름이 아니었는데, 잠깐만 기다려 주십시오."

남동생은 방안으로 들어가 명함을 가지고 나왔다.

명함을 건네받은 기류의 눈이 휘둥그레졌다. 미즈기 구니오라는 이름이 눈 속으로 날아 들어왔기 때문이다.

7

미즈기 구니오라는 변호사가 무가이 도키요시의 변호를 맡았다는 연락을 받았다. 변호사 비용은 물론 가자미가 낸다고 한다.

미즈기 변호사를 아느냐고 가사기가 물었다.

"직접 만나본 적은 없지만 이야기는 많이 들어서 알고 있지요."

미즈기 구니오의 이름은 가나자와 지검에 있었을 당시 자주 듣던 이름이었다.

도쿄에서 출장을 온 검사들과 술자리를 같이 하면 으레 화제에 오르던 인물이었다. 잘은 모르지만, 컴퓨터와 관련된 일을 하다가 변호사로 전직을 한 특이한 사례였으며 국선 변호도 마다하지 않고 열심히 맡아서 하며, 변호를 하는 방식도 유별나다고 한다.

검사들은 미즈기 변호사 덕분에 자주 골탕을 먹고는 했다. 법정에서 판결이 곧잘 뒤집혀 검찰관 사이에 그에 대한 소문은 과다하게 퍼져 있었다.

기류도 도쿄 지점으로 올라오게 되자, 언젠가 미즈기 변호사와 대결하게 될 날을 기대하며 투지를 불태우고 있었다. 그래서 미즈기 변호사의 이름이 튀어나오자 기류는 흥분을 감출 수 없었다.

"검사님 무슨 일이에요. 굉장히 무서운 얼굴을 하고 있는데요?"

가사기의 말을 듣고 기류는 쓴웃음을 지었다. 한순간 미즈기 변호사와 대결하고 있는 착각에 빠져든 것이다.

기류는 상대가 미즈기 변호사라는 것을 알게 되자 무가이 사건에 대해 한층 신중을 기했다. 물론 재판에서 직접적으로 대결하는 것은 법정에 서는 검사이겠지만 기류의 수사가 법정에서 활약을 하게 된다면 간접적인 대결이 될 것이다.

기타자와 호스티스 살인을 무가이가 부인한 상태에서 기소하게 된다면 공판에서 지게 될 것이다. 비록 미치코를 살해한 수법과 닮았다 해도 동일범이라는 증거는 없다. 신문에서 본 호스티스 살인 사건을 흉내 냈다고 주장할 경우, 그 주장을 뒤집을 증거가 없는 것이다. 어떻게든 자백을 시키려고 했지만 무가이의 뒤틀린 성격을 허물어트릴 방법이 떠오르질 않았다.

기류는 또다시 무가이를 만나러 갔다. 무가이는 여전히 비협조적이었다.

"어제 T시에 갔었소. 아주 좋은 동네더군요. 고가이 강도 보았습니다."

무가이의 표정이 변했다.

"그 강에서 이모님이 죽었다고 하던데."

"그런 얘긴 하고 싶지 않아."

"왜죠? 당신은 해마다 이모님 기일에 성묘를 간다고 하던데, 좀체 하기 쉬운 일이 아니죠."

"해마다 가진 못했어. 교도소에 있을 땐 가고 싶어도 갈 수가 없었어."

"그렇지만 기일에는 교도소 안에서도 기도를 드렸다고 하던데요. 그리고 위패도 가지고 있지 않소?"

무가이는 고개를 떨어뜨렸다. 기류는 무가이의 숱이 적은 머리를 보며 말을 계속했다.

"내게도 이모의 추억이 있소. 누나가 없기 때문에 누나라고 부르며 이모를 잘 따랐지. 상냥하고 아름다운 여자였소."

기류는 책상 위에서 볼펜을 만지작거리며 말했다.

"이모가 회사에서 돌아올 때까지 역에서 기다리곤 했소. 그리고 우연히 만난 시늉을 하며 함께 집으로 돌아오곤 했지. 즐거운 시간이었소."

"웃기는군."

"그래요. 다른 사람이 보면 우습게 보일지 몰라도 어렸을 때의 소중한 추억이요."

무가이가 얼굴을 들었다.

"검사 양반 당신처럼 곱게 자란 도련님이 진정한 고마움이라는 게 뭔지 알기나 해."

할아버지는 정치가였고 아버지는 대학 학장이었던 기류는 한 번도 좌절이나 절망을 겪지 않고 순조롭고 탄탄대로의 삶을 살아왔다. 재벌의 딸을 아내로 맞아 물질적으로도 부족함이 없었고 또 일에 대한 재능도 있었다.

"물론 당신에 비해 내 인생은 지나치게 순조로워서 시시할지도 몰라. 상처를 받으면서 자란 당신이 필사적으로 살아왔다고 할 수 있겠지."

"그래, 당신처럼 귀하게 자란 샌님은 내 인생을 상상도 하지 못할걸. 어쨌든 나는 잘못 태어난 인생이야. 아버지한테는 수도 없이 두들겨 맞았지. 애정 따윈 없었으니깐 어쩔 수 없었어. 엄마 역시 날 내팽개치고 젊은 남자와 도망을 갔어. 수업료나 급식비조차 제대로 내지 못해 점심시간엔 늘 혼자 운동장에 나가 있었지. 친구들한테 바보 취급을 당해 싸움을 하면 아이들이 한꺼번에 달려들어 흠씬 두들겨 맞고는 했지."

무가이는 흥분을 했는지 목소리가 떨렸다.

"그럴 때 이모가 나를 구해 주었어. 수업료와 급식비도 주었고, 내게 있어서 이모는 천사와 같았어. 당신들처럼 그런 달콤한 관계가 아냐."

"그럴지도 모르겠군요. 아니 당신 말이 옳아요."

기류가 순순히 받아들였다.

"나보다는 당신의 추억이 훨씬 애틋하겠지요. 헌데 그 이모가 뜻밖의 사고를 당해서 충격이 꽤 컸겠군요."

무가이가 고개를 떨어뜨렸다.

"만약 이모가 살아 있다면 당신도 이런 식으로는 살지 않았겠지요. 분명 이모님도 저 세상에서 후회하고 있을 겁니다. 내가 먼저 죽어서는 안 되는 거였다고."

"그만!"

무가이가 얼굴을 들었다. 눈가에 커다란 눈물방울이 맺혀 있었다.

"주변 사람들한테 미움을 받았다고 생각하겠지만, 이모처럼 당신을 위해주는 사람도 있었잖아요."

"집어치워!"

무가이가 벌떡 일어나 부들부들 몸을 떨며 소리쳤다. 어쩔 수 없이 그날의 취조는 그것으로 끝냈다.

"무가이 씨는 뭐라고 하던가요?"

무가이가 취조실을 나가자 가사기가 놀란 표정으로 물었다.

"이모가 강에서 익사한 뒤부터 그의 성격이 크게 비뚤어지기 시작했어요."

기류가 갑자기 생각이 난 듯이

"가사기 씨, 혹시 호시가와 싱이치라는 남자를 기억합니까?"

하고 물었다.

"호시가와 싱이치? 글쎄 모르겠는데요."

가사기가 고개를 갸우뚱거렸다.

"왜, 십 년쯤 전에 여자들의 옷만 훔치다가 붙잡힌 남자 말이에요. 호시가와라고 여자 속옷에 성적 쾌감을 느끼는 페티시즘 경향이 강한 남자였는데 경찰이 그의 집으로 쳐들어 갔을 때도 여자 옷을 입고 있었다고 하더군요. 옷장 속에도 여자들의 옷이 잔뜩 쌓여 있었고."

가사기는 그제야 기억이 난다는 듯 아래위로 고개를 끄덕였다.

"호시가와는 무용 강사의 집에 옷을 훔치러 들어갔어요. 그리고 보라색 옷을 찾아내어 갈아입고는 거울 앞에서 자기 모습에 넋을 잃고 있었어요. 그런데 마침 그때 주인이 들어오자 그를 죽여 버렸죠. 정신 감정 결과 심신 허약자로 판명되어 감형되었어요. 내가 사법연수생으로 있었을 때의 사건이었지요."

"기억이 납니다. 여자 옷에 집착을 하는 성도착증 환자였지요. 특히 붉은색 옷을 손에 넣으면 그것을 하루 종일 입고 잠까지 잤다고 하더군요."

"붉은색 옷을 입고 있으면 온갖 상상에 도취되어 성적 쾌감을 맛볼 수 있답니다. 문제는 왜 이런 성벽性癖을 갖게 되었나 하는 거지요."

기류는 말을 이었다.

"어렸을 때부터 주로 붉은 빛깔의 옷을 바느질하는 엄마를 보면서 자랐는데 그게 기억에 강렬하게 남아 있었던 모양이에요. 게다가 본래의 성격이 폭력적이고 파괴적이라 범행을 저지르게 된 거지요."

"그것과 무가이 사건과 무슨 관계가 있나요?"

기류는 자리에서 일어나 창밖을 바라보며 말했다.

"피해자는 붉은색 치마를 입고 있었어요. 그리고 호스티스도 붉은색 블라우스와 치마를 입고 있었고요."

"그러고 보니 그렇군요."

그러나 가사기와는 아직도 이해하지 못한 말투였다.

"강에 빠져 죽은 이모도 붉은색을 좋아해서 항상 붉은색 옷을 입었다고 하더군요. 죽었을 당시에도 붉은색 치마를 입고 있었고요."

"어떻게 된 일이죠?"

그가 답답하다는 듯이 물었다.

"무가이가 붉은색에 과민 반응을 보이는 게 아닐까 하는 생각이 들었습니다. 이번 두 사건의 피해자도 붉은 치마를 입고 있었고 이전의 매춘부 살인 피해자도 붉은 치마를 입고 있었지요."

"붉은 치마를 보면 성적 욕구가 일어나는군요."

"그래요, 그 원인이 이모의 죽음과 관련이 있는 게 아닐까 하고

요. 가사기 씨, 무가이가 용의 선상에 오른 미해결된 사건 중에서 피해자의 옷을 조사해 주시겠어요?"

기류가 부탁을 했다.

무가이가 기류 앞으로 다가왔다. 그러나 이전과는 확연하게 다른 태도였다.

"이모님에 대해서 이야기 해주지 않겠소. 이모님도 저 세상에서 당신을 걱정하고 있을 거요."

무가이는 고개를 숙이고 가늘게 어깨를 떨었다. 기류는 기다렸다. 그에게서 뭔가 고백할 기미가 보였다.

"이모가 나를 배신했어."

무가이가 엉겁결에 내뱉은 말을 기류는 놓치지 않았다.

"배신했다고?"

무가이가 책상을 탁탁, 두들겼다.

"수업을 빼먹고 집으로 돌아왔어. 현관이 잠겨 있어서 뒷문으로 들어가 문을 열려는데 이상한 소리가 들리더군. 깜짝 놀라서 뚫어진 문구멍으로 안을 들여다보았지, 여자는 반듯이 누워 무릎을 세우고 있었는데 치마가 내려지더니 남자의 머리가 보이더군. 나는 숨을 삼키고 계속 지켜보았어."

경련을 일으키는 무가이의 눈동자를 응시하며 기류가 물었다.

"이모였지요?"

무가이가 말없이 고개를 끄덕였다.

"이모가 붉은 치마를 입고 있었나요?"

무가이의 눈이 커졌다.

가장 사랑했던 이모가 하필이면 가장 증오했던 아버지와 껴안고 있었던 모습은 어린 무가이에게는 감당하기 힘든 충격이었을 것이다. 그 때의 충격이 무가이의 성격을 만들었을지도 모른다.

"그 뒤의 얘기를 해주지 않겠소?"

기류가 재촉했다. 그러나 무가이의 입술만이 가늘게 떨고 있을 뿐이다. 기류는 참을성 있게 기다렸다. 갑자기 무가이가 신음 소리를 냈다.

"자 무엇이든 다 털어놓는 게 이모의 명복을 비는 길일 거요."

무가이가 조용하게 고백을 하기 시작했다.

"태풍이 몰아치던 날 큰비가 내려서 강물이 불어 있었소. 나는 이모가 회사에서 돌아오는 것을 숨어서 기다리다 함께 집으로 돌아오고 있었지. 이모는 상냥하게 이런저런 이야기를 들려주었지만 난 아버지와의 일이 불결해서 도저히 용서할 수가 없었어. 피가 거꾸로 솟더군. 난 이모를 다리 위에서 강으로 떠밀었소."

무가이는 크게 숨을 들여 마셨다.

"물결이 세차 이모의 붉은색 치마가 사라졌다 나타나곤 했어. 나는 소리를 지르며 멀리멀리 떠내려가는 이모를 뒤따라갔지. 내 울부짖는 소리에 동네 어른들이 모여들었지만 이모는 마지막으로 붉은 치마를 한번 보여주고는 물결 속으로 사라지고 말았소."

무가이가 흐느껴 울었다.

“그 이튿날 이모의 시체가 발견되었소. 어른들은 이모가 발을 헛디뎌 강에 떨어졌다는 내 말을 믿어 주었지. 내가 이모를 잘 따랐다는 사실은 누구나 알고 있었으니까.”

눈물로 범벅이 된 무가이의 얼굴은 마치 어린 소년처럼 보였다. 기류는 무가이가 안정을 찾을 때까지 기다렸다. 가사기가 놀란 표정으로 기류를 바라보았다.

“뭐든 다 털어 놓을 거죠?”

기류가 낮은 목소리로 조용히 말하자 무가이가 얼굴을 들었다.

“기타자와 호스티스 살인도 당신 짓이죠?”

무가이가 힘없이 고개를 끄덕거렸다.

“그 외에도 숨기는 게 있다면 솔직히 얘기해 줘요. 이모도 기뻐할 거요.”

기류가 부드럽게 말했다. 가사기도 그에게 얼굴을 돌려 싱긋 웃었다.

“정신 감정 수속을 밟아야겠어요.”

무가이가 방을 나간 뒤 기류가 말했다.

“무가이의 난폭해지는 이상 성격의 원인은 붉은 옷이었어요. 자극을 받으면 비정상적인 반응을 보이고 작은 일로도 폭발하고 말지요. 그것도 정신병의 일종인데 책임 능력은 있는 것 같고, 한번 정신 감정을 받게 하는 편이 좋겠어요.”

이때 기류는 미즈기 변호사를 생각하고 있었다. 만일 이대로 기소를 한다면 법정에서 미즈기 변호사한테 당할지도 모른다. 만전의 태세를 갖춘 뒤 기소를 해야겠다는 생각을 기사기한테는 굳이 말하지 않았다.

8

무가이의 정신 감정 결과가 나올 무렵 가사기가 묘한 이야기를 꺼냈다.

"요전에 성도착증이었던 호시가와 얘기를 했었지요. 그 사건을 맡은 검사가 누군지 아세요?"

기류는 가사기의 얼굴을 바라보며 누구입니까, 하고 물었다.

"가자미 변호사입니다. 그 당시에 도쿄 지검에 있던 가자미 검사요."

"뭐라고요!"

가자미 변호사는 무가이의 증상에 대해 전혀 눈치 채지 못한 걸까? 기류는 그 점이 의심스러웠다.

망설인 끝에 기류는 수화기를 들었다 가자미 변호사의 전화번호를 누르자 여직원이 전화를 받았다.

"가자미 씨는 그만두었습니다."

기류는 자기 귀를 의심했다.

어떻게 된 일입니까, 하고 기류는 전화기에 대고 무심결에 큰소리를 질렀다. 여직원은 잠깐 기다리라는 말을 하고 사무실 소속 변호사를 바꿔 주었다.

"무가이가 호스티스 살인 자백을 한 뒤에 가자미 선생님은 한층 더 책임을 느끼시고 변호사를 그만둘 결심을 하셨습니다."

기류는 이해할 수 없었다. 1년 동안 활동을 하지 않는다는 것도 이례적인 일인데 아예 옷을 벗는다는 것은 심상치 않은 일이었다.

"가자미 선생님은 지금 어디에?"

"사모님과 함께 여행을 가셨습니다. 행선지는 밝히시지 않으시고요."

전화를 끊고 가자미 변호사의 집에다 전화를 해 보았으나 자동응답기만 돌아갈 뿐이었다.

이튿날 저녁, 기류는 혼자서 시즈오카에 갔다. 신칸센은 승객을 가득 싣고 도쿄 역을 출발했다.

요코하마를 지나면서 차창 밖의 불빛들은 조금씩 쓸쓸한 빛을 띠기 시작했다. 기류는 가자미 변호사 사무소에 소속된 변호사가 가자미 선생의 인격에 대해 늘어놓은 이야기들을 되씹어 보았다.

가자미는 자신에 대해 인권파라고 하지 않고 인간적인 변호사라고 칭했다. 인권파 변호사라는 말에는 자기 권리를 주장하는 면이 보이고 또 인권이라는 말 자체에 고압적인 태도가 보여 좋아하지 않는다는 게 가자미의 지론이었다.

자기의 아내를 죽인 범인을 위해 변호를 한 것도 인간적인 변호사로서의 체면을 위해서라는 것이 눈에 빤히 보인다. 재판은 기소장에 적힌 사실로 유죄인가 무죄인가를 다투게 되는 것이다. 기소장에 적힌 것이 진실인지 그렇지 않은지는 알 수 없다. 그것은 신만이 알고 있을 것이다.

변호사의 임무는 피고인의 이익을 지키는 일이며 피고인에게 유리하도록 변호를 하는 것이다. 그래서 변호사는 커다란 모순에 부딪친다. 피고인이 무죄를 주장함에도 불구하고 변호사 자신이 피고인에게 의혹을 품게 되는 경우, 어떻게 변호를 하는가 하는 점이다. 어떤 변호사는 피고인의 주장대로 끝까지 변호를 하고, 어떤 변호사는 변호를 단념하는 등 변호사에 따라 사고방식과 대응방식이 다르다.

이 문제에 대해 가자미 변호사는 다음과 같이 말했다.

"변호 활동은 재판뿐 아니라 피고인의 장래에 대해서도 책임을 가져야 한다고 생각한다. 만일 피고가 의심스러운데도 불구하고 피고가 무죄를 고집한다면 나는 망설이지 않고 피고인의 이익을 지키는데 온갖 노력을 아끼지 않을 것이다. 다만, 진범일지도 모르는 인간에게 무죄라는 판정을 받게 했다는, 한 인간으로서의 양심에 대해서는, 재판 후에 피고의 인생을 지켜보는 것으로 벌충하고 싶다. 그 피고가 두 번 다시 범죄를 저지르지 않는다면 그보다 더 큰 가치는 없을 것이다."

가자미 말대로, 가자미의 변호로 정상 참작이 되어 감형을 받은 피고는 복역 뒤에 새사람이 되었다고 한다. 그러나 뒤집어 말하면 가자미는 자신의 족쇄에 묶이게 된 것이다.

가자미가 무가이 도키요시를 데리고 있었다는 것은 가자미 역시 무가이가 술집 여종업원을 살해했다는 의혹을 갖고 변호를 했다는 증거가 아닌가. 다시 말하면 가자미는 무가이 도키요시가 재범을 저지를지도 모르는 위험성 있는 인물로 간주한 것이 아닌가.

가자미는 교도소를 막 나온 무가이가 재범을 할까 두려웠던 것이다. 그렇게 열변을 토해 감형을 받게 한 인간을 버젓하게 재생시키지 않는다면 변호사로서의 양심이 허락하지 않았을 테니까.

가자미는 썩 내키지 않았어도 무가이를 데리고 있지 않으면 안 되는 지경에 빠지게 된 게 아닐까 하고 기류는 생각했다.

기류는 시즈오카에서 내려 미치코가 있었던 술집으로 갔다. 웨이터한테 미치코와 친했던 여자를 소개받았다.

작은 몸집에 앳되어 보이는 여자는 어깨를 드러낸 옷차림으로 기류 앞에 나타났다.

"5년 전에 시즈오카에 돌아왔을 무렵에 미치코는 임신을 하고 있었어요. 예예, 가자미의 아이였어요. 그때 아이를 지운다는 약속으로 천만 엔을 받았지요."

"중절했나요?"

"예예, 했을 거예요, 그로부터 2년 뒤에 미치코를 다시 만났는데 아이를 데리고 왔더군요. 내가 놀라서 혹시, 가자미 선생 아이가 아니냐고 묻자, 아니라고 하더군요. 미치코한테 가자미 선생하고 헤어지자마자 새 남자가 생겼거든요. 그런데 최근에 그 남자와 헤어졌다고 해서 앞으로 뭘 할 거냐고 물으니까 도쿄로 간다고 했는데, 설마 가자미 선생과 함께 있을 줄은 생각도 못했지요."

여자는 그 당시의 상황을 자세하게 이야기해 주었다.

"한 가지 묻겠습니다만 미치코 양은 늘 붉은색 옷을 입었나요?"

"붉은색?"

여자는 고개를 가로 저었다. 미치코는 섹시해 보이는 검은 색 옷만 입었다는 대답에 기류는 다음 말을 잃었다.

그로부터 며칠이 지난 뒤, 장대비가 쏟아지는 날 기류는 신바시 사라스모리구치에 있는 미즈기의 변호사 사무실을 방문했다. 집무실 유리창에 굵은 빗방울이 세차게 부딪쳤다. 창밖은 저녁때처럼 어두컴컴했다.

미즈기 변호사는 이마가 넓고 눈매가 이지적으로 보였다. 기류는 소문으로 듣던 미즈기 변호사와 마주 앉았다.

"가자미 선생님 일로 오셨나요?"

미즈기가 온화한 목소리로 물었다. 기류는 천천히 찻잔을 들어 올리고 차를 마셨다.

"가자미 선생이 왜 변호사 일을 그만두었는지 그 까닭을 알고 싶어서 찾아왔습니다."

그렇게 말하며 기류는 미즈기의 얼굴을 뚫어지게 바라보았다.

"왜 그 얘기를 나한테 묻죠?"

미즈기가 부드러운 목소리로 물었다.

"미즈기 선생님이 가자미 변호사의 비밀을 눈치챘다고 생각했기 때문입니다."

"비밀?"

미즈기의 얼굴이 처음으로 흐려졌다.

"선생님은 그 사실을 눈치채고 가자미 선생께 무슨 언질을 드린 게 아닌가요. 그래서 가자미 선생이 일을 그만둔 게……."

기류가 자기 생각이 잘못된 게 아닐까 하는 의심이 들만큼 미즈기는 온화한 얼굴을 유지하고 있었다. 기류는 오기를 드러내며 말했다.

"가자미 변호사의 비밀은 무가이 도키요시가 성도착증 환자라는 것을 알고 있었다는 사실입니다. 알고 있으면서도 무가이를 데리고 있었던 것입니다."

"그게 왜 안 된다는 거죠?"

미즈기가 말꼬리를 잡았다.

"가자미 변호사는 무가이에게 어떤 기대를 하고 있었던 게 아닐까요?"

"기대?"

"엔도 미치코를 살해하는 일입니다."

"조용한 이야기가 아니군요."

“엔도 미치코는 가자미 변호사에게 자신의 아이를 인정하라고 요구했습니다. 가자미 변호사는 아이를 지우라는 명목으로 미치코에게 천만 엔을 건네주었기 때문에 충격이 컸을 겁니다. 우선 아사카야에 집을 얻어 주고 자신의 아이인지 알아보았을 겁니다. 아마 가자미와 헤어진 뒤 새로 사귄 남자의 아이가 아닌가 의심했을 테니까요. 그럴 때 무가이가 출소를 하게 된 것입니다.”

“당신은 가자미 선생이 무가이 도키요시에게 미치코를 살해하도록 유도했다고 말하고 싶은 건가요?”

미즈기는 표정을 바꾸지 않고 물었다.

“그럴 가능성에 걸지 않았을까요? 가자미 선생은 미치코에게 붉은색 옷을 사주고 늘 그 옷을 입고 있으라고 말했을 겁니다.”

“나는 가자미 선생님을 존경합니다. 자기 부인을 살해한 범인의 변호를 맡는다는 건 아무나 하는 일이 아닙니다. 나는 가자미 선생님을 목표로 살아 왔습니다. 그런 훌륭한 분이십니다.”

“미즈기 선생님은 솔직하지 못하시군요.”

기류가 단호하게 말했다.

“가자미 선생님의 지금 사모님과 알게 된 것은 돌아가신 사모님이 살아계실 때부터라고 들었습니다. 만약 그 당시부터 깊은 관계였다면 사모님이 살해당하길 바라고 있지는 않았을까요. 그래서 범인의 변호를 맡을 수 있었고.”

“지나친 생각입니다. 당신은 인간을 믿지 않는군요. 숭고한 정신을 갖고 있는 분들은 많습니다."

미즈기가 진지한 표정으로 말을 이었다.

"자신을 희생하면서 타인을 위해 최선을 다하는 게 얼마나 아름다운 일인지 알고 있는 사람은 많습니다."

"그럴까요?"

기류는 반발했다.

"마음속으로는 자신의 이익만을 생각하는 게 인간이 아닐까요?"

"물론 마음속을 다 알 수는 없지요. 당신이 말씀하신 대로 마음속으로는 자기의 이익을 따지는 마음도 있을 겁니다. 하지만 또 다른 마음 한 구석에는 타인을 위해 최선을 다하고 싶다는 생각을 갖게 되는 것도 인간이 아닐까요?"

미즈기는 토론을 하듯 말했다.

기류는 미즈기의 말을 이해할 수 없었다. 하지만 더 이상 반박하지 못하고 그만 자리에서 일어나야만 했다.

기류는 무가이를 불렀다. 무가이는 몰라볼 만큼 차분해진 표정을 짓고 있었다.

"잘 생각해서 대답해 주십시오. 가자미 변호사가 당신을 집으로 부른 것은 나름대로 무슨 속셈이 있었다고 생각하지 않습니까?"

기류는 마지막으로 기를 썼다. 그러나 무가이는 조용히 대답했다.

"가자미 선생은 날 위해서 많은 일을 해주셨소. 그런데도 나는 선생님을 배신했소. 그뿐입니다."

"아니, 가자미 선생은 당신을……."

"그렇지 않소."

무가이가 말을 막았다.

"가자미 선생님이 마음속으로 무슨 생각을 하는지, 그걸 다른 사람이 알아야 할 필요는 없습니다. 다만 난 가자미 선생님의 호의를 짓밟아 버린 것입니다."

기류는 어처구니가 없었다. 무가이는 지금 가자미 변호사를 감싸고 있었다.

"검사님, 나는 자신을 제어할 수 없는 인간입니다. 가자미 선생님은 어떻게든 나를 새사람으로 만들려고 애썼습니다. 나는 선생님께 감사드리고 있습니다."

무가이가 가자미 변호사를 감싸고 있다는 생각이 들었지만 그것을 추궁할 수는 없었다.

기류가 놀란 것은 무가이에게서 인간다운 마음을 본 것이다.

'타인을 위해 최선을 다하는 것도 사람이 아닐까요.' 하는 미즈기의 말이 되살아났다.

기류는 미즈기한테 졌다고 생각했다. 자기는 무가이의 마음을 열었을 뿐이지만 미즈기는 무가이에게 인간다운 마음을 심어준 것이다.

지금 무가이는 가자미를 감싸고 있다. 기류는 그런 마음을 심어 준 미즈기 변호사의 얼굴을 떠올리며, 언젠가는 멋지게 이겨 보이겠다고 주먹을 불끈 쥐었다.

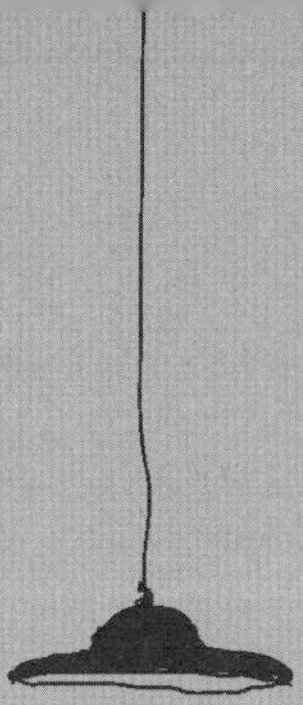

05

추락

고다키가와 교 多岐川恭

본명 마쓰오 기치. 후쿠오카현 기타규슈시(北九州市) 출생.
도쿄 데이고쿠 대학 경제학부 졸업. 패전 후 은행원을 거쳐 마이니치 신문사에서 기자 생활을 하며 필명 시라가 타로(白家太郎)로 추리소설을 집필.
1953년에 「보석」 잡지의 현상 공모에서 가작으로 입선한 「미칸산」이 「별책 보석」에 게재되면서 작가로서의 첫걸음을 내딛었다.
「추락」 「어떤 협박」 등의 단편을 발표했으며 1958년 장편 「고드름」을 계기로 필명을 고쳐 같은 해에 「사랑하는 마음濡れた心」으로 에도가와 란포상을 수상했다.
그리고 역시 같은 해에 그 당시까지의 단편을 모은 「추락」을 간행해 제49회 나오키상을 수상했다.
1994년 사망할 때까지 본격추리물에서 SF, 시대 미스터리까지 많은 작품을 발표했다.

현관에서 나와 구두를 신으려는 순간 현기증이 났다. 거리 감각이 애매해져 발이 바닥에 닿는 바람에 양말을 더럽히고 말았다. 익숙하지 않은 탓으로 돌리며 불안감을 억눌렀다.

그때 사쿠코가 왔기 때문에 나는 일부러 웃는 얼굴로 구두를 신었다.

"왜 그렇게 웃고 계세요?"

그러는 사쿠코의 목소리도 웃고 있었다.

"발을 잘못 디뎌 양말이 더러워졌어."

"어머나, 어쩌죠? 완전히 커다란 어린애가 되어 버렸으니……."

사쿠코는 뒤에서 내 몸을 안으려고 했다. 눌린 피부의 감촉이 나를 눈물짓게 만들었다. 사쿠코는 떠들어댔다.

"오랫동안 구두를 신지 않으면 발이 부풀어 오르나 봐. 좀 불편해졌어."

"정말 오랜만이네요. 그래도 괜찮아요?"

부부가 함께 외출하는 것은 1년 만이었다. 괜찮지 않아도 그만둘 수는 없었다. 사쿠코를 실망시키지 않기 위해서라면 두세 시간의 고생쯤은 아무것도 아니었다.

화장을 한 사쿠코의 얼굴도 오랜만이다. 전혀 다른 사람 같았다.

윤곽이 뚜렷한 단정한 얼굴이 깜짝 놀랄 정도로 신선하고 아름다워 보였다. 나는 그녀를 바싹 당겨 안았다. 키스할 때 또다시 현기증이 났지만 무엇인가에 도전하듯 발을 힘차게 내딛고 격자문을 열었다.

밖에는 아침 햇살이 쏟아져 내리고 있어 잔뜩 심어 놓은 산다화와 물푸레나무의 매끄러운 잎이 하얗게 빛나고 있었다. 솔잎은 아플 정도로 날카롭게 빛났다. 눈을 들어 보니 구름 한 점 없는 푸른 하늘은 쨍쨍 내리쬐고 있는 햇빛을 마치 가루처럼 흩뿌리고 있었다. 그 빛의 알갱이들이 나비의 비늘가루로 뿌려지는 듯한 환각에 사로잡혔다. 나는 눈을 감았다.

사쿠코와 보조를 맞추어 발끝을 보며 걷기 시작했지만 뜻밖에도 휘청거리지는 않았다.

"나가미네를 불러 함께 가도 좋을 텐데."

"왜요?"

나는 후회했다. 쓸데없는 말을 한 것이다. 반문하는 사쿠코의 표정은 어쩐지 나를 비난하고 있었다.

"아니야……. 역시 우리 둘만이 좋지. 의사 선생님은 오늘만은 사양이야, 하하하."

비록 단 하루만이라도 정신적 피로나 울적한 불행감에서 사쿠코를 해방시켜 주어야 한다.

햇볕에 따스해진 하얀 길이었다. 둥근 자갈이 톡톡 올라와 보이는 것이 어떤 책에서 보았던 현미경 렌즈 속의 박테리아 사진을 연상시켰다. 그 길이 마치 물 밑바닥을 내려다보는 것처럼 흔들거리기도 했다. 아지랑이 때문일까?

한편으로는 주위가 막연한 적의에 둘러싸인 느낌이 들기도 했다. 길도, 가로수도, 집도, 하늘도…… 봄의 자연이 나를 제압하며 천천히 내 목을 죄어 오는 듯했다. 나는 자꾸만 손수건으로 얼굴을 닦았다.

"더워요?"

눈치 빠른 사쿠코가 나를 살피며 말했다.

나를 그렇게 염려해 주는 사쿠코가 문득 지겹게 여겨졌다.

이러한 생각은 나 스스로에게도 뜻밖의 감정이었다. 약해진 신경 탓인지도 모르겠지만 하여간 나 스스로가 부끄러웠다.

우리는 금욕을 하고 있지 않았다. 절제는 필요했지만 금욕은 도리어 좋지 않다는 것이 나가미네의 의견이었다. 하지만 이렇게 어중간한 것이 좋은 것인지 어떤지 의심스러웠다.

나와 사쿠코는 가끔 사랑을 나누었다. 될 수 있는 한 절제기간을 오래 가졌다. 나는 원래 성욕이 많지 않은 남자이다. 나 혼자였다면 완전한 금욕이 오히려 좋을지도 모른다. 그러나 사쿠코는 그렇지 않았다. 사쿠코의 몸에는 격렬한 정욕이 흐르고 있었다. 일주일, 열흘 엄격하게 나를 멀리하면서도 결국 미친 듯이 애무를 요구해 오는 쪽은 사쿠코였다. 밤의 사쿠코는 지금 옆에서 걷고 있는 얌전한 아내와는 달랐다. 눈사태와도 같은 거친 힘이 그녀의 사지를 불태웠다. 수동적인 나는 유연한 허리를 지탱하면서 야수에게 꼭 잡혀 있는 듯한 착각에 사로잡힌 적도 있었다. 그런 밤의 애무를 내가 어느 정도 두려워하는 것은 사실이다. 그런 다음날이면 우리는 반드시 이틀이나 사흘은 정신을 차릴 수가 없었다. 격정이 지나가고 난 뒤 나는 머리에서 피가 빠져 허공에 내던져진 것 같은 허탈감에 빠졌다. 몸 전체가 어디 깊숙한 지하로 잠겨 가는 느낌에 천장은 높이 올라가 끝없이 작아지는 것이었다.

안돼……, 이래서는 안돼.

그때 이렇게 나에게 속삭이는 무엇이 있었다. 그것은 아련하게 '위험'을 전하고 있었다. 그렇지만 나에게는 사쿠코의 육체를 떨쳐버릴 용기가 없었다. 아니, 나 자신도 병적이라고 생각될 정도로 사쿠코를 요구하기 시작했다…….

이런 사사로운 일은 나가미네에게는 물론 얘기하지 않았다. 나는 나가미네 의사에게 순종하고 있을 뿐더러 충분한 존경을 다하고 있었다. 하지만 그것은 표면상일 뿐, 나는 나가미네를 싫어했고 전혀 신뢰도 하지 않았다.

분명히 낯익은 거리였다. 늘어선 전봇대도, 새싹이 움트기 시작한 가로수도, 상점의 간판도, 아니, 교차해 가는 차들과 사람들도 1년 전과 변함없는데 모든 풍경이 서먹서먹했다. 그것은 모르는 사람에게 개가 이빨을 드러내듯 내 머리에 꽂혀 왔다. 광고 방송이나 경적 소리 같은 모든 소음이 도도하게 밀려왔다. 관자놀이 근처가 마비된 듯 아프기 시작했다.

나도 모르는 사이에 사쿠코에게 기대는 자세가 된 것 같았다.

"괜찮아요?"

사쿠코는 팔에 힘을 넣어 나를 떠받치며 물었다.

"사쿠코, 역시 돌아가는 것이 좋지 않을까?"

나는 마음속으로 미안하게 생각하며 애원조로 말했다.

"기분이 안 좋아요?"

"머리가 어찔어찔해."

"그래요, 역시 안 되는 건데……. 그만 돌아갈까요?"

그러나 미간을 찡그리며 갑자기 어두운 표정이 되는 사쿠코의 얼굴을 보자, 지금 돌아가는 것은 잔혹한 일이라고 생각됐다. 오늘 아침 눈빛을 빛내며 외출을 제의한 것도 사쿠코로, 그녀는 날씨도 이렇게 좋으니까 걷는 연습도 할 겸 거리에 나가보자고 했던 것이다. 과연 찻집에 앉아서도 투명한 햇살을 느낄 수 있을 정도로 좋은 날씨였다. 문 밖에는 행복감이 넘쳐흐르고 있을 것 같다는 생각이 들어서, 좋다, 이만하면 갈 수 있겠지, 하는 기분이 들었던 것이다.

그러나 넝마 조각처럼 되어 버린 내 신경에는 역시 무리였다. 아니, 무리라는 것은 처음부터 알고 있었다. 사쿠코가 모르고 있을 뿐이었다. 나는 망가져 버린 내 신경을 그녀가 알아차리지 못하도록 행동해왔다. 그렇기 때문에 사쿠코는 내가 거의 평상시의 정신 상태가 되었다고 생각하고 있는 것이다. 사쿠코가 비참함을 느끼지 않도록 산책을 계속해야겠다. 어떻게 되든 그것은 그때 걱정할 일이다.

"갑자기 햇볕을 쬐어서 그런지도 몰라. 곧 익숙해지겠지."

나는 이를 악물고 다시 걷기 시작했다. 스쳐 가는 남녀 모두 내게 조소의 눈길을 보내는 것 같았다. 지나쳐 가서는 모두 일제히 뒤를 돌아다보며 빨간 혀를 내두르는 것만 같았다.

빈혈 때문인지 풍경은 낡은 필름처럼 누렇게 보였다.

사쿠코는 걱정스러운 듯 잠자코 걷고 있었다.

그러는 동안 나는 내 뒤쪽이 걱정되기 시작했다.

어렸을 때 수업이 끝나 운동장을 지나 집으로 돌아갈 때 야구공이 생각조차 하기 싫을 정도로 세게 등을 때렸던 적이 있다. 한동안 숨을 쉴 수도 없었다. 그 뒤부터 나는 상당히 오랫동안 언제나 뒤에서 무언가 위험한 물건이 날아올 것만 같은 이상한 생각에 사로잡혀 시달리게 되었다. 나는 동화 속의 여우처럼 길을 걸으며 몇 번이나 뒤를 획획 돌아보는 버릇이 붙어 버린 것이다.

그것과 똑같은 심리였다. 이 나이가 되어 이 거리에서 왜 그 심리가 되살아난 것일까?

뜻밖이라고 생각하며 무의식적으로 몇 번이나 뒤를 돌아다보고 말았다.

"왜 그래요? 왜 자꾸 뒤를 돌아보시는 거예요?"

사쿠코가 알아채고 말았다.

나는 어물어물 얼버무렸다. '이게 마지막이야. 이젠 절대로 뒤를 돌아보지 않을 테다…….' 라고 스스로 다짐하며 나는 다시 한 번 고개를 돌렸다.

나는 그때 나가미네의 모습을 보았다. 아니, 봤다고는 생각했으나 다른 사람이었는지 환시였는지 지금의 나는 내 오관을 믿을 수가 없었다. 녀석은 갈색 외투 깃을 세워 얼굴을 숨기려 하고 있었다. 바로 백 미터 정도 뒤에 있었다.

"나가미네 같았는데……."

사쿠코의 몸이 갑자기 굳어진 것 같았다.

"정말요? 어디에요?"

그러나 이미 그곳에 나가미네라고 생각했던 모습은 없었다.

"거짓말하지 마세요. 나가미네 씨가 지금 이런 곳에서 걷고 있을 리 없어요."

감정을 억누른 어조였지만 약간 화가 나 있었다. 나가미네에 대해 말하는 것이 왠지 사쿠코를 기분 나쁘게 하는 것 같았다. 내가 보고 있을 때의 사쿠코는 나가미네에게 정중했다. 쌀쌀하다고까지 말할 수 있었다. 나가미네가 사쿠코에게 애정을 품고 있다 해도 사쿠코 쪽에서는……. 그러나 나는 그 이상은 생각지 않기로 했다. 내 스스로의 병적인 시기심을 어디까지 끌고 가려 하는 것인지, 그 결과 어떤 식으로 사쿠코를 모욕스럽게 만들지 그것이 두려웠다.

입안이 바싹바싹 말랐다. 그러나 등에는 식은땀이 흘러 한기가 들었다. 입고 있는 외투의 무게가 못 견딜 정도로 무겁게 느껴졌다. 나 자신이 햇빛 속으로 내던져진 한 뭉치의 넝마라는 생각이 들었다.

5일 전쯤의 아침이었는데 사쿠코가 오랜만에 면도칼을 꺼내 윗옷을 벗고 얼굴과 목덜미 주위를 밀기 시작했다. 보고 있자니 아주 서투른 솜씨에 매우 위험스러워 보여 내가 깎아 주겠다고 했다. 그때는 기분이 좋아 선뜻 면도칼을 잡았다.

솜털이 보이는 사쿠코의 살갗은 희미한 백색이었다. 나는 살짝 어깨를 안고 목덜미에 얼굴을 묻었다. 나에게는 아무것도 필요 없었다. 세계가 어찌되든 상관없었다. 내게는 사쿠코만 있으면 됐다. 내 인생은 사쿠코의 애정만으로도 충분했다…….

가볍게 재촉하는 말에 정작 밀어 보려 했지만 나는 얼마나 멍청했던가. 면도칼의 차갑고 날카로운 칼날과 사쿠코의 유연한 피부와의 대조가 내 병든 마음에 어떤 자극을 주는지 알았을 때는 이미 늦었다.

그 저주받은 유혹이, 흉포하고 제멋대로인 '파괴'의 욕망이, 예의 전율하는 듯한 감각이 나를 압도하기 시작했다.

그것은 사쿠코의 살이든 내 자신의 머리이든 그 어느 한쪽이었다. 나는 칼끝이 스윽 살 속으로 들어가 실 같은 선혈을 뽑아내며 두꺼운 지방층이 절개되는 모양을 지켜보았다. 또한 내 자신의 경동맥을 싹 하고 베어 가르는 손놀림을 느꼈다.

신에게 비는 마음으로 안정을 되찾으려 애썼지만 마구 뛰어대는 심장의 고동으로 손끝이 심하게 움직이고 있었다. 당장이라도 발작할 것 같았다. 나는 면도칼을 난폭하게 다다미 위에 집어던지고 '당신이 직접 하는 게 좋겠어.' 라는 의미의 말을 가까스로 평상시의 어투로 말했다.

사쿠코는 기가 막힌 듯이 나를 물끄러미 바라보고는 "제멋대로시군요." 하며 웃음을 지었다.

그 후 별실에 드러누워 가슴을 펴고 눈을 감은 채 가만히 있었다. 이제는 어떻게 해볼 수가 없는 것이다. 눈물이 다다미 속으로 스며들었다.

횡단보도를 건너려는 내 모습을 누군가가 주목해 본다면 그들은 필시 웃음을 터뜨릴 것이다. 아직 40살이 되기까지도 꽤 시간이 남은 내가 마치 노인네처럼 등을 구부리고 목은 앞으로 내민 채 핏발이 선 눈을 깜박이고 있는 것이다. 무엇에 크게 당황하여 허둥대듯 발은 좀처럼 앞으로 나아가지를 않았다.

나는 신호등이 빨간색으로 바뀌어 자동차들이 일제히 덮쳐올 것이 두려웠다. 차에 치여서 넘어질 것이라는 공포가 아니었다. 내 스스로가 자동차 바퀴 밑으로 뛰어들지 않을까 하는 두려움이었다.

……나는 어려서부터 신경이 약했다. 약간의 자극도 참을 수 없을 정도로 나에게 영향을 주었다.

학교 영사회에서 서양 희극을 보았을 때, 장난꾸러기 소년 하나가 철교 가운데에서 기차와 마주치는 장면이 있었다. 도망갈 수도, 몸을 피할 수도 없었기 때문에 양 레일 사이에 바짝 죽은 듯이 엎으려 있자 기차는 소년의 등을 아슬아슬하게 통과했다. 소년은 멍청히 머리를 들었다. 그리자 어찌된 일인지 기차가 다시 역행해 왔기 때문에 다시 엎드렸다. 그것이 반복되었으므로 보고 있는 관객은 낄낄대며 웃고 있었다……. 저것이 만약 나였다면 어땠을까? 나는 기차가 통과할 때까지 기다리지 않고 불쑥 머리를 들어 버리지 않을까? 그 순간 내 머리는 졸지에 분쇄되고 나라는 존재는 사라지는 것이다. 그렇다, 분명히 나는 엉뚱하게도 머리를 들어 버릴 것이다……. 나는 어둠 속에서 오한으로 떨고 있었다.

닭 모래주머니의 소화력을 알아보기 위해 바늘을 밤송이처럼 꽂은 공을 만들어 식용 종이에 싸서 삼키게 하는 실험얘기를 들은 적이 있다. 바늘을 삼키게 한다.…… 그 일에 나는 병적인 매력을 느꼈다. 나는 바늘이나 날카로운 물건을 보면 삼켜 버리고 싶어지기 때문에 그것들을 무서워했다. 높은 곳에 서면 뛰어내리고 싶은 충동이 엄습했다. 그것은 형용키 어려운 힘으로 나를 끌어들이려 했다.

인간은 자기 보존 본능과 동시에 자기 파괴 본능을 갖고 있는 것일까? 그렇다면 나는 자기 파괴 본능을 과도하게 갖고 있는 것이리라.

만약 물려받은 거액의 재산이 없다면 나는 벌써 이 세상에서 사라지고 없었을 것이다. 나의 생명력은 희박한 것이었다. 나는 발소리를 죽이듯 조용히 삶을 연장하고 있을 뿐, 인생에 희망도 관심도 없었다.

그에 부응하듯 인생의 모든 사건은 나를 그냥 지나쳐 갔다. 전쟁조차 내게는 무의미했다. 군대에 입대하지도 않았고 전국을 초토화한 폭격도 만나지 않았다. 나는 폭탄의 충격을 모르고 살아 왔다. 내가 세상을 바라보는 눈은 항상 일종의 종말론으로 채색되어 있었으며 이웃도 지나가는 사람들도, 모든 인간이 나에게는 무관한, 이른바 별세계의 환상으로 보였다. 내가 살아가는 것은 단지 죽으려는 적극적인 의지와 기회가 없었던 까닭에 불과했고, 갖고 있는 재산으로 인해 생존경쟁에서 낙오하는 것을 면했던 것이다.

그래도 어쨌든 나는 보통 사람들처럼 학교를 나와 회사원이 되었다. 물론 승진하려는 야심도 없었고 동료들과의 교제도 없었다. 나는 그저 그림자 같은 존재였으며 게다가 명령에 불복하는 법도 없었다.

우연한 기회에 돌아가신 아버지의 친구라는 사람에게서 사쿠코를 소개받았다. 사쿠코는 어느 회사 간부의 양녀라는 것이었다. 사쿠코를 만나면서부터 내 인생관은 완전히 변했다. 나는 그때까지 여자에게 관심이 없었고, 여자 또한 존재가 희미한 나 같은 사람의 상대가 될 사람은 아무도 없었지만, 사쿠코는 단번에 내 마음의 전부를 빼앗아 버렸다. 그것은 미모 때문이었을지도 모른다. 또 왕성한 생명력 그 자체와도 같은 난폭함과 재빠른 적극성 때문이었는지도 모른다.

사쿠코와 결혼했을 때, 나는 '이 사람이 내 아내다'라는 사실을 납득하기가 어려웠다. 썩기 시작한 나무 그대로인 나에게 이렇게 훌륭한 반려자가 생겼다는 사실이 아무리 생각해도 꿈만 같았다.

사쿠코는 내게 최초의, 그러면서도 단 하나의 여자였다. 사쿠코는 생각할 수 있는 한 최상의 아내였다. 나는 사쿠코를 통해 바깥세상과 화해했던 것이다. 나는 그녀가 있으므로 살아가는것이 나쁘지 않다고 생각하기 시작했다. 처음으로 앞길에 밝은 불이 켜졌다. 나는 집을 아름답게 장식하고 사쿠코의 몸을 그녀에게 어울리게 치장해 주는 일에서 삶의 보람을 느꼈다.

……재앙은 완전히 잊고 있을 때 무자비하게 달려드는 것이다.

나는 어느 날 회사에서 근무하다 말고 갑자기 일어나 어딘가로

공무상 외출이라도 하듯이 가볍게 모자를 쓰고 사무실을 나와 두 번 다시 그곳에 돌아가지 않았다. 왜 그런 행동을 했는지 나 자신에게도 설명할 수가 없었다. 단지 어떤 참기 어려운 것이, 말로는 형언할 수 없는 그 무엇인가가 나를 움직이고 있었다.

도시 한가운데라도 어딘가에는 개발이 안 되고 아무도 돌보지 않는 공터가 있는 법이다. 매일 승하차하는 역에서 조금 떨어진 선로가에 그런 곳이 한 군데 있었다. 사무실을 나온 나는 그쪽을 향해 걷고 있었다.

흐린 날이었지만 어느 정도 희미한 햇빛이 비치는 초여름 오후였다. 인기척 없는 공터 옆을 지날 때 바람에 흔들리는 드문드문 나 있는 잡초에 눈길이 멈추었다. 불그스름한 갈색으로 퇴색되어 반쯤은 말라 버린 채 가냘프게 자라 있었다. 오래된 침목이 더미로 쌓여 있고 아이들이 놀다가 잊고 가버린 듯한 버려진 인형이 보이고 그 맞은편이 선로였다. 나는 그곳까지 가서 청결한 침목 위의 레일을 보고 있었다. 아주 희미한 소리가 들려왔다. 옛날 들었던 적이 있는 소리였다. 멀리서부터 다가오는 기차 소리가 레일로 전해지는 것이다. 나는 어릴 때 레일에 귀를 바싹 대고 머나먼 미래나 아니면 과거로부터의 음악이라도 듣는 양 넋을 잃고 있곤 했다. 문득 예리한 비애감이 가슴을 날카롭게 할퀴고 지나갔다. 이윽고 기차의 굉음이 가까워지고 거대한 기관차의 몸체가 다가왔을 때, 나는 모든 것을 집어삼켜 버릴 것 같은 소용돌이 속에 있었다. 그 소용돌이는 세차게 나를 레일로 빨아 들였다. 나는 짐승 같은 소리를 외쳐대면서 '죽음'을 향해 발을 내딛고 있었다…….

정신이 들었을 때는 잡초가 뺨을 간질거렸다. 나는 레일 옆의 축축한 땅 위에 쓰러져 있었다. 건널목 담당으로 보이는 남자가 바지를 걷어붙이고 달려오는 것을 나는 누운 채로 멍하니 바라보고 있었다.

내가 죽지 않은 것은 그 순간에 본능이 저지했던 것일까? 아니면 그 당시 인간을 밀어 넘어뜨릴 만한 바람이라도 일어난 것인가?

이해할 수 없는 것은, 나의 유일한 삶의 보람인 사쿠코를, 경관에게 보호받으며 집에 돌아갈 때까지 전혀 생각지 않았던 것이다.

"피곤하시지요? 여기서 잠시 쉬고 갈까요?"

역 대합실은 붐비고 있었다. 말소리며 여러 가지 소리가 높은 천장에 요란하게 울려 퍼지고 있었다. 게다가 스피커에서도 무슨 소리인가 토해내고 있었다. 그러나 나는 벤치에 앉아 있는 것이 고작으로 주위의 소리에 집중할 여유는 없었다.

……어쩌면 나가미네가 아니었을까? 하지만 나는 왜 나가미네가 뒤를 밟는다는 생각을 한 것일까? 설혹 나가미네였다고 해도, 그가 무엇 때문에 우리 뒤를 따라다니겠는가?

"떠들썩한 역이네요. 스피커에서는 뭐라고 해요?"

옆에 앉은 사쿠코가 엷은 베이지색 머플러에 턱을 묻으며 이것도 꽤 피곤하다는 듯이 물었다.

"스피커? 모르겠는데."

그게 어쨌다는 걸까. 나는 말조차 하기 귀찮았다.

"그럼 제가 표를 사오겠어요. 신문도 함께 사올까요? 오늘 아침 신문 집에서 읽으셨어요?"

나는 고개를 저었다. 아침에 신문은 눈에 띄지 않았다.

신문을 한 손에 들고 서둘러 돌아오는 사쿠코를 나는 복잡한 기분으로 바라보았다. 지금 한창 사랑을 하고 있는 아가씨처럼 아름답고 젊었다. 그리고 어쩌면 타인이라고 말해도 좋을 정도로 나에게는 신선하게 와 닿았다……. 나는 힘차게 일어섰다. 고행을 계속하자!

그 일이 있고 나서 나는 회사를 그만두었다. 살고 있던 T시에서 상당히 떨어진 벽촌의 산기슭에 집을 얻어 이사하고는 집 안에 틀어박혀 있기만 하는 생활을 시작했다. 그때부터 나가미네가 오기 시작했고 나의 주치의가 되었다.

나가미네는 신경질환을 전공한 젊은 사내로 사쿠코가 나와 결혼하기 전부터 알았던 사람이라고 했다. 그는 사쿠코를 부를 때 '아가씨'나 '사쿠코 씨'라고 하지, 결코 '아주머니'라고 하지 않았다. 사쿠코의 친정에서 기거한 적이 있다고 했기 때문에 나도 잘 모르는 소녀 시절의 사쿠코나 그녀의 친정에 대해서 물어 본 적이 있었다. 하지만 그때 그는 당황해서 화제를 돌리려고 하는 것이 분명했다. 이야기하고 싶지 않은 까닭이 있는 것 같았다.

사쿠코는 자신이 나에게 권해 나가미네를 불렀으면서도 그를 좋게 생각하고 있지 않은 듯했다. 그녀가 그를 대할 때의 서먹서먹하기까지 한 정중함이 어느 틈엔가 정반대의 고압적인 태도로 변했다. 나가미네도 사쿠코에 대해서는 불쌍할 정도로 허약함과 비굴함을 보였다. 사쿠코가 똑바로 자신을 쳐다보면 얼굴이 빨갛게 되어 시선 둘 곳을 몰라 당황해 하는 모습을 보였다. 그는 어쩌면 사쿠코의 집에 선생으로 있으면서 학비를 융통받은, 말하자면 주종의 관계였을지도 모른다는 생각이 들었다.

나가미네는 나에게 가능한 한 자극을 피하고 안정할 것, 외출은 근처의 가벼운 산책 정도로 끝낼 것, 흥분시키는 음식은 피할 것 등을 지시했다. 내가 말한 병적인 체험에 관해 그는, 신경쇠약자는 대부분 그런 증상이 있는 법이라고 말했다. 밤에는 불면증으로 시달렸기 때문에 사쿠코가 수면제를 보관했다.

나는 가끔 곰곰이 생각했다.

나는 정신병자는 아니다. 또 이상한 사람이라고도 할 수 없다. 하지만 나가미네가 말한 신경쇠약이라는 것만으로는 뭔가 부족한 것이 아닐까? '생명의 불'이라는 표현으로 말한다면, 나는 '생명의 불'이 부족한 인간인 것이다. 아마도 나가미네는 나에게 있어서의 세상이란……, 인생이라는 것은 빛이 희미한 얇은 종이를 사이에 두고 바라보는 것 같다고 생각할 것이다. 태어날 때부터 삶보다는 죽음을 향해 가는 것이 인간임을 잘 모르고 있는 것이다. 나는 사쿠코처럼 아름답고 정숙한 아내를 얻은 뒤 살려는 의욕이 생겼다고 생각하고 있었지만, 그것도 나의 부정적 요소를 완전히 변화시키지는 못했다.

우리는 다섯 정거장 정도 떨어진 해안 근처의 공원으로 가려고 했다. 그곳은 바로 밑으로 바다가 내려다보이는 구릉을 깎아 만든 곳으로 초봄부터 복숭아나무, 벚나무, 진달래 등 꽃이 연달아 피고, 도시락을 싸갖고 놀러 온 가족들로 항상 붐비는 곳이었다. 기차 안도 공원으로 가는 사람이 많은 듯 혼잡하였으나 앉을 수는 있었다. 창 밖에는 회색 집들이 지나가고 눈 아래로는 해안이 펼쳐졌다. 바다가 짙은 남색으로 수평선 부근은 뿌옇게 흐려져 있었다. 하얀 파도가 차가워 보였다. 나는 얼마간 안정을 되찾아 사쿠코가 사준 신문을 펼쳤다.

이 노선에 연결되지 않는 역이 있다는 것을 안 것은 바로 그때였다. 어젯밤에 충돌 사고가 있어 기관차가 탈선하는 바람에 레일이 상당히 파손되어 복구는 오늘 오후에야 가능하다는 것이었다.

"K역과 Y역 사이가 사고로 불통이라는군."

내가 말했다. 사쿠코는 놀란 표정으로, 자신은 조금도 몰랐다고 미안한 얼굴을 했다.

"그 역과 역 사이는 걸어야겠네요. 어떻게 할까요?"

"걷는 수밖에 없잖아."

다른 사람들은 알고 있었던 것일까? 몰랐던 것은 우리뿐이었을까?

"그렇지만……"

"괜찮아, 걸을 수 있으니까."

"문제없을 거요. 철길을 따라가면 금방이오."

옆에 앉아 있던 남자가 멍청히 있는 우리를 동정하듯 바라보며 말했다.

나는 녹초가 된 기분으로 다시 신문으로 눈길을 돌렸다. 사고 지역의 지도가 나와 있었다. X표가 있는 구간에는 강이 있는 것 같았다.

나가미네는 콧대가 가늘게 뻗은 섬세한 얼굴로, 옅은 눈썹 밑으로 겁먹은 눈이 보였다. 얼굴은 부드러운 사람같이 보이지만 목 아래부터는 전혀 다른 사람처럼 건강하고 씩씩해 보여 옷 속의 터질 것 같은 근육이 상상될 정도였다.

나는 그의 여자같이 부풀어 오른 엉덩이에 심한 증오감을 느꼈다. 얼굴이나 태도에서 나타나는 소극성, 겁 많은 태도와 몸매에서 볼 수 있는 동물적인 정력……, 그러한 부조화가 싫었다.

그는 일주일에 한 번 정도 왔는데 나중에는 두 번, 세 번이 되었다. 그렇게 되자 눈치가 보여서인지 내가 있는 거실 겸 '요양실'에는 형식적으로 얼굴을 내밀 뿐, 별실에서 사쿠코와 뭔가를 이야기하다가 돌아가곤 했다.

나가미네의 존재는 나를 괴롭혔다. 나가미네가 사쿠코에게 매료되어 있는 건 분명했다. 나는 신경을 곤두세우고 사쿠코를 관찰하고 있었지만 그녀의 태도는 시종일관 정중했다. 그녀는 나가미네가 오래 머물고 있기라도 할 때는 호소하는 듯한 시선을 내게 보내기도 했다. 넌지시 나가미네를 어떻게 생각하느냐고 물어 보면 좋다고도 싫다고도 대답하지 않았지만, 내가 처음 보는 멸시를 입가에 떠올렸다. 결혼 전에 나가미네와 어떤 일이 있었던 것은 아닌가 하는 의심은 그러한 사쿠코를 보면 사라져 버리지만 그래도 내 눈은 엄격하게 사쿠코를 감시했다.

금욕이 오래 계속되자 사쿠코가 옷을 입고 있음에도 그녀의 나체가 보였다. 그렇게 되자 나는, 나가미네도 사쿠코를 탐하기는 하지만 금지되어 있다는 점에서 나와 같은 조건 아래 있는 것이 아닐까, 나가미네가 보는 사쿠코 또한 벌거벗은 사쿠코가 아닐까 하는 생각들을 했다. 이런 생각은 참을 수가 없었다. 나는 나가미네를 용서할 수 없을 것 같은 기분이 들었다. 나는 주치의를 믿지 않는다……. 아니, 증오하고 있는 환자다. 나가미네가 기분 전환을 위한 외출을 권하면 나는 일부러 버티고 틀어박혔다. 수면제에 어떤 조작을 했을지도 모른다고 생각하여 시중에서 파는 것을 사쿠코에게 별도로 구하게 했다.

애증의 관념이 별로 없던 내가 사쿠코에 의해서 사랑을 알게 되고, 나가미네에 의해 증오를 깨달았던 것이다.

작년 늦여름이었다. 별실에서 나가미네와 사쿠코가 이야기하고 있었다. 나는 방 안에서 송곳 하나를 발견했다. 송곳이 왜 거기에 있었는지는 모르겠다. 사쿠코가 어디엔가 사용한 뒤 잊어버렸을 것이라고 생각됐다. 그렇게 생각하면서 내 손은 송곳을 쥐고 있었다. 고통스러워하는 신음 소리에 두 사람이 달려왔을 때 나는 피가 떨어지는 송곳과 넓적다리의 작은 구멍에서 흘러나오는 빨간 핏줄기를 바라보고 있었다. 사쿠코는 비명을 간신히 억누른 목소리로 말했다.

"어떻게 된 거예요? 아프지 않아요? 자, 주세요."

그녀는 송곳을 집어 들었다.

"송곳이 왜 이곳에……."

나가미네는 그렇게 말하고는 입을 다물고 창백한 얼굴을 하고 있었다. 나는 나가미네에게 돌아가 달라고 조용히 말했다. 그때의 나가미네의 얼굴을 생생히 기억하고 있는데, 고통과 슬픔과 경악이 뒤섞인 복잡한 표정이었다.

그 일이 있은 뒤로 나는 나가미네의 방문을 거절하고 집을 정리하고는 다시 지금의 시내로 돌아왔다. 산기슭의 집에는 더 이상 있고 싶지 않았고, 사쿠코에게 어느 정도 기분 전환을 시켜 주기 위해서도 그러는 편이 좋겠다고 생각했기 때문이었다.

기차가 멈추자 승객들은 모두 일어나 출구로 갔다. 여기서부터 불통 구간인 것 같았다. 창문으로 밖을 바라보니 거리의 겹쳐져 있는 지붕이 바로 아래에 있었다. 그렇다면 이 주변은 고가선일 것이고 다음 역까지는 내리막길일 것이다. 충돌 지점은 건널목 근처라고 신문에 나와 있었으니까 다음 역 방향이 틀림없었다.

플랫폼에 내리자 사람들은 출구 쪽으로 가는 사람과 그대로 선로를 따라 걷는 사람의 두 부류로 나누어졌다.

"선로를 따라갈까요? 밖으로 나가면 꽤 돌아가게 될 것 같아요."

"그래도 상관없지만 사고 장소는 통과할 수 있을까?"

사쿠코는 약간 날카로운 눈매로 바뀌었다.

"통과할 수 있을 거예요. 모두 웃으며 걷고 있잖아요. 선로를 지날 수 없다면 철책을 넘어서 길로 걸으면 돼요."

"그렇지만……."

"그다지 높은 선로도 아니에요. 건널목이 있는 곳이니까요."

나는 잠시 잠자코 있었다. 그리고 갑자기 걷기 시작했다. 사쿠코는 조금 뒤에 따라오면서 말했다.

"피곤하세요? 이렇게 되어서 죄송해요."

그녀는 내 팔을 잡고 달래듯이 말했다.

사람들은 선로 양끝에서 일렬로 천천히 나아가고 있었다. 그 가운데는 침목을 하나하나 밟으며 가는 사람도 있었다. 나는 그렇게 우스꽝스러운 행렬 속에 섞여 걸었고 사쿠코가 그 뒤를 따랐다. 태양이 바로 위에서 내리쬐고 있었으며 나는 가끔 그것을 올려다보았다. 하얀 원이 망막에서 핑핑 돌아 시야가 어두워졌지만 곧 길게 놓여 있는 철길과 묵묵히 걷고 있는 행렬이 다시 나타나곤 했다. 나는 그것을 무의미하게 반복했다. 그러는 사이에 나는 옛날에 외웠던 노래 멜로디를 머릿속으로 부르며 거기에 보조를 맞추고 있었다. 노래는 뜻대로 안되어 몇 번이나 다시 했다. 납을 삼키는 기분이었다. 아무 데나 누워 그냥 자고만 싶었다. 실컷 자고 싶었다.

생각해 보면 산기슭에서의 생활은 완전히 실패였다. 모든 자극을 멀리했다는 사실이 도리어 나가미네의 존재를 확대하여 내 신경을 그에게 집중시키고 매우 피곤하게 만들어 버린 것 같았다.

본래의 집에 돌아와 나가미네의 모습이 사라지자 기분이 놀라울 정도로 평화로워졌다. 식욕도 생겼다.

나는 몸이 완전히 낫는다면 사쿠코와 함께 무언가 깨끗하고 아담한 장사, 즉 책방이나 꽃집이라도 시작하고 싶다는 등의 의논을 하기도 했다.

나가미네의 존재가 내 가슴 속에서 서서히 희미해지기 시작하자 격했던 반감도 가라앉았고 기억에도 또렷한 격동 또한 웃음을 자아낼 수 있을 정도가 되었다. 나가미네가 당신을 좋아한 것이겠지, 하고 내가 물어 보면 사쿠코는 얼굴을 붉히며 고개를 끄덕였다. 그는 소녀 시절부터 사쿠코를 좋아한 모양이지만 한 번도 그러한 의사표시를 한 적이 없다고 했다.

“전 어렸을 적부터 좋지 않았어요. 당신 때문에 그 사람을 부른 것이라 정중히 대하려고 했지만 싫은 사람이라 어쩔 수가 없었어요. 당신하고 의논해서 그만두게 할까도 생각했어요.”

사쿠코는 그렇게 말하며 웃었다.

그런 이야기를 한 탓인지 어느 날 밤 꿈을 꾸었다. 아니, 약 때문에 반은 깨어 있으면서도 꿈에서 완전히 탈출하지 못했다는 느낌이었다.

그것은 나가미네가 이불을 들치고 자고 있는 나를 실눈으로 살짝 엿보는 것부터 시작되었다. 꿈속의 나가미네는 곤란한, 그러나 어딘가 냉소를 머금은 표정을 짓고 있었다.

그 다음 소름끼치는 상황이 왔다. 나가미네는 헐떡이며 원숭이처럼 사쿠코의 허리에 매달려 넓적다리에 얼굴을 묻고 있었다. 사쿠코는 양손을 뒤로 하고 나가미네를 내려다보며 유방을 흔들어 가며 웃기 시작했다. 그 후의 광경을 나는 신음 소리를 내며 지켜보고 있었다.

일어나 보니 전신이 땀투성이로 나는 한참 동안 멍청하게, 앞에 앉아 있는 사쿠코를 바라보았다. 청결한 잠옷을 단정히 입고 걱정스러운 듯 쳐다보고 있는 사쿠코에게 그러한 추잡한 흔적은 전혀 없었다. 심하게 가위눌리는 것처럼 보였다고 말하는 그녀에게 나는 고양이가 가슴 위에 올라타고 있어서 움직일 수 없었다고 거짓말을 했다.

나는 그날 밤 줄곧 달라붙듯이 사쿠코를 요구하며 괴롭혔다. 녹초가 되어 잠자리에 길게 뻗자 꿈에서 본 아내가 거기 있었다. 아내만은 현실이었다. 그러나 엿보고 있던 나가미네도 꿈이 아니었던 것 같은 기분이 들었다. 하지만 한밤중에 나가미네가 사쿠코의 방에 와 있을 리는 없었다. 사쿠코가 나가미네를 끌어들이지 않은 한……. 나는 여기까지 생각하자 불안해져 곁에 있는 사쿠코의 가슴에 뺨을 갖다 댔다.

죽음의 신은 예고 없이 다가온다. 그해 연말의 추운 어느 날, 나는 죽음에 가장 근접했었다.

"집 안 전등이 전부 켜지지 않아요. 어찌 된 것일까요?"

사쿠코가 물었다.

"정전이 아닐까?"

"아니에요. 봐요, 다른 집에서는 라디오 소리가 나잖아요. 우리 집만 그래요."

그러고 보니 밖에서 여자가 부르는 가요 같은 노래소리가 흘러들어왔다. 시장 보는 김에 전파사에 들르겠다는 것을, 퓨즈가 잘못되었을 거라고 말하며 안전기의 수리를 떠맡았다.

안전기는 현관 안쪽 벽에 있었다. 사쿠코가 나간 뒤, 곧 발판을 대고 위에 올라가 둥근 고리손잡이를 당겨 도기 뚜껑을 열었다. 퓨즈는 타지 않았으나 나사못에서 빠져 있었다. 나는 나사못을 풀고 빠져 있는 퓨즈 끝을 단단히 그곳에 감아 죄었다. 이것으로 수리는 끝났다고 한숨을 내쉬었을 때 뇌리 속에 어떤 전율이 느껴졌다. 다시 손잡이를 잡고 뚜껑을 닫으면 되는 것인데 내 손끝은 이미 나의 의지를 떠나 있었다. 나는 퓨즈 위쪽에 홈이 팬 곳에 있는 검은색 전선이 복잡하게 얽혀 있는 곳을 응시하고 있었다. 이것인가, 양쪽에 있는 이곳에 내 두 손을 대면 깨끗이 감전사하는 것인가…… 위험하다. 뚜껑을 닫자. 내려가자…….

눈앞이 어두워졌다. 나는 두 손을 그 검은 홈에 격한 기세로 찔러 넣었다. 발판에서 떨어져 넘어졌을 때 나는 감전되지 않은 것을 알고 놀랐다. 그대로 누운 채. 그렇다면 역시 정전이었던 것이다. 그러나 저 라디오는? 하하, 그것은 분명 레코드였던 것이다. 결국 겹쳤던 걸까? 정전과 안전기 고장과……. 그런 생각을 했다.

결국 나는 회복할 희망이 없다. 내 정신에는 이미 금이 가버린 것이다.

사쿠코의 부주의를 원망해 봐야 소용없는 것이다. 그녀는 내가 거의 건강해졌다고 믿고 있다. 사쿠코를 낙담시킬 수는 없다. 나는 아무것도 알리지 않고 참아 이겨내야겠다고 생각했다. 언젠가 죽음의 신이 정말로 나를 잡아가 버릴 때까지.

그때 나가미네가 불쑥 들어왔다. 한동안 만나지 못해 걱정했는데 건강해져서 다행이라고 말하며 기쁜 듯한 표정을 지었다. 나는 나가미네라는 남자가 다소 불쌍해졌다. 우리 부부에게 경원시되고 있는 것을 아는지 모르는지 굳이 이렇게 오는 것은 뻔뻔하거나 사람이 좋아서거나 둘 중 하나일 것이다. 일주일에 한 번 날을 정해서 와달라고 그와 약속했다. 그를 미워하는 감정은 어느 틈엔가 사라지고, 사쿠코에게 보답받지 못하는 사랑을 계속 간직하고 있는 이 남자를 관찰하는 흥미만이 남아 있었다.

……문득 선로 위의 행렬이 멈추었다.

"이봐, 뒤가 밀리고 있어."

"등에 업어요, 업어."

그런 소리가 들렸다. 목을 내밀고 보니 백 미터 정도 앞에 젊은 여자 한 명이 선로 한가운데에 웅크리고 있는 것이 보였다. 내 머리에 번뜩이는 것이 있었다. 바라보니 그곳은 과연 철교였다. 옆에 철제 골조가 붙어 있지 않은 다리로 이 높이에서 아래의 수면—그것은 신문의 지도에 있던 하천이다—까지는 10미터 이상인 것 같았다. 침목과 침목 사이에는 공간이 있으므로 발이 미끄러지면 곤두박질쳐 떨어져 버린다. 그녀는 눈이 나빠서 발을 뗄 수 없었던 것이다.

나는 막연히 결정적인 순간이 다가오고 있는 것을 느꼈다. 건장한 몸의 청년이 그녀를 업고 철교를 건넜으므로 행렬은 또다시 앞으로 나아가기 시작했다.

나는 철교 바로 앞에서 잠깐 동안 꼼짝 않고 서 있었다. 아래는 가느다란 물줄기가 하얗게 말라 버린 하천으로, 커다란 돌 몇 개가 보였다. 사쿠코는 새파랗게 질려 내 손을 꽉 잡았다.

나는 일종의 마비 상태에 빠져 공포감도 없이 머리는 완전히 텅 빈 채 앞으로 쑥쑥 거침없이 걷기 시작했다. 잡고 있는 사쿠코 손의 희미한 떨림만이 느껴졌다.

뒤엉킨 도취감과 자유가 나를 엄습했다. 눈 한쪽 구석에서는 하늘의 구름이 빛났다.

사쿠코가 비명을 지른 것은 내가 그녀의 손을 잡아끌면서 강으로 뛰어내리려 했기 때문일까, 혹은 나 아니면 그녀, 둘 중 하나의 발이 미끄러졌던 것일까? 아니, 그보다 나도 사쿠코도 어떤 다른 강한 힘에 눌려 넘어졌다. 사쿠코가 비명을 지른 것은 그때일 것이다.

아주 잠깐 동안 나는 실신했다고 생각한다.

햇살을 가득 받은 나무 향기가 최초로 내 코를 자극했다. 나는 침목에 뺨을 대고 있었던 것이다. 눈 아래에는 작은 하천이 흐르고 병든 잎 하나가 떠 있는 것이 확실히 보였다. 그 주변에서 시원한 바람이 희미하게 산속의 향기를 품고 침목 사이를 불어 올라왔다. 무엇인가 상당히 상쾌한 것이 몸속으로 스며드는 느낌이 들었다.

이윽고 옆에서 사쿠코와 마주 앉아 있는 것이 나가미네라는 것을 알았으나 나는 별로 놀라지 않았다.

두 사람은 무엇인가를 이야기하고 있는 것 같았으나 내가 일어나려 하는 것을 보고 급히 손을 내밀었다. 나는 긴장으로 굳어진 두 사람의 얼굴을 흥미를 가지고 바라보았으나, 하여간 오늘은 이대로 여기서 돌아가자고 제의했다.

"나는 나가미네와 조금 할 이야기가 있으니까 사쿠코는 먼저 가. 금방 따라갈 테니까."

사쿠코는 얼굴에 심한 동요를 보였지만 나의 부드러운 어조에 군소리 못 하게 하는 무엇인가라도 있었던지, 조용히 고개를 끄덕이고는 방금 왔던 선로를 되돌아가기 시작했다. 그 뒷모습을 바라보면서 나는 나가미네에게 물었다.

"당신, 우리 뒤를 따라다녔지?"

나가미네는 갑자기 말문이 막힌 모양인지 약간 움찔했다.

"우리가 오늘 외출하는 것을 알고 있었나?"

"그런 계획을 사쿠코 씨에게서 들은 적이 있긴 합니다만, 오늘은 그냥 찾아뵈려고 하는데 두 분이 외출하는 것을 보고……."

"왜 따라다녔지?"

나가미네의 얼굴이 일그러져 울상이 되었다.

"제발 제 진심을 믿어주세요, 제 진심을."

"나를 쓰러뜨리는 진심 말인가?"

나는 미소 지었다.

"그 점은 감사하기로 하지. 그런데 자네는 내가 약을 먹고 자고 있을 때 사쿠코에게 와 있었지?"

나는 고개를 숙이고 있는 가련한 나가미네를 응시하며 계속 물었다.

"사쿠코와는 언제부턴가?"

나가미네는 갑자기 머리를 들고 핏발 선 눈으로 말하기 시작했다.

"사쿠코 씨는 당신이 믿고 있는 그런 사람이 아닙니다. 제발 믿어주세요. 그리고 사쿠코 씨를 떠나 주세요."

그의 이야기인즉, 사쿠코는 요부이고 이성관계가 난잡했다. 소녀 시절부터 애인이 여러 명 있었으며 가정교사였던 나가미네와도 그때부터 관계를 맺었다. 친정에서는 그녀의 품행이 세상에 알려지기 전에 결혼시키려고 안달했다. 배우자가 될 남자는 세상 돌아가는 것에 어둡고 어느 정도는 재산이 있는 안정된 남자가 아니면 안 되었다. 결국 내가 그 조건을 만족시키는 어수룩한 남자였다. 과거를 지우기 위해 사쿠코는 일단 돌아가신 아버지의 친구인 양아버지 슬하로 옮겨진 후 나에게 시집온 것이다. 나는 그 양아버지에게서 진짜 친부모님은 이미 돌아가셨다고 들었다.

사쿠코는 결혼 후에도 가끔 나가미네와 관계를 가졌고, 그가 공공연히 방문하게 된 후부터는 그 횟수가 부쩍 늘었다. 나가미네는 부도덕과 그것을 부끄러워하지 않는 대담한 사쿠코를 두려워했다. 그러나 청산하려고 생각하면서도 질질 끌려갈 뿐이었다.

그러는 사이 무서운 의심이 들었다. 사쿠코가 나를 어떻게 하려는 것은 아닐까 하는 생각이었다. 나가미네의 공포는 날로 커졌다. 적어도 내 몸이 안전하도록 감시를 게을리 하지 말자……. 그것만이 나가미네에게 남겨진 유일한 속죄의 길이었다.

이야기는 대충 그러한 것이었다.

"자네 말을 믿을 것인가, 사쿠코를 어떻게 할 것인가는 내 자유이고, 지금부터의 내 행동도 자유요. 이제 돌아가서 사쿠코와 쇼핑하러 갈 예정이지만 당신은 반대 방향으로 가시오. 그리고 내 눈앞에서 사라져 주시오. 또한 의사로서의 당신에게 말하지만, 나는 지금 매우 기분이 상쾌하고 꼭 꿈에서 깬 것만 같소. 심한 쇼크로 정신의 균형이 돌아온 것인지도 모르지. 의학적으로 그런 예가 있었는지는 모르지만……."

나는 말을 마친 후 선로를 따라 다시 돌아가기 시작했다. 그리고 이것저것을 생각했다.

……이런 식의 추론은 가능했다. 사쿠코의 오늘 외출은 예전부터 계획된 것이었다. 목적지인 공원에는 바다가 내려다보이는 절벽이 있었다. 나는 예의 병이 발작하여 소용돌이 속으로 뛰어들지도 모른다. 또, 돌아오는 길에는 백화점에 들르게 되어 있었다. 옥상에는 도시의 골짜기가 내려다보이는 절벽이 또한 있지 않을까? 더욱이 우연한 기차 사고가 있었다. 사쿠코가 갑자기 외출을 권한 것은 오늘 아침 신문기사의 지도를 보고 불통 구간에 철교가 있는 사실을 알았기 때문일 것이다. 그 철교가 꽤 높은 곳에 놓여 있다는 사실도 생각해 냈을 것이다. 오늘 아침 신문이 안 보인 것은 그녀가 숨겼기 때문이라고 생각할 수 있다. 사쿠코는 역에서 신문을 산 뒤 내가 신

문을 훑어보지 않는 것을 확인했다. 게다가 '스피커에서 뭐라고 해요?' 라고 물어 이것 역시도 못 들은 것을 확인했다.

사쿠코의 실패는 건널목에 대해서 말했기 때문이다. 나는 사쿠코에게 사고에 관해 말했지만, 그것이 건널목 부근이라고는 분명히 말하지 않았다.

사쿠코는 나의 자멸을 기다리고 있었다. 내가 죽음의 신 품으로 날아갈 것을 기다리고 있었던 것이다. 내가 송곳으로 넓적다리를 찔러댔을 때 나가미네의 얼굴이 착잡한 표정을 띠고 있었던 것이 기억났다. 그는 사쿠코에게 내 눈길이 닿는 곳에서 모든 위험한 물건, 날카로운 물건을 치워 놓으라고 말했던 것은 아닐까? 그 송곳이 내 방에 있었기 때문에 처음으로 사쿠코의 의도를 의심한 것은 아닐까? 정전 사건도 실은 퓨즈를 빼낸 것이 사쿠코가 아닐까? 그러면 내가 죽음을 모면한 것은 사쿠코가 실제로 정전된 사실을 몰랐기 때문이 아닐까? 면도칼을 가지고 나왔던 그때도 고의였던 것이라고 생각할 수 있었다. 그녀를 상처 입히기보다는 오히려 내 목을 벨 것이라고……. 틀림없다.

사쿠코의 계산은 정확했다. 더욱이 나가미네의 등장……. 사쿠코는 내 신경을 바싹 졸라매어 파괴하려 하고 있었다. 밤의 애무가 심하게 불규칙했던 것도 빈틈없는 매몰찬 의도가 있었던 게 아닐까?

하지만 나는 이러한 추정을 역시 가설로만 생각했다. 사쿠코는 나가미네의 말대로 그런 여자고 내 추론이 사실일지도 모른다.

하지만 또한 사쿠코는 지금까지 내가 믿었던 대로 얌전한 아내이고 이 모든 것은 전부 나가미네가 꾸민 일인지도 모른다. 나의 추론이라고는 해도 구체적인 증거는 아무것도 없지 않은가? 그러나…….

나가미네는 어째서 나를 밀어 넘어뜨렸을까? 밀어 떨어뜨리기 위해서였을까, 아니면 반대로 떨어질 위험에서 나를 구하기 위해서였을까?

내 눈에 결혼한 이후의 사쿠코의 여러 자태와 표정이 떠올랐다가는 다시 사라졌다. 증오나 분노의 감정은 전혀 없었다. 순수한 그리움만이 나를 눈물짓게 했다.

나의 추리가 사실이라면, 왜 그녀는 나의 죽음을 원했던 것일까? 나가미네 같은 남자를 정말로 사랑하는 것일까? 사랑한다면 왜 간단히 나와 헤어지지 않는 것일까? 결국 나가미네와 내 재산 모두를 원했던 것일까?

역에서 사쿠코와 만나서 거리로 돌아와 차를 잡아타고 백화점으로 향했다. 사쿠코가 내 안색을 살피며 곧바로 집에 돌아가자는 것을 나는 듣지 않았다. 내가 계속 기분 좋게 대답하자 사쿠코는 안심하고 말을 많이 했다.

사쿠코가 물건을 사는 동안 나는 옥상에서 기다리기로 했다.

옥상에는 비행기가 빙빙 돌고 기차가 움직이고 목마가 뛰고 있었다. 가지각색으로 몸을 치장한 어린이들이 함성을 지르고 있는 것을 힐끗 본 나는 조용한 한쪽 구석으로 가 난간에서 아래를 내려다봤다. 사람들이 조그맣게 땅 위에 달라붙어 꿈틀거리고 있었다.

만약 여기서 뛰어내린다면 도중에 전선에 걸려 한 바퀴 돌면서 도로에 떨어져 즉사할 것이다. 그리고 신문에는 '원인은 신경쇠약'이라고 작은 기사가 되어 실릴 것이다.

나는 난간을 조금 올라타고 바깥쪽 벽을 보았다. 그곳은 거친 콘크리트로 난간에서부터 1미터 정도 되는 곳에 일정한 간격으로 머리를 위로 향한 철근 끝이 돌출되어 있었다. 아마도 광고용의 긴 천 조각 같은 것을 걸어 늘어뜨리기 위한 것일 것이다. 나는 눈짐작을 하며 고개를 끄덕였다.

……너에게, 그러나 해낼 수 있을까?

그렇게 스스로에게 질문하며 나는 두려움에 전율했다.

물건을 다 산 사쿠코가 나와서 나와 나란히 벤치에 앉았다. 이쪽 모퉁이는 햇빛이 비치지 않아 건물의 그늘이 져 있었고 아무도 없었다. 거기서 처음으로 사쿠코는 나가미네가 무슨 말을 했느냐고 물었다.

나는 사실 그대로를 이야기했다. 사쿠코는 눈물을 흘리며 격분했다.

"거짓말이에요. 모두 그 사람의 치사한 조작이에요. 당신은 믿어주실 거지요? 저를 믿어주세요, 제발. 지금까지의 저를 생각해서 제발 속지 말아요…….”

나는 일어서서 천천히 난간으로 갔다. 이쪽에는 철망이 없었다. 난간은 가슴보다 조금 높은 정도의 높이였다.

나는 그곳에서 불쑥 뛰어올라 난간에 걸터앉았다. 멍하게 정신을 놓고 앉아 있던 사쿠코가 갑자기 제정신이 든 듯 달려왔다. 나는 난간에 양손을 얹고 바깥쪽 벽에 대롱대롱 매달려 있었다.

사쿠코는 나의 양쪽 손목을 상당히 강한 힘으로 꽉 쥐고 있었다. 그리고 비명을 억누르고 있었다.

사쿠코의 눈동자가 돌연 차갑게 돌변했다. 핏기 가신 얼굴이 그 순간 무표정하게 나를 내려다보았다. 다음 순간 사쿠코의 양손은 난간 위에 걸치고 있는 나의 손가락을 떼어 놓기 위해 맹렬히 움직이기 시작했다. 입술을 일그러뜨리고 어깨를 편 채, 오로지 손가락을 하나하나 떼어내려고 온 힘을 다하고 있었다. 가느다란 그녀의 손가락은 마치 용수철 같았다.

“누구 와주세요, 도와주세요…….”

사쿠코가 그렇게 외쳤을 때는 나의 모든 손가락이 난간에서 떨어지게 되었을 때였다. 그때 사쿠코는 보았을 것이다. 비명의 꼬리를 끌며 떨어져 가야 할 내가 양손을 뗀 채 떨어지지도 않고서 마법처럼 공중에 매달려 있는 것을. 그리고 이상하게 조용한, 평온한 눈으로 자신을 바라보고 있는 것을.

외벽에 돌출되어 있던 철근 끝에 내 바지의 허리띠가 꽉 걸려 있었던 것이다. 내가 조금 전 외벽을 바라보며 예상했던바 그대로였다.

사쿠코는 차가운 눈을 크게 뜨고 후우 하고 한숨 같은 것을 내쉬더니 그곳에 맥없이 쓰러졌다. 아무도 오지 않았다.

팔에 힘이 전혀 없어서 기어 올라오기가 의외로 곤란했다.

나는 떨어지는 데 대한 공포감으로 온몸이 부들부들 떨렸다.

"영차, 영차."

기운을 북돋우기 위한 구호를 외쳐대며 가까스로 사쿠코 옆에 기어올라 왔을 때는 나까지도 기절할 것만 같았다.

나는 실신한 사쿠코를 벤치에 뉘고 그 옆에 앉아 쉬었다.

맞은편의 햇빛이 비치는 놀이동산에서는 여전히 어린이들이 함성을 지르고, 하늘 높이 솟아나온 비행탑에서는 파랗고 빨갛게 칠한 비행기가 돌고 있었다.

완전히 녹초가 되어 쓰러져 버릴 것 같았지만 내 마음속만은 이상하게도 맑았다.

나가미네와 사쿠코, 그리고 발버둥치고 있는 나의 존재가 아주 옛날에 보았던 서투르고 시시한 배역처럼 생각되었다. 나는 다른 인간으로 다시 태어난 것인지도 모른다. 지금까지의 나는 여기서 30미터 아래 도로로 추락하며 없어져 버린 것이다.

그런데 사쿠코를 어떻게 할 것인가? 그것은 사쿠코 자신이 결정할 수밖에 없었다.

나는 일어서서 놀이동산 쪽으로 걷기 시작했다.

그리고 백화점 담당자가 있는 것을 보고 말했다.

“저쪽 벤치에 여자가 쓰러져 있습니다.”

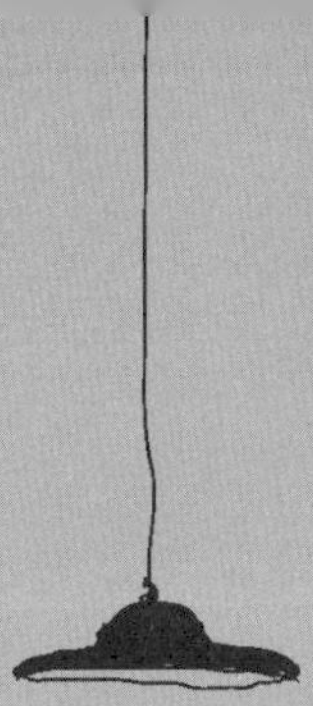

06

기이한 인연

다카하시 가쓰히코 高橋克彦

1947년 이와테(岩手) 현 모리오카 시 출생. 와세다 대학 졸업. 미술관 근무를 거쳐 1983년 「샤라쿠(寫樂)살인사건」으로 에도가와 란포(江戸川乱歩)상 수상.
「우타마로 살안(殺贋) 사건」「하루노부(春信)살인사건」 등 유키요에를 둘러싼 미스터리와 장대한 스케일의 전기소설, 호러, 시대 소설 등 작품 다수.
1987년 「호쿠사이(北斎)살인사건」으로 일본추리작가협회상 장편 부문 수상,
1988년 「총문곡(総門谷)」으로 요시카와에이지(吉川英治)문학 신인상,
1991년에는 「붉은 기억」으로 나오키(直木)상을 수상, 2000년 「화원(火怨)」으로 요시카와에이지 문학상 수상.
NHK 대하드라마 「불꽃」「호죠 도키무네(北条時宗)」의 원작자이기도 하다.

1

오랜만에 스미다 다이고가 찾아왔다. 오랜만이라지만 고작 한 달 밖에 안 됐다. 한때는 거의 매일같이 얼굴을 보였던 사람이라 꽤 오랜만처럼 느껴지나 보다. 스미다를 좋아하는 아내는 그가 찾아올 것이라는 얘길 듣고 서둘러 시내 백화점을 다녀왔다. 그 백화점 지하에 있는 빵 가게에서 직접 만들어 파는 케이크를 스미다가 좋아하기 때문이다. 스미다는 내가 살고 있는 곳에서 자동차로 2시간 정도 떨어진 산촌에 살고 있다. 나이는 마흔하나, 나보다 열 살이나 아래이다. 나의 직업은 변호사이고 스미다는 제재업자이다. 둘 사이에 별로 연관되는 점이 없기에 보통은 쉽게 알고 지내기 어렵지만 우리는 엉뚱한 인연으로 반년 전부터 서로 왕래하게 되었다. 내가 스미다를 찾아간 것은 한 번뿐이고 대개는 그가 찾아온다. 면 의회 의원인 스미다는 군청 소재지인 이곳에 용무차 빈번하게 오기 때문이다. 군청에 오는 길에 그는 꼭 내 사무실과 집에 들러 진귀한 산나물과 버섯 등을 잔뜩 놓고 간다. 그래서 특히 아내와 사무실 여직원이 그를 더 좋아한다. 소박하고 사랑받을 만한 남자이다. 늘 마을의 발전을 기원하고 고생을 마다하지 않는 열혈한(熱血漢). 나는 스미다를 그렇게 생각한다.

스미다는 전화로 약속한 대로 4시에 딱 맞춰 우리 집 벨을 눌렀다. 오늘은 토요일이라 사무실은 오전 근무뿐이다.

"오랫동안 연락 못 드렸죠, 죄송합니다."

현관에서 아내에게 인사하는 스미다의 씩씩한 목소리가 서재까지 울린다. 아내가 웃는다. 또 뭔가 선물을 가져온 모양이다. 나는 서재에서 나와 그를 맞았다.

"여보, 이것 좀 봐요. 송이버섯을 이렇게나……."

아내는 신문지로 싼 송이를 내게 보였다. 두툼하고 커다란 송이가 7, 8개 있었다.

"동네 산에서 딴 겁니다."

스미다는 그것 말고도 사무실 직원들에게 나눠 주라며 닭고기와 계란을 커다란 스티로폼 상자에 가득 담아 왔다.

"늘 받기만 하는군."

나는 스미다를 응접실로 안내하며 인사치레를 했다.

"아키 양 보고 와서 가져가라면 되겠군."

내일이 일요일이라 그냥 두면 신선도가 떨어질 것이다. 내 말을 듣고 아내도 고개를 끄덕였다.

"냉장고에 넣어 두면 월요일까지 갈 수 있습니다."

서로의 불편을 덜어 주기 위해서인지 스미다는 그렇게 말하며 상자를 들고서 아내 뒤를 따라 주방까지 옮겨 주었다.

"케이크 정도론 안 되겠네요, 스미다 씨. 오늘은 어디 가서 대접을 해야지 원."

"아유, 무슨 말씀을요. 전 가해자인걸요."

스미다의 말에 아내는 깔깔 웃었다.

엉뚱한 인연이란 것이 바로 그것이다.

반년쯤 전에 스미다의 차와 접촉 사고가 있었다. 다행히 시내 중심에서 스미다가 속력을 내지 않았기에 큰 부상 없이 가벼운 타박상으로 끝날 수 있었다. 조사해 보니 사고의 원인은 내게 있었다. 내 차의 좌회전 표시등이 고장 나 있었던 것이다. 그것을 모른 채 좌회전하려는 순간 직진하려는 스미다의 차가 달려온 것이다. 경찰도 스미다에게 동정적이었다. 그런데도 스미다는 자신의 부주의였다며 계속 사죄하였고, 만일을 위해 정밀조사차 병원에 4일간 입원했을 때에도 매일 얼굴을 보였다. 가까운 곳도 아닌 자동차로 2시간이나 떨어진 곳에서부터 꼬박꼬박 병문안을 왔다. 물론 거기에는 면의원이라는 입장이 어느 정도 작용했을지도 모른다. 그래서 처음에는 부담스럽게 여겼지만 그렇다고 해서 형식적으로 그렇게 매일 올 수 있는 것은 아니기에 나도 아내도 점차 마음을 터놓았다. 사무실에서는, 접촉 사고가 일어날 바에는 스미다 씨에게 당하라는 농담까지 나올 정도였다.

퇴원 후에도 스미다는 인사차 자주 들렀다.

그런 연유로 우리는 친한 사이가 되었다. 교통사고의 경우 가해자와 피해자는 보상 건으로 대개는 적대 관계가 된다. 그런 점에서도 나와 스미다의 관계는 흔하지 않다고 말할 수 있을 것이다. 그 모든 것이 스미다의 성의가 지극해서이다.

묘한 표현이지만 스미다는 이상적인 가해자이다. 모든 사람이 다 스미다 같다면 쓸데없는 소송도 일어나지 않을 것이다. 결국은 진실한 마음이다.

"바빴나 보군."

소파에 앉은 스미다에게 말했다.

"꽤 오랫동안 얼굴을 볼 수 없어서 사무실 사람들도 어디 아픈 게 아닌가 하고 걱정했다네."

"조금 신경 쓰이는 일이 생겨서요."

밝게 웃던 그의 얼굴이 어느새 진지해졌다.

"뭔데?"

"선생님, 저 자수하려고 해요."

의외의 말에 나는 당혹스러웠다.

"그런데 어디다 자수해야 되는 건지, 그 일로 상의 드리려고 왔어요."

"대체 무슨 일을 했는데?"

"선생님도 아실 거예요."

"……."

"그 위조 가구 사건 말이에요."

나는 멍하니 입을 떡 벌린 채 그를 바라보았다.

"나쁜 짓은 결국 벌을 받나 봐요. 채 한 달도 안 돼서 발각됐어요."

"그게, 자넨가?"

"네. 마을 청년회의 합의로 했던 거지만 상담을 했던 것이 저였으니까 제가 자수해야죠."

"마을 청년회!"

믿을 수 없는 일이었다.

위조 가구라면 1주일 전에 발각된 사건이다. 우리 군에는 전국적으로 지명도가 높은 가구 메이커가 있다. 이른바 민속 공예 가구라는 것으로 묵직한 중량감을 자랑으로 하고 있다. 천연 목재를 사용해서, 그 소박한 감촉이 널리 알려져 있다. 하지만 엄청나게 비싸다. 의자 하나만 해도 15만 엔 정도 한다. 품질의 우수함은 누구나 다 알고 있지만 그렇다고 해도 장롱 한 짝에 3백만 엔을 넘으니 쉽게 손이 가질 않는다. 그런데도 세간에는 부자가 꽤 많은가 보다. 15년 전쯤에 어느 미술 잡지에서 특집으로 다뤘던 것을 계기로 그 메이커는 비약적인 발전을 거듭했다. 지금은 군을 대표하는 기업으로까지 성장했다. 시내 중심에 넓은 전시장을 마련해 놓고 몰려드는 주문에 물건을 댈 수 없을 정도이다.

그런데 그 메이커의 위조품을 도쿄의 작은 화랑에서 팔고 있었다. 가게는 진품이라고 생각하고 아무 의심 없이 작은 장롱을 취급하고 있었던 것 같은데, 그것을 산 손님들로부터 이번에는 가구 회사로 직접 주문이 들어와 사건이 밝혀진 것이다. 문의를 받은 회사 측에서 카탈로그를 조사해 보니 그런 디자인의 장롱을 제조하고 있질 않다는 사실을 알게 되었던 것이다.

화랑에 물건을 납품한 사람은 그 가구 회사에 근무하는 어느 영업 사원의 명함을 이용하고 있었다. 신 모델은 아니지만 괜찮은 작은 장롱이 재고로 남아 있어 처분하려고 하는데 취급할 마음이 없냐며 방문했다고 한다. 그 화랑은 민속 공예품을 주로 다루기 때문에 주인은 물론 그 메이커 가구를 잘 알고 있었을 것이다. 틀림없이 좋은 물건이다, 값도 싸다, 재고 처분이기 때문에 메이커의 신용이 떨어질까 봐 거래하고 있는 가구점에는 돌리지 않는다 등등 그 외에도 이런저런 사정을 늘어놓은 것 같은데 화랑 주인은 가격만 듣고도 선뜻 10짝 전부를 맡았다. 그와 비슷한 모양의 메이커 장롱은 아무리 작아도 40만 엔을 호가했는데 그것을 12만 엔이면 된다고 말한 모양이다. 단 현금 지불 조건이었다.

미술상은 그 장롱을 25만 엔에 내놓았고 1주일도 채 되지 않아 그 장롱은 전부 팔렸다. 손님들도 그 메이커의 장롱이 얼마에 팔리고 있는지 알고 있었던 것이다.

그 사실을 알고 메이커 측에서는 격분했다. 화랑 주인이 남자에게서 받은 명함은 진짜였으나 사람은 일치하지 않았다. 도쿄에서는 그 사건을 더 이상 다루지 않았지만 이곳 지방 신문에서는 계속 그 뒷이야기가 기사화되어 지면을 장식하고 있었다.

그 범인이 설마 스미다 일 줄은.

나도 모르게 한숨이 나왔다.

"역시 도쿄 경찰 관할이겠죠."

스미다는 난처한 표정으로 나를 보았다.

"글쎄, 마을 청년회의 합의란 건 생각지도 못했는데."

"그 가구 회사가 지금만큼 실적을 올린 진짜 이유를 알고 계시나요?"

스미다가 내게 물었다.

"품질이 좋은 것은 분명합니다. 그렇지 않으면 그렇게 비싼 가격으로 팔 수 없을 테니까요."

"다른 이유가 있다는 건가?"

"소매점으로 넘기는 가격이 터무니없이 싸죠. 대개는 소매가격의 70퍼센트 가격으로 넘기는 것이 한계인데 그곳은 소매가격의 50퍼센트 전후로 넘깁니다. 그런데도 소매가의 가격 인하를 엄중하게 체크하죠. 정가의 10퍼센트 이하로 할인판매하면 그 소매점과는 거래를 끊어 버립니다. 메이커 제품의 고급 이미지를 지킨다는 점과 이윤 폭이 크다는 점을 소매점에게 납득시켜 그것을 판매 전략으로 이용하고 있는 겁니다."

나는 알듯 모를 듯 고개를 끄덕였다.

"만약 3백만 엔짜리 장롱이라면 어떻게 되겠습니까?"

스미다는 애가 타는 듯이 말했다.

"소매점은 그것을 165만 엔에 매입합니다. 그러고는 270에서 300만 엔 정도의 가격으로 팔아 100만 엔 이상의 이윤을 남기는 거죠. 장롱 하나를 파는 것만으로 100만 엔입니다. 어떤 가게라도 그 메이커 물건을 놓고 싶게 되죠. 오동나무 장롱이야 지금은 인기가 별로인데다 대개 100만 엔 전후잖아요. 매입가는 70만 엔. 30만 엔 남는 장사면 괜찮은 거죠. 하지만 같은 장사라면 오동나무보다 그 메이커 제품으로 하는 게 훨씬 이득이죠. 가구점의 공간은 한정되어 있으니 아무래도 이윤 폭이 큰 것을 놓는 것이 최우선인 겁니다."

"그렇군. 듣고 보니 맞는 말이야."

"그 메이커는 그런 방법을 써서 발전했어요. 전국에 이름이 알려졌어도 경영 방법은 여전합니다."

나도 이해가 됐다. 지명도가 있고 싸게 들여 놓을 수 있다면 소매점이 몰려드는 것은 당연하다.

"하지만 그 뒤에는 희생을 강요당하고 있는 사람들이 많이 있습니다."

스미다는 몸을 앞으로 당겨 앉았다.

"말하자면 소비자도 희생자예요. 엄청나게 바가지를 쓰고 있으니까요. 소매업자들은 자신들이 이익을 보니까 절대로 그 사실을 말하지 않아요. 세무서에서도 문제 삼지 않죠. 메이커와 소매업자 쌍방이 제때 신고하여 세금을 내고 있는 한 어디에도 문제는 없는 겁니다."

나는 당연하다는 듯이 고개를 끄덕였다.

"하지만 가구를 만들고 있는 우리 마을 사람들은 도저히 참을 수가 없어요."

스미다는 흥분했다.

"그 메이커의 장롱은 우리 마을에서 하청을 받아 만들고 있어요."

그러고 보니 들은 적이 있었다.

"우리가 3백만 엔짜리 물건을 그 회사에 얼마에 넘기는 줄 아십니까?"

"……."

"50, 단 50만 엔입니다."

그건 너무 심하다. 나는 한숨을 내 쉬었다.

"50만 엔이면 만들 수 있는 장롱이기 때문에 그 메이커는 소매업자에게 165만 엔에 넘길 수 있을 뿐더러 막대한 광고비도 쓸 수 있는 겁니다. 물론 마을 사람들도 자신이 만든 장롱이 얼마에 팔리고 있는지 잘 알고 있죠. 메이커 측에게 그런 부당함을 말해 매입가를 올려 달라고 주장해도 그쪽에선 꿈쩍도 하질 않아요. 광고에 몇 억이 든다느니, 설비 투자로 인해 아직 영업적으로는 마이너스라느니 하는 식으로 발뺌할 뿐이죠. 그뿐만 아니라 설립 당시의 힘들었던 처지를 하나하나 지겨울 정도로 말을 해서."

"그래서?"

"처음에는 그 메이커의 신세를 많이 졌죠. 그쪽에서 장롱을 사주었기 때문에 마을 사람들의 수입 안정에도 도움이 되었던 것은 부정하지 않습니다. 만드는 기술이 있어도 사 줄 사람이 없으면 1엔도 벌 수 없으니까요. 그 회사는 마을에 투자를 해 주었어요. 처음

몇 년 동안은 회사 측 말대로 적자가 났을지도 몰라요. 소비자 가격에는 물건이 팔리지 않을 시의 손실 비용도 가산되어 있지만 그래도 힘들었을 겁니다. 그쪽 주장도 이해가 가요. 하지만 그렇다고 해도 지금은 다르지 않습니까. 그렇게 이윤을 많이 남기고 있는데 말예요. 어느 정도 마을사람들의 말에 귀를 기울여 줘도…….”

“글쎄. 그게 장사의 철칙 아니겠나?”

나는 메이커가 장롱의 매입가를 올려 주지 않는 것도 당연하다고 생각했다. 한 번 그렇게 하면 끝이 없기 때문이다.

“그 회사와 거래를 끊고 새로운 회사를 만들자는 이야기가 작년쯤에 있었어요.”

스미다는 이야기를 계속했다.

“그렇게 할 수 있다면 값싸고 좋은 물건을 소비자에게 팔 수 있거든요. 마을 사람들도 그 안건에는 긍정적이었고 그래서 회사 측과 합의를 하려 했는데.”

“무리였나?”

“비슷한 디자인의 장롱을 만들어 팔면 당장 고소하겠다고 하더군요. 의장등록은 하지 않았지만 20년 가깝게 그 메이커 상품으로서 판매하고 있는 이상 등록한 거나 마찬가지라고 주장하면서요. 완전히 다른 재질로 다른 제품을 만든다면 거래를 끊는다 해도 어쩔 수 없지만 그렇지 않다면 재판도 불사하겠다는 거예요.”

“…….”

"우리는 판로도 없어요. 애써 값싸고 품질 좋은 제품을 만들어도 소매업자가 받아 주지 않으면 모두 물거품이 되는 거죠. 소매업자들은 이윤이 많이 남는 메이커의 물건을 우선적으로 들여놓으려 하거든요."

나는 고개를 끄덕였다. 메이커 측의 주장도, 소매업자의 이익 우선도 이해가 간다. 그와 동시에 마을 사람들의 분노도 이해할 수 있었다.

"다른 묘안이 나오기 전에 청년회에서 앞질러 나섰죠."

스미다는 이마의 땀을 닦았다.

"소매업자가 받아 주질 않는다면 도시의 화랑은 어떨까 하고 말이죠."

"……."

"커다란 장롱은 무리라고 해도 작은 것은 사 줄지도 모른다. 그렇게 해서 은밀하게 판로를 만들고 나면 메이커 측에 대항할 수 있다. 디자인을 바꾸면 문제는 없을 것이다. 좋은 물건을 알아주는 것은 역시 도시밖에 없다, 하고 점점 묘한 방향으로 이야기가 흘러갔습니다."

"그럼 위조품이 아니었다는 거군."

"물론입니다. 우선 10짝을 만들어 결과를 보자고 했죠."

스미다의 이야기가 점점 흥미로워졌다.

"트럭으로 도쿄까지 운반. 아오야마 부근의 조금 알려진 화랑에 갖고 가 타진한다. 무리 없이 사 준다면 그곳을 창구로 하여 판로를 넓힌다. 그런 생각뿐이었어요. 저도 청년들의 이야기를 듣고 괜찮은 아이디어라고 생각했습니다. 메이커 측과는 결국 뒤틀릴 것이 뻔했거든요. 그전에 방법이 있다면 뭐든 시험해 봐야 한다고 생각하고 있었어요."

"……."

"그런데 일이 이렇게 되고 만 겁니다. 물건을 가지고 간 사람도 거짓말을 할 생각은 없었죠. 그런데 가게 주인이 갑자기 그 메이커의 제품이라고 말하자 고개를 끄덕이고 말았고, 지갑에는 이전에 몇 번 만났던 그 메이커 영업 사원의 명함이 들어 있어 신용을 얻으려고 무심코 그것을 건네 버렸던 겁니다. 도둑이라고 의심받을 뻔했다고 하더군요."

"그렇겠지. 트럭에 10짝이나 싣고 있었으니, 대개는 그렇게 생각하겠지. 미술상은 그것을 알고 샀으니 그쪽이나 이쪽이나 마찬가지이지만."

"그래도 그 미술상은 12만 엔에 사 주었어요. 마을 청년들은 아주 기뻐했죠. 메이커 측에서는 그 타입의 작은 장롱을 6만 엔에 매입해 가거든요. 메이커 측의 배나 되는 가격에도 흔쾌히 사주는 상대가 있다는 것을 알았습니다."

나는 스미다의 이야기를 들으며 버릇처럼 재판이 열렸을 경우를 생각하고 있었다. 문제는 전혀 없는 듯이 생각된다. 그런 사정이라면 메이커 측에서 고소를 취하할 가능성이 높다. 그쪽도 단순히 위조품이라고 보았기 때문에 강경한 태도로 나왔던 것이다. 그것이 하청업체에서 한 일이고 그 위에 매입가에 대한 이야기가 세간에 퍼지면 단번에 신용을 잃을 수도 있을 것이다. 또한 가령 고소를 취하하지 않는다고 해도 미술상이 먼저 메이커 이름을 말했다면 사기죄를 적용할 확률은 아주 낮다. 어렵지 않은 재판일 것이다.

나는 스미다에게 세세하게 질문을 한 후 자수는 조금 보류하자고 말했다.

"그럼 제 마음이 편하질 않습니다. 선생님께 상의 드린다면서 마치 강요하는 듯한 언동을……. 죄송합니다. 마을 청년들에겐 죄가 없습니다. 3, 4년 콩밥 먹을 각오로 아내와도 상의했습니다."

나는 쓴웃음을 지었다.

"하룻밤 생각해 보세. 달리 방법이 있을 거야."

정말이지 남을 먼저 생각할 줄 아는 착한 사람이다.

마흔을 넘은 나이인데도 아직 동네 개구쟁이 대장의 기분이 사라지지 않은 것 같다.

2

"그래서요?"

셋이서 식사를 하고 스미다를 호텔까지 데려다 준 후 나는 집에서 아내에게 사정을 설명했다.

"그 메이커 사장과 잘 아는 친구 몇 명이 있어. 당장 월요일에라도 만나서 경위를 설명하려고 해. 그렇게 하면 그쪽에서 자발적으로 이 문제에서 손을 뗄 거야. 손해를 보는 건 그쪽이야. 그걸 모르진 않을걸."

"그것으로 끝나겠어요?"

아내는 불안한 표정을 지었다.

"고소를 취하하든 어쨌든 아직 범인이 밝혀지진 않았잖아요? 경찰은 그대로 조사할 것 같은데요."

역시, 내 생각이 부족했다. 나는 스미다의 고백을 들었기에 재판까지 생각하고 있었지만 현실은 아직 미해결인 채이다. 가령 메이커 측이 범인 조사는 필요 없다고 주장한다 해도 경찰의 움직임을 멈추진 못할 것이다.

"역시 일단 자수 시킬 수밖에 없는 건가."

사기는 아니라고 경찰을 납득시킨 후 합의를 하는 방법밖에 없을 듯하다.

"합의도 어렵지 않을까요?"

아내는 그 방법에도 고개를 가로저었다.

"이렇게 시끌벅적했는데 합의라도 하면 신문이 뒷사정을 캘 게 뻔해요. 그럼 그 회사 쪽에서도……."

"입 다물고 있진 않겠지."

"그것이 스미다 씨에게 유리하게 돌아간다면 상관없지만 그 회사는 신문, TV에 많은 광고를 내고 있는 회사잖아요. 최종적으로는 스미다 씨가 패하지 않을까요?"

"하지만 누가 생각해도 스미다의 주장이 옳아. 50만 엔짜리 물건을 우리는 3백만 엔에 사고 있다고."

"그런 건 얼마든지 있잖아요."

아내가 반론을 제기했다.

"보석이 그래요. 가게에서 얼마에 들여놓았는지 아무도 몰라요. 가끔 반액 세일 같은 것도 하니까 훨씬 싼값에 들여놨을 거예요. 하지만 보석을 채굴하는 사람이 고소한다 해도 아무 소용없어요. 원래 보석이란 꿈 같은 거니까요. 꿈이기 때문에 그 가게의 신용이 중요하죠. 딱 봐서 똑같은 다이아몬드가 두 개 있는데, 한쪽은 백화점에서 2백만 엔, 다른 한쪽은 슈퍼에서 30만 엔에 판다고 하면 여자들은 아마 2백만 엔짜리 다이아몬드를 살 거예요. 돈이 있다면 말예요. 싸니까 산다는 건 남자들 생각이라고요."

"50만 엔짜리 장롱을 3백만 엔에 사는 게 제정신이야?"

"그게 바로 브랜드라는 거예요."

아내는 냉정하게 말했다.

"애초 3백만 엔짜리 장롱이란 게 일반 사람들과는 관계없는 물건이에요. 원가가 50만 엔이란 것을 알아도 보통사람과는 관계없죠. 멍청한 부자들이라고 웃기밖에 더하겠어요."

아내는 메이커 측을 비판할 리 없다 라는 말도 덧붙였다.

"꽤나 메이커 편을 드는군."

의외라는 생각에 나는 아내를 노려보았다.

"스미다가 들었다면 실망할 거야."

"그렇기 때문에, 스미다 씨를 위해서 말하는 거예요."

아내는 내 무딘 신경에 어이없다는 표정으로

"합의라는 게 스미다 씨를 위한 것 같지 않아요. 결국은 메이커 측의 힘에 눌려 버려……. 어디 그것뿐이겠어요, 마을사람들이 일을 하지 못하게 될 수도……."

"으음. 그럴 수도 있겠군."

나도 고개를 끄덕였다. 충분히 생각할 수 있는 일이다. 범죄와 같은 짓을 한 것은 스미다와 마을 사람들이다. 메이커 측에서는 더욱 강경하게 나올 것이다. 최악의 경우는 매입계약마저 파기할지도 모른다. 마을 사람들이 스스로 물건을 팔려고 해도 메이커의 이름을 뺀 가구를 소매점과 미술상이 취급해 줄지 어떨지. 아내의 말대로 소비자는 품질의 우수함보다 브랜드를 신뢰하고 있는 것이다. 나도 그 사실을 깨달았다. 6만 엔에 사 들인 장롱을 40만 엔에 판다면 그건 불합리하다. 그런데 그것을 25만 엔에 살 수 있다면 소비자의 입장에서도 큰 득을 보는 것이다. 하지만 25만 엔이라 해도 아직 비싸기는 마찬가지이다. 마을 사람들이 같은 가격에 판다고 해도 손님이 몰려들진 않을 것이다.

"의외로 복잡해지는걸."

단순히 재판의 승패로만 말하자면 자신은 있었다. 그러나 그것이 스미다와 마을 사람들에게 무엇을 가져다주는가, 라고 물으면 아무것도 없다. 오히려 일자리를 잃게 되는 결과를 초래할 수도 있는 것이다. 그렇다면 재판을 할 의미가 없어진다.

"그런데, 만약 재판으로 마을 사람들이 만들고 있는 가구가 확실히 메이커 측의 것과 똑같은 품질이고 값까지 싸다는 것이 세간에 알려진다면……."

아내의 말은 실로 하늘의 계시 같았다.

"그래, 바로 그거야. 합의할 필요가 없어. 싸우면 되는 거야. 사기사건이라고 해 놓고 품질의 우세를 정면으로 밀고 나가면 돼. 그렇게 해서 무죄를 얻어내면 마을에 가구 주문이 들어올 가능성이 있어. 그럼 메이커 측과도 거래를 끊을 수 있지 않겠어."

"가능할까요?"

"분명 승소할 거야. 메이커 측에서는 그것을 눈치채고 합의를 제안하겠지만 이쪽에서는 그 제안을 거절하고 끝까지 법정에서 싸우는 거야. 길게 끌면 끌수록 유리해. 결말이 지어질 무렵에는 메이커의 신용이 완전히 떨어질 테니까. 반대로 마을에서 만드는 가구의 우수성이 세상에 알려지겠지. 그리고 스미다가 무죄가 되면 분명 주문이 엄청나게 몰려들 거야. 소매점을 통하지 않고 직판하는 방법을 쓴다면 메이커 측에서 3백만 엔에 팔고 있는 장롱도 백 이내로 판매할 수 있게 될 테고 말야. 유명 브랜드보다도 품질이 우수하다는 것을 재판에서 증명하면 끝나는 거야. 그날로부터 마을 사람들의 제품이 유명 브랜드가 되는 거지."

나 자신이 점점 흥분되었다.

"브랜드를 향한 무조건적인 신뢰를 깨부술 좋은 기회이기도 해. 해볼 만한 일이야."

방법은 얼마든지 있었다. 매스컴에 종사하는 친구도 많았으며 스스로 말하기 쑥스럽지만 나는 이 군의 변호사 협회에서 중심적인 인물이다. 저쪽에서도 내가 스미다와 마을 사람들의 변호를 맡은 사실을 알면 당황할 게 분명하다.

이런 작은 사건에 내가 관계할 줄 상대는 전혀 예상하지 못할 것이다.

나는 마음을 굳히고 스미다에게 전화를 걸었다.

"정면으로 싸우는 것이 가장 좋은 방법 같네."

스미다는 아무 말 하지 않았다.

"내가 직접 변호를 맡을 걸세. 만약 재판에 이겨 가구 직판 루트가 확립된다면 싼 가격에 판매할 수 있겠지?"

"직판을 하면 그야 얼마든지. 커다란 장롱도 7, 80에서 가능할 겁니다. 지금 우리가 50에 넘기고 있으니까요."

"어쨌든 마을이 가구로 자립할 수 있을 때까지를 목표로 하세. 재판에는 이기겠지만 그러려면 범인이 자수해야 되네."

"마을을 위해서라면 기꺼이."

"자네는 안 돼. 미술상에게 가구를 가져간 당사자가 아니면."

"……."

"도쿄가 아닌 이곳 경찰에 자수해도 괜찮네. 체포된 동시에 그것은 위조품이 아니었다고 마을 이름으로 메이커 측을 고소했으면 하네. 디자인이 다르니까 일단 고소는 성립할 거야. 그 다음부터가 진짜 승부지. 이쪽이 고소하고 있는 한 저쪽에서 고소를 취하한다고 해도 재판은 진행되네. 그 사이에 마을에서 만들고 있는 가구의 우수성을 인정받는 거야. 매입가는 물론 소매업자에게 넘기는 가격에 대한 것도 문제 삼을 생각이지만 목표는 어디까지나 메이커와의 품질 비교에 있네."

"그거라면 자신 있습니다. 서랍 밑판과 뒤판까지도 살펴봤어요. 마을 젊은이들은 앞으로 성공의 발판이 될 것이라는 믿음으로 특히 성의를 다해 만들고 있으니까요."

"그래. 그걸 알기 때문에 나도 변호를 맡겠다는 걸세. 진품보다 훌륭한 위조품은 존재하지 않는다고. 하지만 현물을 비교하면 재판에서도 위조품은 아니라고 판결을 내릴 게 분명해."

"이길 수 있을까요?"

"날 믿어 주게. 그것보다 마을 측에서의 고소는 가능하겠지?"

"맡겨 주십시오. 선생님께서 변호를 맡아 주시고 거기에다가 반드시 이길 거라 말씀하셨다고 하면 모두 한마음이 될 겁니다."

"반복해 묻는 것 같지만 맨 처음 메이커 이름을 말한 것은 미술상이 분명한 거지? 그 점을 확실히 해 놓고서 행동했으면 하네. 만의 하나 그 청년이 먼저 말한 거라면 완전한 승리는 보증할 수 없네. 뭐, 그래도 집행유예는 가능할 뿐더러 품질 비교에 대해서도 전혀 영향은 없을 걸세. 승소에는 변함이 없겠지만."

"그것도 문제없습니다. 거짓말 같은 걸 할 사람이 아니에요. 걱정 마세요."

"그렇다면 안심일세. 아마 그 사람도 한 2, 3일 정도는 집에 갈 수 없을 거야."

내 머리에 여러 가지 작전이 떠올랐다. 마을 전체가 원고가 된다는 것은 세상에 어필하기 위한 방법이다. 품질의 우수성을 알리기 위해서는 재판 그 자체에 흥미를 확대시켜야만 한다. 법정이라고 하는 밀실 같은 장소에서 판결이 내려지는 것만으로는 무의미하다. 무죄라고 해도 세상이 알아주질 않으면 효과는 없다. 메이커 측이 패배한 것을 세상에 알릴 필요가 있는 것이다. 상당히 화려한 재판을 연출해야만 한다고 생각했다. 그 메이커 제품의 훌륭함을 소개한 잡지에도 책임을 묻는 형식으로 재판에 참가시켜야만 한다. 연출은 얼마든지 있다. 잡지사의 고문 변호사가 누구인지 알면 둘 사이에 서 줄 인물을 찾는 것도 간단하다. 일단 불이 붙으면 매스컴에서도 가만히 있지는 않을 것이다. 방법은 얼마든지 있었다.

3

그로부터 약 반년이 지났다.

나는 마을에 새롭게 완성한 우디 센터의 준공식에 주빈으로서 초대되었다.

재판은 아직 진행 중이다. 하지만 이미 이긴 것이나 다름없다. 내 계산대로 마을 전체가 메이커 측을 고소했다는 사실이 알려지자 매스컴은 한꺼번에 달라붙었다. 취재진이 마을을 찾아가 젊은이들이 진지하게 가구 만들기에 전념하는 모습을 방송하며 재판 전에 메이커 측의 제품과 비교하기도 했다. 어느 방송국은 텔레비전을 통해 직판을 하자는 교섭을 했다. 세상의 반향은 정말 굉장했다. 어쨌든 위조품은 아니다. 메이커 측이 매입한 물건이기 때문에 진품이다. 그런 가구를 메이커 측의 4분의 1 가격으로 살 수 있다는 것을 알고는 직접 마을을 찾는 손님이 늘어났다. 도쿄의 몇몇 백화점에서도 문의가 있었다. 가구를 취급하게 해 달라는 타진일 것이다.

물론 메이커 측에서도 잠자코 있진 않았다. 맞고소라는 방법을 취했으나 무서운 기세로 달리기 시작한 자동차를 누구도 멈출 수는 없었다. 치명적이었던 것은 소파를 만들어 메이커 측에 넘기고 있는 하청업자의 증언이었다. 장롱처럼 그 소파도 판매가의 20퍼센트 전후 가격으로 넘기고 있다는 것이었다. 그것으로 메이커의 신용은 완전히 떨어졌다.

메이커 측에서는 매입가를 배로 올리겠다는 조건으로 우리 측에

화해를 청해 왔다. 나는 스미다와 상의하여 그 제안을 거절했다. 현매입가의 배라면 마을 사람들에게 도움이 될 것은 분명하지만 소비자 가격이 내려가진 않을 것이다. 세상의 여론은 가격이 싼 가구를 원하고 있다. 마을 사람들은 두 배의 이익은 없지만 싼 가격의 가구를 파는 것이 자신들의 사명이라고 판단했다.

거기까지 생각했던 것은 아닌데, 재판이 시작되고 3개월 만에 가구 회사의 사장이 바뀌었다. 브랜드 이름만을 갖고 있을 뿐 자사 제품을 거의 갖지 않은 메이커의 미래는 내가 보더라도 위태로웠다.

반대로 마을에는 미래가 보였다.

그것은 준공식에 출석한 모든 이의 얼굴에서도 엿볼 수 있었다. 모두의 눈이 반짝거리고 있었다.

"선생님, 한잔……."

우디 센터의 홀에서 파티가 시작되자 모두 내 자리로 찾아와 맥주를 따랐다.

"참석해 주셔서 감사합니다."

스미다 부인이 웃는 얼굴로 인사를 했다. 원래 지역 방송국의 미인 아나운서로 이름을 날렸던 만큼 눈부시게 아름답다. 스미다와 가까워진 이유 가운데 하나가 부인의 존재를 의식했기 때문이라는 것도 부정할 수는 없다. 내가 입원하고 있던 병원에 부인이 스미다와 함께 찾아왔을 때 무척 놀랐다. 부인이 TV에 나왔던 것은 꽤 오래전 일이지만 그 쾌활함과 명석함에 호의를 갖고 있었기 때문이다. 남자의 기량을 아내로 결정한다, 라고 말하면 좀 이상하겠지만 내가 스미다를 달리 본 것은 부인 때문이었다.

"남편이 선생님 사시는 쪽으로는 발도 못 뻗겠다고 하더군요. 늘 신세만 지네요."

"당연한 일을 했을 뿐입니다. 마을에서 만든 제품이 훌륭했기 때문에 이런 결과가 나온 거죠. 내가 아니었더라도 마찬가지였을 겁니다."

"오늘은 좀 오래 계시다 가세요."

"마을에서 택시까지 준비해 주었으니 그래야죠."

"그럼 저희 집에도 꼭 들러 주세요. 변변치 않지만 사모님께 드리려고 산나물을 준비해 놓았어요."

부인은 인사를 하고 오른 다리를 끌듯이 하며 다른 자리로 옮겼다. 파티 서두에 오랫동안 인사를 계속했던 것이 힘들었던 모양이다. 무릎을 꿇고 앉는 것이 가장 힘들다고 부인이 말했던 적이 있다. 서 있을 때는 전혀 모르겠지만 걸을 때는 몸이 오른쪽으로 기운다. 그래서 방송국을 그만둔 것 같다.

"아, 선생님. 감사합니다, 감사합니다."

파티가 시작 된 지 15분도 지나지 않았는데 벌써 벌겋게 익은 문어 같은 얼굴을 한 남자가 내 앞에 책상다리를 하고 앉았다. 그는 자신이 면사무소 관광과 과장이라고 했다.

"덕분에 이렇게 훌륭한 건물이."

남자는 내 손을 잡고 머리를 숙였다.

"선생님께서 저희 마을의 명예 주민이 되어 주시길 모두 바라고 있습니다."

"별말씀을요. 제 힘이 아닌 걸요."

"천만에요. 선생님의 힘이 없었더라면 그 회사와 맞설 수도 없었을 겁니다. 실제로 2년 전부터 어떻게든 해야 한다고 모두 지혜를 짜 봤지만 도저히 우리 머리로는 안 되더군요."

"청년회의 패기가 돌파구를 연 겁니다. 계기만 마련된다면 뒤는 어떻게든 될 수 있는 상황이었어요."

"맨 처음에 면장님이 선생님의 성함을 말했어요. 그때 눈 딱 감고 부탁을 드렸으면 일이 좀 더 빨리 진행되었을 텐데요."

"허, 그랬군요."

"우리 군에서 이 일을 부탁할 수 있는 분은 선생님밖에 없다. 사정을 이야기하면 가운데에 서 줄지도 모른다. 그렇게 생각했지만 워낙 유명하시니 사례비가 굉장히 비쌀 것 같아서 엄두를 못 냈죠."

나는 쓴웃음을 지었다. 하지만 그 말에도 일리가 있다. 그 시점에서 이야기가 되었다면 필경 나는 거절했을 것이다. 돈 문제가 아니라 상황에 대한 인식의 문제이다. 기업이 이익을 우선하는 것은 지극히 당연한 것이다. 매입가가 아무리 부당하다 해도 범죄와는 성질이 다르다. 그런 일에 끼어든들 아무런 의미가 없는 것이다. 변호사를 직업으로 하고 있는 이상 의뢰가 있으면 일단 이야기를 들어 보긴 하지만 사건을 맡을지 거절할지는 재판의 승패와 무관하다. 간단히 승소할 수 있다고 해도 거절하는 경우가 있을 뿐더러 승소하기 힘들 거라고 각오하면서도 사건을 맡는 경우도 있다. 모든 것은 할 만한 가치가 있느냐 하는 점이다. 큰 회사의 고문 변호사 일을 맡아 윤택한 생활을 하고 있는 동료도 있지만 나는 그들과 다르다고 자부하고 있다. 재판은 보통사람이 상상하는 것보다 훨씬 긴 시간이 소요된다. 1년에 사건 3개를 맡으면 그것만으로도 힘에 겹게 된다. 젊었을 때라면 몰라도 쉰을 넘은 지금 시시한 민사재판에 관여할 마음은 없다. 가령 패소한다 해도 그 재판을 통해 세상에 무언가를 호소할 수 있다면 내 역할은 다한 게 되는 것이다.

나는 남자에게 그 점을 이야기했다.

"그런 거라면 우리가 운이 좋았네요. 스미다 씨의 지위도 요즘엔 쑥 올랐어요. 차기 면장 후보라고 주위에서 기대가 대단합니다."

"그 사람 워낙 마을 일이라면 열심이니까요."

"청년 회원들을 모아 그 장롱을 도쿄까지 갖고 가게 한 것도 스미다 씨입니다."

나는 음식을 먹다가 얼굴을 들어 그 남자를 보았다.

"선견지명이라고 할까. 우리는 생각지도 못했던 방법이었어요. 싸우는 것이 빠르다는 거죠. 우리는 메이커 측의 눈치만 봤거든요. 이제부터는 스미다 씨 같은 인물의 시대예요. 선생님과 알고 지내면서도 우리에게 그 사실을 알리지 않았어요. 그런 사이라면 면장님이 선생님 성함을 말했을 때 선생님이 일을 맡아 주실 것이란 걸 알았으면서도 오히려 폐가 될까 봐 반대의 입장으로 돌아섰어요. 나라면 선생님과 잘 알고 지낸다고 자랑했을 겁니다."

나는 그 말에 수긍하면서도 고개를 갸웃거렸다.

"면장이 내 이름을 말했던 것이 언제쯤이었죠?"

"그러니까 그게 벌써 1년 반도 훨씬 넘었을 겁니다."

나도 모르게 눈으로 스미다를 찾았다.

나와 스미다가 알고 지낸 것은 채 1년도 안 된다. 뭔가 기분 나쁜 느낌이 들었다. 이 남자의 이야기가 거짓이 아닐까?

그렇다고 해도 부자연스럽다. 지금 이야기가 사실이라면 스미다는 면장이 내게 부탁하자라는 제안을 저지한 게 된다. 서로 모르는 사이였기에 그런 일을 내가 맡아 줄지 어떨지 스미다는 알 수 없었던 것이다.

"스미다 씨가 어떤 반대 이유를 댔죠?"

"그게 오래된 일이라 기억이 잘 나질 않습니다만. 아무튼 우리는 스미다 씨가 면장의 행정에 비판적인 입장이었기에 단순히 간섭이라고 생각했지요. 그야말로 부덕한 소치죠."

남자는 머리를 벅벅 긁었다.

부덕한 소치 같은 것이 아니다. 남자의 짐작이 틀렸을 것이다. 스미다의 반대는 분명 간섭이 아니었을 것이다. 그것이 나와 알게 된 지금에선 그런 이유에서였다라는 식으로 바뀐 것이 분명하다.

'꽤 교활한 면도 있군.'

스미다의 이미지가 조금 달라졌다. 그렇게 생각하니 입원 당시 스미다가 열심히 병문안을 왔던 것이 이해가 갔다. 스미다는 그것을 기회라고 생각했던 것일까? 나와 친해 두면 만일의 경우 나를 이용할 수 있을 것이다. 마을은 변호사를 필요로 할 만큼 어려운 문제를 안고 있었다. 게다가 우연히도 나는 마을에서 사건을 의뢰하려고 검토하고 있던 대상이었던 것이다.

스미다는 나와 가까워지자 내가 어떤 사건에 촉수를 세우고 있는가를 조사하기 시작했다. 이제 와 생각해 보니 스미다는 끈질길 정도로 내가 다뤘던 사건에 대해 질문을 해댔다. 변호사도 인간이기 때문에 버릇이 있다. 내가 흥미를 갖는 것은 꼭 이번과 같은 사건이었다.

'이거. 당한 건가.'

나는 쓴웃음을 지었다.

스미다는 내 성격을 꿰뚫은 것은 물론 이번 사건을 연출했던 것이 아닐까? 대화로 해결될 문제가 아니란 것을 스미다는 알고 있었다. '싸우는 것이 빠르다.' 난폭하긴 하지만 그것이 정론이기도 하다. 하지만 싸움에서 지면 본전도 건질 수 없다. 이기려면 세상의 여론을 끌어 들일 필요가 있다. 끝까지 파고 들어가면 방법이 보일 것이다. 불합리함을 세상에 호소하는 정도로는 안 된다. 범죄에 가까운 일을 해야만 할 만큼 궁지에 몰리고 있다고 어필하는 것이 중요하다. 바로 거기에서 세상은 처음으로 동정해 줄 것이다. 메이커 측이 가격 인상 교섭에 응해 주지 않는다, 따위로 고소하는 것으로는 아무도 관심을 갖지 않을 것이다.

'그저 열혈한이라고 생각했는데.'

꽤 영리한 인간이다. 사건이 일어나기 전까지 스미다는 내게 메이커와의 불화에 대해 한마디도 말하지 않았다. 만약 조금이라도 사정을 이야기했다면 내가 그 사건이 계획된 것이라고 의심할 수도 있었을 것이다. 그 경우 어느 정도 동정의 여지가 있다 해도 내가 변호를 받아들일 리 없었을 것이다. 스미다는 그 점도 정확히 계산하고 있었다.

'응?'

뭔가 묘한 기분이 들었다. 내가 스미다의 입장이었다면, 아마 마을의 곤란한 상황을 슬며시 말할 것이다. 뭔가 좋은 방법이 없느냐며 재촉도 할 것이다. 그렇게 하지 않았던 것은 그가 꽤 이른 시점부터 이 일이 재판으로 이어지게 될 것을 예측하고 있었다는 것이 아닌가.

병문안 오는 동안 그런 생각을 해냈다면 그는 상당히 냉정한 남자이다. 그에겐 나를 이용하려는 마음밖에 없었던 것이다.

"무슨 일이라도."

멍하니 스미다를 보고 있는 내게 남자는 맥주를 권했다. 나는 글라스를 내밀었다.

“오, 왔군.”

환한 웃음을 보이며 옆에 앉은 젊은이의 어깨를 남자가 툭 툭 두드렸다.

“선생님께 신세 많이 졌습니다.”

젊은이는 내게 꾸벅 인사를 했다. 도쿄의 미술상에게 장롱을 갖고 갔던 청년이었다. 청년에 대해서는 사기죄에 해당되지 않는다는 판결로 결말이 났다.

“건강해 보이는군. 열심히 하던데.”

“선생님 덕분입니다. 모두 힘을 내고 있어요.”

“그게 다 스미다 씨의 아이디어였다며?”

나는 일부러 그렇게 말해 보았다.

“네, 제가 실수를 한 바람에 일이 묘하게 되어 버려 반성하고 있습니다. 메이커와는 관계없다고 솔직히 말하면 아무 문제 없었을 텐데 말예요.”

“신경 쓰지 말게.”

남자는 젊은이에게 맥주를 권하며,

“오히려 실수한 게 다행이야. 그렇지 않았다면 지금도 그쪽에서 하라는 대로 하고 있었을 거야.”

“미리 이야기가 됐다고 들었는데 갑자기 메이커 이름이 나와서 당황했어요. 게다가 마치 도둑을 보는 듯한 눈초리였고…….”

"이야기가 됐다니?"

"스미다 씨와 아는 사람이라고 들었거든요."

"그 미술상이?"

"대학 동창의 친척이라든가, 뭐 그래서 모두 힘을 냈죠. 그런데 오해였는지 이야기가 전해진 것 같지 않아서 우리도 갈피를 못 잡고 횡설수설. 아무튼 물건을 사주어서 안심했습니다만."

이 이야기도 금시초문이었다.

"왜 그걸 경찰에 말하지 않았지?"

나는 조금 불쾌했다.

"다른 가게였어요. 스미다 씨가 약도를 잘못 그려 줘서……."

청년의 말을 듣고 남자는 웃음을 터뜨렸다.

"그게 사실은, 가보지도 않은 가게라고 말하면 괜히 시작부터 힘들 것 같아서 일부러 아는 가게라고 했다는군요."

그래, 그럴 것이다. 하지만 나는 믿지 않았다. 거짓 약도를 그려줬을 리 없다. 그 가게 주인은 분명 스미다와 잘 아는 사이였을 것이다. 가게 주인의 역할은 장롱을 사는 것이고 그 메이커의 물건이다, 라고 젊은이가 말하게끔 유도하는 것이었다. 그렇지 않으면 사기 사건이 성립하지 않는다. 젊은이가 메이커와 관계없는 것이라고 역설했던 물건을 메이커 제품이라고 속여 소비자에게 판매하면 죄는 미술상에게 전가될 것이다. 그것을 막기 위해 다른 가게인 것처럼 꾸며 젊은이를 동요시켰다. 실로 교묘한 수법이다. 만약 젊은이가 그래도 메이커 물건이라고 말하지 않을 때는 하청업자라고 인정하게끔 하면 된다. 진품의 하청업자가 만든 물건이라면 그것 역시 진품이 된다. 메이커 제품이라고 말해 미술상이 샀어도 죄를 물을 걱정은 없는 것이다.

갑자기 스미다가 무서워졌다.

스미다는 마을의 청년들을 부추겨 사기 사건이 되도록 획책했던 것이다.

'그렇다면…….'

메이커 측에 문제의 장롱을 주문했던 것도 혹시 스미다가 아닐까?

그의 목표는 한시라도 빨리 사건을 재판에 올리는 것이었다. 충분히 생각할 수 있는 일이다.

'그렇게 생각하면…….'

이것은 범죄가 아니다. 젊은이가 메이커의 이름을 말하지 않은 이상 이른바 착각에 빠진 사기 사건인 것이다. 경찰도 그렇게 판단하여 사건을 취하했다. 속행 중인 재판은 그 사건에 대해서가 아닌 젊은이가 갖고 갔던 장롱이 메이커 제품의 위조품인가 아닌가 하는 문제이다. 지금 이 상황에서 스미다의 획책이 명백해졌어도 재판에는 아무런 관계도 없는 것이다. 다이아몬드가 진품인지 위조품인지 하는 것으로 언쟁을 하고 있을 때 그 주인이 범죄자란 사실을 알았어도 감정에는 아무런 영향을 미치지 않는다는 것과 마찬가지이다.

"어쨌든 자네는 이번 일에 제일 큰 공을 세운 거야."

남자는 인사를 하며 자리에서 일어서는 젊은이에게 말했다.

“전화위복이네요.”

젊은이는 환한 웃음을 지으며 사라졌다.

“스미다 씨는 면장이 될 겁니다.”

남자는 다시 나를 보며 말했다.

“선생님도 응원해 주십시오.”

나는 애매하게 고개를 가로저었다.

“어쨌든 열정이 있으니까요. 부인과 결혼했을 때도, 결혼하기 1년 전쯤부터 저 사람하고 반드시 결혼할 것이라고 선언했는데 결국 그렇게 됐어요. 끈기가 있어요. 정치가에게는 그것이 기본이잖습니까.”

“부인도 이 마을 사람인가요?”

“아뇨, 도쿄 사람입니다.”

“그럼 대학 친구인가?”

“나이 차이가 많이 나는 걸요.”

남자가 웃었다.

“마을에서는 전설이 됐어요.”

“전설? 어떤…….”

“그 부인, 예전에는 뛰어난 미모인데다가 유명한 아나운서였어요.”

물론 나는 고개를 끄덕였다.

“소위 첫눈에 반한 거에요. TV를 보고 있는 동안에 반해 버린 거죠. 바로 저 여자만이 내 아내가 될 수 있다, 라고 생각한 것 같아요.

"……."

"그래서 시간만 나면 오토바이를 타고 시내로 나갔어요. 만날 수 있는 것도 아닌데 1주일에 2번 정도는 방송국 앞을 어슬렁거렸다는군요. 한참 지나서야 들은 이야기지만요."

"……."

"그렇게 한 지 반년쯤 지난 어느 날 그 부인이 방송국 건물에서 나오는 것을 발견했죠. 그것도 바로 스미다 씨가 있는 쪽으로 걸어왔데요. 스미다 씨는 깜짝 놀라 오토바이로 따라갔는데, 당황했던 터라 액셀러레이터를 힘껏 돌리고 말았죠. 그래서……. 2개월 동안 치료를 받아야만 하는 중상이었어요. 부인의 오른쪽 다리 상처는 그때 입은 겁니다."

나는 어리둥절했다.

"대개는 그것으로 끝나지만 스미다 씨는 달랐어요."

"하루도 빠짐없이 문병을 갔겠죠."

나는 조금 빈정거리듯이 말했다.

"맞아요. 2개월 동안 하루도 빠짐없이."

"그 진심에 그 여자가 감동했다는 거군요."

"말이 쉽지, 다른 사람은 여간해서 쉽지 않을 겁니다. 처음에는 그를 미워했던 부인도 차츰 스미다 씨를 의지하게 됐죠. 미워한다고 해서 상처가 완치되는 것도 아니니까요. 스미다 씨가 워낙 인품이 그만이잖아요. 게다가 사업도 군내에서는 유명한 제재업이니 더 말할 게 없죠."

"잠깐 실례."

나는 남자의 말을 막으며 화장실로 갔다. 솔직히 말하면 화장실에 가는 척을 했다.

이야기를 더 이상 참고 들을 수 없었기 때문이다.

내게는 확신이 있었다.

스미다는 그 여자를 고의로 친 것이 분명하다.

팬이라며 신분을 밝혀도 그 여자가 진지하게 상대해 줄 확률은 매우 낮았을 것이다. 그래서 스미다는 그 여자를 오토바이로 친 것이다. 그렇게 가해자가 되면 거절하지 않고 대면해 줄 것이기 때문이다. 내 경우와 똑같았다.

오토바이라면 큰 부상 없이 상처로 끝날 수 있다.

그녀는 스미다라고 하는 거미가 친 거미줄에 붙잡힌 나비인 것이다. 그것도 모른 채 그 여자는 매일 같이 병문안 오는 스미다의 부드러운 미소에 빠져든 것이다. 나도 입원했던 경험이 있기 때문에 아는 것인데, 자신의 몸과 마음이 약해졌을 때야말로 사람의 친절이 뼈에 와 닿게 느껴지는 법이다. 하물며 그 여자의 경우, 그 상처로는 방송국 일도 계속할 수 없는 상황이었을 것이다.

모든 원인은 스미다에게 있다. 그것을 안다 해도 인간은 쉽게 증오할 수 없는 존재이다. 상대를 증오하면 할수록 자신이 비겁하다고 느껴지기 때문이다. 게다가 그 여자의 경우는 상대가 악의라곤 전혀 보이지 않는 청년이고 자신을 누구보다도 사랑하고 있단 것을 알면, 증오가 순간 사랑으로 바뀔 수도 있었을 것이다. 적을 용서하는 마음, 그것만큼 감미로운 것은 없을 것이다.

무서운 남자라는 생각이 들었다.

그런 방법을 취한다면 어떤 인간과도 가까워질 수 있을 것이다.

굳이 말한다면 천황까지도.

기회를 보고 있다가 차를 박기만 하면 간단히 끝난다.

아무리 상대가 위대한 인간이라 해도 가해자라는 입장으로 병문안을 가면 병실까지 들어갈 수 있다. 그것을 거부할 인간은 없을 것이다. 병문안조차도 오지 않는다며 화를 내는 사람은 많아도 너무 자주 찾아와 화가 난다는 피해자는 없다. 그 며칠간을 이용해서 성심성의를 다한다. 그렇게 하면 피해자도 마음을 열 것이다. 교통사고는 범죄가 아니다. 가해자라고 말하지만 살인범이나 강도와는 다르다. 상대 역시 자신이 가해자의 위치에 서게 되지 않는다고 장담할 수는 없다. 그 점에서 경계할 이유가 없는 것이다. 묘한 이야기지만 나의 경우 스미다에게 연대감까지 느꼈다. 인간의 일생 가운데에서 타인과 피해자와 가해자의 관계가 되는 경우는 아주 드물다고 말할 수 있을 것이다. 일상에서 벗어난 관계인 것이다. 나는 직업상 이제까지 몇 천 명이라는 인간과 알고 지내 왔지만, 내게 있어 가해자가 된 것은 스미다를 포함해 몇 사람 되지 않는다. 모두 교통

사고에 의해서였는데 그들의 이름도 얼굴도 정확히 머리에 새겨져 있다. 필경 잊혀지지 않는 인간들일 것이다. 사고는 그런 특수한 인간관계를 순식간에 형성한다. 보통은 보상이라는 문제로 가해자 쪽에서 인연을 끊으려 한다. 그러나 스미다와 같은 태도로 접근해 온다면 누구라도 가까운 사이가 될 게 틀림없다.

바로 내가 스미다와 그렇게 된 것처럼.

스미다는 아내를 얻은 방법을 다시 내게 시험했던 것이다.

내 자동차의 좌회전 깜박이가 고장 나 있었다고 주장한 것도 스미다였다. 차를 박은 곳이 바로 그 부분이었기에 지금 증명할 방법도 없다.

하지만 나는 의심치 않았다.

스미다는 나를 이용해 마을이 품고 있는 문제를 결말지으려 했던 것이다.

"몸이 안 좋으세요?"

화장실 문을 열고 스미다가 물었다.

나는 동요한 나머지 그를 노려보았다.

"오늘은 그만 돌아가야겠네."

나는 그를 계속 노려보았다.

"시골이라 음식이 입에 맞지 않으시죠?"

스미다는 씩 웃으며 사라졌다.

소름이 끼칠 만큼 차가운 눈이었다.

그로부터 1년.

스미다는 그 후 집에 찾아오지 않았다. 재판 관계로 사무소에는 몇 번인가 얼굴을 보였지만 용건이 끝나면 서둘러 돌아갔다.

나도 그에게 관심이 없었다.

사정을 모르는 아내만이 스미다가 오지 않는 것을 서운해 하고 있다.

그런 어느 날,

나는 신문에서 스미다의 이름을 발견했다.

중앙에 막강한 연줄을 갖고 있는 국회의원이 교통사고로 입원했다는 기사였다. 눈길에 미끄러진 자동차가 그 의원의 차를 박은 것이다. 추돌 사고를 낸 사람은 바로 스미다였다.

'이번에는 국회의원 자리를 노리는 건가.'

머리를 조아리며 사죄를 하고 있는 스미다가 불현듯 머리에 떠올랐다.

나는 신문을 휴지통에 던져 버렸다.

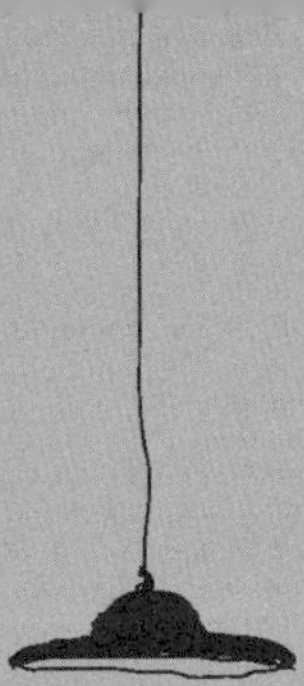

07

식인 상어

도모노 로 伴野朗

1936년 7월 16일 에히메 현 마쓰야마 시 출생. 도쿄 외국어 대학 중국어과 졸업. 〈아사히 신문〉 기자(주로 외무부에서 중국 문제 담당) 1985년 상하이 지국장을 마지막으로 퇴직. 「55만 년의 사각(四角)」으로 제22회 에도가와 란포상 수상.
「상처 입은 야수」로 제37회 일본추리작가 협회상 수상. 대표작 「대항해」「필살자」「진시황제」「머리 아홉 달린 용」「안개의 밀약」「모래의 밀약」 등.
취미는 럭비와 라쿠고(落語).

1

다테마쓰 리사는 멋진 여자였다.

흔히들 말하는 물 찬 제비 같은 여자라고 할 수 있었다. 피부색은 까무잡잡했지만 목덜미 부위에 숨 막히는 색기가 감돌았다. 화장기는 거의 없었다.

게다가 남자가 한 번쯤 몸 바쳐 봉사하고 싶다는 생각이 들게 만드는 묘한 매력이 있었다.

나이는 서른하나나 둘 정도일까. 몸매는 단단해 보였다. 그 군살 없이 가는 몸매에서 야성미가 느껴지는 것은 왜일까?

"상어를 봤단 말이군요?"

난 확인하듯이 물었다.

"예에, 등지느러미를 확실하게."

시코쿠·마쓰야마 앞바다의 세토 내해에서 작업 중이던 잠수부가 호오지로 상어에게 습격당한 사건이 있었다. 그 여자의 목격이 정말이라면 일본해에서도 상어 소동이 일어날 가능성이 있다. 나는 본격적으로 취재를 하기 위해 연필과 메모지를 준비했다. 특종 의식이 언뜻 뇌리를 스쳤다.

나는 일류라고는 할 수 없는 〈연합신문〉 지국의 경찰서 출입 기자이다. 근무지는 동북 일본해에 접한 현청 소재지로 죠카마치城下町이다. 고매한 저널리즘 이론을 내세울 정도로 순수하지는 않았지만 기자의 긍지만은 잊지 않고 있다. 하지만 서른을 넘긴 지금도 멋대로 독신 생활을 하고 있다.

동료들 사이에서의 평판은 좋다고는 할 수 없다. 오히려 다들 거북하게 여기고 있다는 편이 옳을 것이다. 그 가장 큰 이유는 내가 누구와도 어울리지 않기 때문이다. 어울리면 실수가 없는 반면 특종도 없어진다.

리사와 만나게 된 계기는 그 여자가 지국으로 걸어온 전화 때문이었다. 그 전화를 받은 사람이 때마침 지국에 있었던 나였다.

리사는 남편 다테마쓰 하루조와 함께 잠수 어업을 하고 있다고 말했다. 그리고 공포에 질린 목소리로 조업 중에 거대한 상어 같은 물고기를 봤다는 것이다.

호기심이 왕성한 나는 즉시 차를 몰고 그 여자가 사는 F항으로 찾아갔다.

F항은 성시에서 북서쪽으로 약 50킬로미터 떨어진, 일본해로 튀어나온 반도 끝에 있었다. 8월의 태양은 눈부실 정도로 빛났다. 겨울 동안 회색빛을 띠고 있던 일본해는 코발트블루 빛 바다로 변신해 있었다.

다테마쓰의 집은 F항이 내려다보이는 언덕배기에 자리 잡고 있었다. 이웃과는 제법 떨어져 있었다. 집을 지은 지 얼마 되지 않아 보이는 게 주머니 사정이 꽤나 좋은 것 같았다. 뭐니 뭐니 해도 남의 지갑 속은 겉으로 봐서는 좀처럼 알 수 없는 것이다.

집 내부는 잘 정돈되어 있었다. 창가에 커다란 수조가 있었고 각양각색의 열대어가 헤엄치고 있었다. 수조 바닥에는 하얀 자갈이 깔려 있었다. 그 옆의 선반에 커다란 물고기의 턱뼈와 이빨이 장식되어 있었다. 낚은 기념이나 뭐나 되는 모양이다.

"공교롭게도 남편이 지금 집에 없습니다만."

리사가 냉장고에서 꺼낸 맥주병의 마개를 따면서 말했다. 아이는 없는 듯했다.

"상어를 본 것이 언제입니까?"

나는 맥주를 한 모금 마신 후 물었다.

"어제예요. 시간은 10시 넘어서였던 것 같아요."

"장소는?"

"N절벽 앞바다 5킬로미터쯤의 해상이었어요."

리사의 눈썹 주위에 희미한 그늘이 졌다. 상어에 대한 공포가 되살아난 모양이다. N절벽은 F항이 위치한 반도에서 일본해 쪽으로 돌출된 끝부분으로, 거기에는 등대가 있었다.

"그렇다면 상황을 설명해 주십시오."

난 맥주를 한 모금 더 마셨다.

"남편은 잠수할 준비를 하고 있었어요. 나와 간지는 펌프 상태를

점검하고 있었고요."
"간지요?"
"남편의 먼 친척 청년인데 일을 도와주고 있어요. 사와다 간지라고 해요."
리사의 표정이 밝아진 느낌이었다.
"그래서요?"
"제가 무심코 배 왼편—앞바다 쪽인데요—을 봤었어요. 그런데 뭔가 검은 삼각형 물체가 수면에 솟은 채 물살을 가르며 달리고 있는 거예요."
리사는 마른침을 꿀꺽 삼켰다. 매끈한 목이 덜컥하고 상하로 움직였다. 반할 정도로 매력적이었다. 하지만 그것에만 한눈을 팔고 있을 때가 아니었다.
"상어의 등지느러미였어요."
리사는 단언했다.
"틀림없이 상어의 등지느러미였습니까?"
나는 다시 한 번 확인을 했다.
"네, 전 결혼하기 5년 전까지 오키나와에서 해녀 일을 했었어요. 게다가 친정도 어업을 했는데, 상어잡이도 했었기 때문에 잘못 봤을 리가 없어요."
야성미를 느끼게 했던 이유는 그 여자의 그런 전력에 있었던 것이다. 단단한 몸매 또한 과연 납득이 갔다. 나는 해녀라는 직업에 흥미를 느꼈다.

"요즘은 잠수를 하지 않습니까?"

"네, 나이도 있고 해서요."

하지만 그것은 겸손이라고밖에 표현할 수 없었다. 리사는 아직 충분히 젊었다. 선반 위의 물고기 턱뼈와 이빨이 눈에 들어왔다.

"저것도?"

선반 위를 가리켰다.

"네, 친정아버지가 잡은 호오지로 상어예요. 몸길이가 5미터나 됐었어요. 저 이빨은 부적이에요. 오키나와에서도 내가 살고 있던 지방의 해녀들은 부모가 잡아다 준 상어 이빨을 부적으로 저렇게 방안에 놓아두었다가 물일을 나갈 때는 몸에 지니곤 했어요."

"저 열대어도 오키나와 것입니까?"

"맞아요. 예쁘죠? 저 물고기들을 보고 있노라면 멀리 눈이 많이 내리는 지방에 와 있어도 고향의 푸른 바다에 대한 추억에 잠길 수 있어요."

리사의 눈은 먼 곳을 보고 있는 듯했다.

"그건 그렇고 남편은 잠수해서 무얼 잡습니까?"

리사가 맥주를 따라 주었다.

"초봄부터 여름까지 전복과 소라를 잡아요."

그 얘기를 더 하고 싶었지만 이야기가 옆길로 새버렸다. 인터뷰를 하는 도중에 이런 일은 곧잘 있다. 그런 편이 상대방도 기분이

누그러져 쉽게 얘기를 풀어나가는 데 도움이 되는 것이다. 그러니까 헛고생이라고는 할 수 없었다. 하지만 일본해에 나타났다고 하는 상어 얘기로 돌아가야만 했다.

"그 후 상어가 어떻게 했습니까?"

"묘진마루를 향해 돌격하듯이 다가왔어요. 앗, 부딪치겠다, 하는 순간에 등지느러미가 수면 아래로 가라앉았어요. 그때 저는 배 밑을 지나가는 커다란 물고기 그림자를 봤어요. 그건 틀림없이 상어였어요."

묘진마루는 다테마쓰가 소유하고 있는 4.5톤급 어선의 이름이다.

"크기는?"

"6미터는 됐던 것 같아요."

호오지로 상어 중에서도 6미터 정도면 큰 편에 속한다.

"남편과 간지 씨도 상어를 목격했겠군요?"

"남편은 우리보다 앞쪽 갑판에 있었기 때문에 보지 못했어요. 간지는 등지느러미를 봤을 거예요. 내가 소리를 질렀으니까요."

"상어에 대해 남편에게 얘기했습니까?"

"즉시 얘기했어요. 위험하니까 잠수는 그만두자고."

"그런데요?"

"남편은, 여기에 상어 따위는 없어. 뭔가 잘못 봤겠지, 하고 웃어넘겨 버렸어요."

"물속에 들어갔습니까?"

"예. 아무리 말을 해도 듣지 않는 사람이라서."

"아무 일도 없었나요?"

"……."

리사는 고개를 끄덕였다. 눈동자는 공포로 가득 차 있었다.

"남편이 물속에 들어가 있는 동안 아무 생각이 없었어요. 세토 내해에서 생긴 일도 있는 데다."

"남편처럼 잠수를 직업으로 하고 있는 사람이 몇 명이나 됩니까?"

"우리는 F항을 기지로 하고 있어요. 서른 명 정도 될까요."

나는 맥주를 마셨다. 리사가 잔을 채워 주었다. 맥주병을 내려놓고 나서 말했다.

"저…. ."

"예, 무슨 일입니까?"

"기사로 써주실 수 있을는지요?"

"네. 무엇보다도 해상보안청이나 수산시험장 같은 곳에 가서 뒷받침이 될 만한 취재를 해야 할 필요는 있지만요."

"제가 얼토당토않는 소리를 하고 있다는 건가요?"

"그런 뜻이 아닙니다. N절벽 앞바다에 상어가 출현했었던 자료라든지 대책 같은 것을 같이 취재해야만 기사가 될 수 있어요."

나는 정중하게 설명해 주었다. 이것도 리사가 매력적이기 때문이다.

"아무쪼록 잘 부탁드립니다. 만약의 사태가 일어나기라도 하면

돌이킬 수 없을 거예요. 신문의 힘으로 경고를 하는 것이 가장 좋은 방법이라는 생각에 염치없이 전화를 했습니다."

"그 마음은 잘 알겠습니다. 기대에 어긋나지 않도록 노력하겠습니다."

그녀로부터 주소, 나이 등 기사를 쓰기 위해 필요한 기초 자료를 물은 후 보완 취재를 위해 자리를 떴다.

2

나는 수산시험장으로 차를 몰았다. 역시 F항에 자리 잡고 있었다. 동북 지방의 짧은 여름은 지금이 한창이었다.

어디에선가 고시엔 고교 야구 실황을 중계하는 아나운서의 목소리가 들려 왔다. 현縣 대회 고교 야구를 취재한 것이 바로 열흘쯤 전의 일이었다. 고시엔 대회는 완전히 한여름의 풍물거리가 되어 버렸다.

수산시험장에서도 한가한 몇몇 직원들은 고시엔에서 전해져오는 TV 화면에 열중하고 있었다. 오사카의 강호 팀과 동북 제일의 투수를 거느린 신에 고등학교가 경기하고 있었다. 신에교가 예상을 뒤엎고 앞서고 있는 만큼 응원에도 열기가 가득 차 있었다.

"N절벽 앞바다에 상어라."

이마무라 과장이 담배를 입에 문 채 얼굴을 찡그렸다. 어류 회유 부문의 전문가였다. 콧수염이 숨 막혀 보였다.

"우선 겨울부터 초봄까지 일본해에서는 생각할 수 없는 일이군요. 상어는 차가운 물을 싫어하니까요."

그는 담뱃재를 재떨이에 털었다. 나는 고개를 끄덕이는 것만으로 상대의 얘기를 재촉했다.

"올여름은 무더운 날씨가 계속되어 일본해의 평균 수온이 평년보다 3도 정도 높아져서 말이죠. 상어가 먹이를 쫓는 사이에 길을 잃고 들어올 가능성도 없다고는 할 수 없겠네요."

"그럼 목격되었다 하더라도 이상한 일이 아닙니까?"

"두 사람이나 봤다고 하니까요. 하지만 거대한 호오지로 상어라는 건 조금."

"호오지로 상어는 없나요?"

"상식적으로는 그래요. 이 상어는 아열대에서 열대에 걸친 바다에서 서식하니까요."

자연계에서 일어난 사건이다. 무슨 일이 벌어져도 이상한 일이 아니다. 더구나 바다는 인간에게 신비한 세계이다. 그 대부분의 수수께끼가 아직 풀리지 않고 있다.

"게다가 상어는 해저 케이블을 먹는 등, 전자파를 좋아해서 말이죠. 잠수부가 해상에 있는 어선에 연락하기 위해 사용하는 인터폰에서 발생하는 전자파에 의해 상어가 접근해 올 가능성도 생각해 볼 수 있지요."

요즘의 잠수부들은 인터폰을 사용한다. 그것이 목숨을 구하는 데

도움이 되었다는 예가 오스트레일리아에서 보고되었다고 한다.

고맙다는 인사를 하고 수산시험장을 나왔다. 그다지 멀지 않은 해상보안청으로 차를 몰았다.

사사키 부장과는 서로 잘 아는 사이다. 얼굴이 붉은 40대 남자인데 눈썹에 하얀 털이 섞여 있다. 이 남자를 보면 중국의 '백미白眉'라는 단어가 떠오른다. 삼국 시대에 마 씨의 다섯 아들은 모두 수재였는데 그중에서도 가장 우수했던 아들이 장남 마량이었다. 그의 눈썹에 하얀 털이 있었기 때문에 '백미'라고 불렸다는 고사에서 기인한다. 그 후부터 뛰어난 것 중에서도 가장 뛰어난 것을 지칭하는 말이 되었다.

사정을 설명하자 사사키는 코를 문지르며 말했다.

"정말 그럴까? 일본해에 상어라……."

그도 반신반의하는 모양이었다. 그래서 수산시험장에서 들은 이야기를 피력했다.

"정 그렇다면 다테마쓰 부부한테 얘기를 들어봐야겠군. 어찌되었건 마쓰야마 사건도 있고 하니까 말이야."

사사키의 머릿속에도 마쓰야마 앞바다의 사건이 자리 잡고 있었다. 이 사건은 영화 〈죠스〉가 실제로 일어났다며 텔레비전과 신문에서 대대적으로 보도했기 때문에 사람들의 뇌리에 남아 있었다. 사사키가 이렇게 간단히 응해 주리라고는 생각지도 못했다. 이것

또한 마쓰야마 사건 덕분이라고 해야 할까.

신문이라는 것은 까다로운 것이라서 민간인의 증언만으로는 기사가 되기 어렵다. 경찰이나 해상보안청 같은 공공기관이 움직여 주어야 비로소 하나의 기사가 완성된다. 상부의 발표를 감사하게 받아 기사로 썼던 때의 풍습이 아직까지 이런 데에도 남아 있었다.

차를 몰아 F항 어업협동조합으로 향했다. 다테마쓰를 비롯한 잠수 어민들도 이 어협에 속해 있었다.

후루카와라고 하는 50대 남자가 인터뷰에 응했다. 명함에 적힌 직위로는 부조합장이었다. 사투리가 심해 그의 말을 알아듣느라 고생했다. 내가 리사 얘기를 하자 그는 이미 들어서 알고 있다고 했다. 하지만 아직까지 반신반의하는 표정이었다.

"N절벽 앞바다에 상어가 나타났다는 말을 난 여태껏 들어본 적이 없구먼. 근데 마쓰야마 사건도 있었잖여. 어선들이 조심성 없이 고기잡이 나갔다간 큰일나제. 조합원들한테 주의를 시키려는 참이구먼."

여기에도 마쓰야마 사건의 효과가 있었다.

나는 후루카와에게 물어보았다.

"나테마쓰 부부는 어떤 사람입니까?"

"글쎄."

그는 잠시 말을 흐렸다.

"하루조는 성격이 난폭하긴 하지만 일벌레여. 마누라도 굉장한 미인이고.”

후루카와는 표면적인 대답밖에 하지 않았다.

지국으로 돌아와 원고를 정리한 후 지도를 첨부하여 제출했다.

“의심스러운 원고로군.”

지국장이 말했다. 하지만

—N절벽 앞바다에 상어.

라는 기사는 다음날 조간신문 사회면의 톱뉴스를 장식했다. 고작해야 현縣 판 톱뉴스 정도일거라 생각했는데 본사의 편집부에서 상어처럼 달려들었다. 강력하게 현 판에서 사회면으로 옮겨 실었다는 것이 무대 뒤의 진상이다.

어찌되었건 이 상어 출현 기사는 예상외로 큰 반향을 불러일으켰다.

다음날 F항에 찾아갔다가 놀랐다. F항에는 왠지 살기 어린 공기가 자욱했다. 이것 또한 마쓰야마 사건의 영향일 것이다.

F항 어협 잠수 어민들은 이날 오후부터 ‘상어 포획 작전’을 실시했다. 어선 8척에 스물두 명이 타고 나가 전갱이, 고등어, 오징어 등의 미끼를 바꿔가며 현장 주변 해역에서 ‘상어잡이 그물’을 치기 시작했다.

출항 전의 잠수 어민에게,

“다테마쓰 하루조도 참가합니까?”

하고 묻자 그는 고개를 저었다. 이유는 말하지 않았지만 왠지 거북해 하는 것을 느꼈다. 관계자들에게 하루조에 대해 물으며 돌아다녔다. 그의 평판은 별로 좋지 못했다. 하지만 그의 평판과 아내가 상어를 봤다는 것과는 아무런 상관이 없는 일이다. 하루조는 아내에게서 상어가 있다는 소리를 듣고도 잠수를 그만두지 않았던 고집이 센 남자였다.

리사의 얼굴이 보고 싶었다. 나는 다테마쓰 집으로 차를 돌렸다. 하지만 공교롭게도 리사는 시장에라도 갔는지 집에 없었다.

하루조는 현관으로부터 토방을 통해 이어지는 거실에서 대낮부터 술을 마시고 있었다. 테이블 위에는 거의 비워진 한 되짜리 술병과 잔이 있었다. 그는 이미 꽤 취해 있었다.

나이는 서른여덟이었지만 머리카락이 제법 벗겨져 있었다. 잠수부 생활과 어떤 관계가 있는 것일까. 얼굴과 피부는 검붉게 탔지만 날카로운 분위기를 풍기고 있었다.

내가 신문사 이름과 방문한 목적을 말하자 그는 술에 취한 눈길로 나를 노려보았다. 환영하고 있지 않다는 것을 한눈에 알 수 있었다.

“당신이 그 기사를 썼단 말이지?”

그는 노골적으로 적의를 드러냈다.

“그렇습니다. 부인에게서 얘기를 듣고 썼습니…….”

그는 내 말이 채 끝나기도 전에

"당신이 뭔데 그런 엉터리 기사를 써?"

"엉터리? 당신도 현장에 있었잖아요."

"있었지. 있었기 때문에 말하는 거야!"

그는 테이블 위에 있던 잔에 든 액체를 단숨에 들이켰다. 그러고는 술 냄새나는 숨을 토해냈다.

"어떻게 된 일인지. 설명해 줬으면 좋겠군요."

내 말투도 다소 강경해졌다. 처음부터,

—엉터리.

라는 질책을 받고 싱글싱글 웃고 있을 수는 없는 일이다.

"그러지, 설명해 주지. 분명히 리사와 간지는 상어 등지느러미 같은 것을 봤다고 했어. 하지만 난 그런 건 형체도 그림자도 못 봤어. 나는 내가 본 것밖에 믿지 않는 성격이야."

"못 봤다 치더라도 리사 씨, 아니 부인이 '상어다!' 하고 외치는 소리는 들었을 텐데요?"

그는 코웃음을 쳤다.

"남의 마누라 이름을 가볍게 잘도 부르는군. 뭐 그건 좋다고 쳐. 배에는 시동이 걸려 있었어. 시끄러워서 그 여자 목소리 따위는 들리지 않았어."

"하지만 두 사람은 등지느러미를 봤소. 게다가 부인은 배 밑을 지나가는 거대한 물고기 그림자를 봤다고 했소."

"둘이서 하는 얘기를 믿을 수가 있어야지."

하루조는 병에 든 술을 잔에 따랐다. 한 되짜리 병은 마침내 비었다.

"왜 그렇죠?"

"집안일을 너 같은 녀석에게까지 얘기할 필요는 없잖아."

듣고 보니 맞는 말이다. 그들 부부 사이에까지 끼어들 이유는 없었다. 하루조가 말을 이었다.

"난 어렸을 적부터 이곳 바다에서 잠수를 했어. 상어 따위를 본 적은 한 번도 없어."

"올해는 수온이 높아졌다고 하던데. 상어가 길을 잃고 들어와도 이상한 일은 아니잖아요."

"누가 그런 말을 했어?"

"수산시험장에 있는 전문가요. 신문에도 실려 있었잖소."

하루조는 나를 힐끗 노려보며 잔에 담긴 술을 마셨다.

"간지 씨를 만나고 싶은데요."

"간지는 고향으로 돌아갔어. 상어가 무서워서 말이야. 다들 있지도 않은 상어를 무서워 한다니까. 나는 말이야. 바닷속에 들어가기 전에 부정 타지 않도록 술을 한 잔씩 하지. 그것으로 만사 OK야."

그는 내 발 아래 토방에다 퉤, 하고 침을 뱉었다. 처음부터 환영받지 못하고 있다는 것은 알았지만 하는 행동이 너무나도 노골적이라 나도 모르게 욱하고 부아가 치밀었다.

"다음에 물에 들어갈 때는 상어한테 덥석 잡아먹히지 않도록 주의하쇼!"

말이 씨가 된다는 것이 맞는 모양이다. 2주일 후, 그 말이 현실이 되리라고는 꿈에도 생각하지 못했다.

3

그 날.

소음이라고 해야 될 에어컨 모터 소리가 열기를 더욱 증폭시키고 있었다. 소리에 비해 냉방 상태는 그다지 신통하지 않았다.

경찰 본부 6층에 있는 기자실 내부는 그야말로 더위로 축 처져 있었다. 오후 5시 반. 슬슬 마칠 시간이었다. 기자실 안은 그야말로 천하태평이었다. 이곳 지역 신문사의 젊은 기자가 여백 메우기 기사를 쓰느라 고심하고 있는 것이 유일하게 일하는 모습이었다.

나는 소파에 누워 번역 추리 소설을 읽고 있었다. 구석의 마작 테이블에는 구경꾼을 포함해서 여섯 명이 몰려 있었다.

전화벨이 울렸다. 잡무를 보는 아가씨는 정각 5시면 퇴근해버린다. 전화기에서 가장 가까운 자리에 앉아 유일하게 일을 하고 있던 남자가 수화기를 들 수밖에 없는 처지였다.

"지국장님, 해상보안청에서 6시에 기자회견을 한다는데요."

이곳 지역 신문의 지국장—나는 '감방장' 이라고 부른다—은 패를 손에 쥔 채 물었다.

"무슨 일로?"

"회견에서 발표하겠답니다."

"쳇, 겨우 끗발이 오르려는 참인데 말이야."

감방장은 말은 그렇게 했지만 패를 버리고 일어섰다. 이런 경우 기자실의 마작은 이 시점에서 판이 끝난다.

처음에는 나도 해상보안청 회견이 어선 사고 같은 것이리라 생각하고 있었다.

사사키 부장의 발표에 나는 우선 내 귀를 의심했다. 내 경고 기사가 현실로 나타난 것이다.

사사키의 발표에 의하면—.

오늘 오후 2시경, N절벽 앞바다 5킬로미터 지점에서 어선 묘진마루(4.5톤)가 전복 채취 작업을 하던 중, 수심 약 35미터 해저에 잠수해 있던 잠수부 다테마쓰 하루조(38세)가 갑자기 잠수 인터폰을 통해, 선상에서 산소를 공급하고 있던 아내 리사(31세)와 조카 사와다 간지(24세)에게 구조를 요청해 왔다.

리사 일행은 구명 밧줄을 끌어당겼지만 밧줄은 끊어져 있었고 서둘러 산소 공급용 호스를 끌어올렸으나 잠수 헬멧과 잠수복만 올라왔다. 잠수복은 왼쪽 다리 부분이 없고 흉부에서 복부에 걸쳐 갈기갈기 찢어진 채였으며 다테마쓰 하루조의 모습은 보이지 않았다.

오후 3시 지나 연락을 받은 해상보안청에서 조사를 한 결과 구명 밧줄은 잠수복에서 약 3미터 정도 떨어진 곳에서 절단되어 있었으며, 그 잘려나간 부분은 날카로운 칼을 사용한 것 같은 모양이었다.

잠수복이 물어뜯긴 것이나 N절벽 앞바다에서 최근 거대한 상어가 목격되었다는 점에서 다테마쓰 하루조가 바닷속에서 조업을 하던 중 상어에게 습격을 당한 것으로 보고 현재 순시선을 출동시켜 수색 중이다.

덧붙여 묘진마루는 오전 8시경 F항을 출항, 동 9시 반경 현장에 도착, 조업을 하고 있었다.

이 발표에 회의장은 어수선해졌다. 사사키는,

"크게 물의를 일으켜선 안 되겠지만 해수욕객들에게도 충분히 주의를 하도록 경고해 주기 바랍니다."

하고 이례적인 구두 요망을 덧붙였다. 잠수 헬멧과 잠수복 사진이, 요구하는 신문사 기자들에게 배포되었다. 잠수복은 특히 너덜너덜했다.

해상보안청 앞에서 택시를 잡아 명함을 건네주고는 운전기사에게 말했다.

"이 봉투를 지국에 전해주세요. 요금은 지국에서 지불할 테니까."

봉투에는 헬멧과 잠수복 사진이 들어 있었다. 이런 경우 사진을 몸에 지니고 있는 것은 금물이다. 여기저기 뛰어다니느라 사진에 대해 잊어버리는 바람에 마감을 맞추지 못한 적이 적지 않았던 것이다.

택시비를 들여서라도 넘겨주는 게 철칙이다. 큰 사건이 일어났을 때는 입수한 얼굴 사진을 한 장씩 연달아 택시 편으로 보내는 경우도 있다. 이런 돈을 아까워해서는 좋은 기사를 내기 힘들다.

사진을 전송한 후 재빠르게 본지용 원고를 정리하여 전화로 지국에 보고했다. 이때 잊지 않고 택시 편으로 사진을 보냈다는 말도 덧붙였다.

시계는 7시 반을 지나고 있었지만 아직 여름날의 잔광이 남아 있었다.

현 판에는 가족 표정이 필요하다. 나는 다테마쓰 집으로 차를 몰았다.

다테마쓰 집에는 먼저 온 손님들이 있었다. 이 지역 신문사의 젊은 기자와 그와 사귀고 있는 전국지의 신인이었다. 듣는다는 점에서는 마찬가지이다. 상관할 것 없었다.

리사는 초췌한 모습이었다. 리사를 부축하고 있는 젊은이가 있었다. 사와다 간지였다.

"애써 부인께서 경고를 했는데도 이런 일이 일어났군요."

"네."

창백한 얼굴을 한 리사는 조그맣게 고개를 끄덕였다. 리사의 염려가 현실로 나타난 것이다.

지방지의 젊은 기자가 노골적으로 싫은 얼굴을 했다. 내가

—상어, 일본해에 출현하다.

라는 특종이 된 경고 기사를 짐짓 자랑하고 있는 것으로 받아들인 모양이다. 속 좁은 녀석은 아예 무시하기로 했다.

전국지의 신참 기자가 말했다.

"사고 당시의 상황을 상세하게 얘기해 주시겠습니까?"

"아주머니와 저는 배의 공기 펌프 옆에 있었어요."

간지가 대답했다. 가슴이 떡 벌어진 청년이었다. 얼굴도 못생긴 건 아니었다. 눈썹이 진하고 남자다운 용모였다. 왼쪽 손등에 붕대를 감고 있었다. 그는 내 시선이 왼쪽 손등의 붕대에 고정되어 있는 것을 눈치 채고는 쓴웃음을 지었다.

"로프를 끌어 올릴 때 상처를 입었어요."

그는 무뚝뚝한 표정으로 말했다. 젊은 기자가 다시 질문을 했다.

"바다에서 남편은 구체적으로 뭐라고 말했습니까? 해상보안청의 발표로는 '구조를 요청해왔다'는 것밖에 알 수 없습니다만."

리사가 헝클어진 머리카락을 쓸어 올리고는 말했다.

"상어다! 하고 외쳤어요."

"분명히 '상어다!' 하고 말했단 말이죠?"

"네."

리사가 힘없이 고개를 끄덕였다.

"그리고 '도와줘!' 라는 비명 비슷한 목소리도……."

간지가 덧붙였다.

"그래서 바로 끌어올렸단 말이죠?"

"그렇습니다."

리사의 목소리는 모기 소리만 했다.

"상어를 보았습니까?"

"아뇨, 보지 못했어요."

리사는 강하게 고개를 저었다.

"지금 수색을 하고 있는 중이죠?"

"예, 순시선 외에 잠수 어민들도 동참하고 있어요."

리사의 말을 간지가 가로막았다.

"아주머니는 묘진마루로 숙부님을 찾아 나서겠다고 막무가내였어요. 제가 말렸죠. 이 상태로는 몸이 견뎌내지 못할 거라는 생각에……."

"그 사람은 어딘가에 살아 있어요. 10대 때부터 30년 가까이 잠수를 해온 사람이에요. 어딘가에 분명히……."

리사가 말하고 울기 시작했다.

나는 한 가지 사실을 깨달았다.

리사의 부적인 호오지로 상어의 턱뼈와 이빨이 선반 위에서 사라지고 없었다.

두 사람의 모습과 얘기 내용을 현 판용으로 정리하여 F항의 공중전화로 지국에 보고했다. 이제 해상보안청에 수색 상황을 물어보기만 하면 이것으로 오늘 일은 끝나는 것이다.

차를 몰았다. 밤의 열기는 바닷바람을 머금고 끈적끈적 달라붙었다.

그건 그렇다 치고 내가 쓴 경고 기사가 현실로 나타났다. 실로 복잡한 심정이었다. 게다가 피해자와도 만났던 것이다.

—상어한테 덥석 잡아먹히지 않도록 주의하쇼.

라는 '폭언'까지 내뱉었었다. 사실은 말대로 된 것인데…….

핸들을 움켜쥐며 문득 생각했다.

—어쩌면 나한테 내가 원하는 대로 사람의 운명을 바꿀 수 있는 초능력이 있는 건 아닐까? 설마, 하고 부정했다. 그럴 리가 없었다. 갑자기 독한 술이 마시고 싶었다.

단골로 가는 술집 '헬렌'의 술통같이 생긴 문을 당연한 듯 열고 들어갔다.

마담을 상대로 진한 언더락을 여섯 잔이나 마셨지만 기대한 만큼은 취하지 않았다.

중앙경찰서에 잠깐 들러 현 경찰청 당직에게 전화를 했으나 아무런 소득이 없었다. 마지막으로 해상보안청에 전화를 걸었지만 다테마쓰 하루조의 행방에 대해서는 실마리를 찾지 못했다는 대답이었다.

이윽고 긴 하루가 끝났다.

4

—잠수부, 상어에게 습격당하다.

뉴스는 각 신문사마다 크게 다루고 있었다. 제2의 마쓰야마 사건, 상어의 공포, 일본해에, 라는 식이었다.

어느 중앙지는 어류 학자를 등장시켜 세계적인 온난화 현상 속에 해수 온도가 높아져 일본해에 상어가 출몰한다 해도 이상한 일이 아니다, 라고 호언장담하고 있었다.

지역 신문은 많은 지면을 할애하고 있었다. 어쨌든 사람이 많으니까. 인해전술이라는 것이다.

다테마쓰 하루조에 대해서도 우리들 이상으로 지면을 할애하고 있었다. 역시 대단하다. 그 내용에 의하면 하루조는 F항에서 태어나 아버지 대로부터 잠수 어업을 해왔다. 그는 이 고장의 중학교를 졸업하고는 바로 아버지 일을 도와 어선에 올라탔다. 잠수 경력이 25년인 베테랑이다.

리사와 만난 것은 6, 7년 전이다. 오키나와로 돈벌이를 나갔을 때 리사를 알게 되어 결혼했다. 아이는 없다. 리사와 하루조의 사촌 형의 아들 사와다 간지의 도움을 받으며 초봄부터 여름까지 잠수 어업을 하고 있다.

부부 사이는 원만하여,

—원앙 잠수부.

로 F항에서도 잘 알려져 있었다. 라고 지방지는 시시콜콜한 것까지 쓰고 있었다.

그런데 과연 그랬을까. 신문이란 '비극'적인 인물에게는 관용적이고 미화시키는 경향이 있다. 그 반면 공격 대상에게는 용서라는 게 없다.

예를 들어, 열차 사고나 항공기 사고가 일어났다고 치자. 신문은 우선 사고가 일어난 배경으로 눈을 돌린다. 빡빡한 운행 일정, 운전사(또는 파일럿)의 근무 체제, 열차(또는 비행기)의 사용 연수, 성능, 결국 사고를 일으킨 회사는 그만큼 규탄받아 마땅한 '사회악'이 되는 것이다.

사고가 일어나지 않았더라면 그렇게 마음대로 비난할 수 없겠지만 사고가 일어나면 신문이나 세상도 마음대로 비난한다. 아니 그런 식으로 쓰지 않으면 납득하지 못한다. 지나치게 관대하다고 오히려 비평을 받는다.

또한, 그 반대로 하루조와 같은 경우에는 사실 이상으로 미화시키는 방향으로 펜이 나아가기 마련이다.

내가 F항에서 들은 바에 의하면 하루조의 평판은 그다지 좋지 못했다.

우선 술버릇이 좋지 않았다. 술에 취하면 남에게 시비를 걸고 폭력을 휘둘렀다. 술기운으로 싸움을 하고는 경찰서 신세를 진 적도 한두 번이 아니다. 리사에게도 폭력을 휘둘렀다고 했다.

최근에는 현청 소재지에 있는 여자에게 돈을 탕진하고 있다고 했다. 그 여자를 둘러싸고 리사와 사이가 껄끄러웠다고 한다.

하지만 나는 이런 얘기들을 기사로 쓰지 않았다. 그런 하루조의 성격과 그가 상어에게 습격을 당했다는 사실은 아무런 관계가 없기 때문이다.

나는 신문 기자이지 남의 가정을 염탐하는 사람이 아니다.

이날도 관계자들의 필사적인 수색에도 불구하고 하루조의 행방은 알 길이 없었다.

이날 밤, 나는 야스에와 데이트를 즐기고 있었다. 야스에는 현 경찰청 비서과에 근무하고 있는데 나와는 그렇고 그런 사이다. 눈이 많이 오는 지방의 여자답게 손바닥에 착 달라붙을 듯한 하얀 피부를 갖고 있었다. 박꽃 같은 피부라고 할 수 있다.

초밥집에서 가볍게 한 잔을 걸치고 호텔에 틀어 박혔다. 호텔은 냉방이 잘 되어 있었다.

나는 배를 깔고 누운 채 정사 후의 한 때를 즐기고 있었다.

"있잖아, 자기는 천리안 같아."

야스에가 말했다.

"왜?"

"상어에 대해서 예언했었잖아?"

"아아, 그거?"

나는 담배를 재떨이에 비벼 껐다. 손은 야스에의 아담하지만 예쁜 가슴에 뻗어 있었다.

"2주 후에 실제로 일어났잖아."

야스에는 내게 몸을 맡긴 채 어리광부리듯이 말했다.

"목격자가 있다는 얘기였을 뿐이야. 천리안이라니, 나는 내일 일어날 일도 모르는 걸."

"부인이 봤다면서? 상어 말이야."

"응."

나의 손은 야스에의 가슴을 문지르고 있었다.

"근데 너무 잘 짜여진 얘기 같아."

"뭐가?"

"아내가 상어를 목격하고 소동을 피웠고, 남편이 2주 후에 상어에게 습격을 당했다."

나는 나도 모르게 손을 멈췄다. 머릿속에서 작은 폭발이 일어났다. 처음에는 그게 무엇인지 몰랐지만.

"왜 그래?"

야스에의 목소리가 나를 현실로 돌아오게 만들었다.

"분명 너무 잘 짜여진 얘기 같군."

담배를 물고 불을 붙였다.

야스에의 말에 자극을 받아 처음으로 깨달았는데 상어를 본 사람은 리사와 간지, 습격을 받은 사람은 하루조. 모두 다테마쓰 일가의 사람들이다. 넓은 일본해에서 다른 사람들은 아무도 상어를 보지 못했다. F항 잠수 어업 관계자들이 그 후 계속 벌이고 있는 상어잡이에서도 상어는 형체도 그림자도 보이지 않았다.

마쓰야마 사건의 영향이 너무 컸던 것이다. 상어 출현은 곧 식인 상어라는 공식이 과잉 보도로 인해 우리 머릿속에 너무 선명하게 입력되어 있었던 것이다.

게다가 리사의 매력도 있었다. 나는 리사의 증언을 거의 곧이곧대로 믿었다고 해도 좋았다. 그리하여 경고 기사를 썼던 것이다.

2주일 후 '계획'대로 하루조가 상어의 습격을 받아 행방불명이 되었다.

생각이 흔란해진 채 개미 쳇바퀴 도는 듯했다.

"왜 그래?"

갑자기 애무하던 손을 멈춘 나를 도대체 어떻게 된 일인가 싶어 야스에는 의아해했다.

"아무것도 아냐. 어이 나는 상어다. 식인 상어!"

야스에를 꽉 누르며 가슴을 덥석 물었다. 야스에는 비명을 질렀다. 그리고 우리는 또다시 하나가 되었다.

창밖에는 여름밤이 깊어가고 있었다. 얼핏 달이 뜬 것도 같았다.

5

다음날, F항 어업협동조합과 현 어업 연맹, 해상보안청 등 여섯 개의 관련 단체로 이루어진,

—〈상어피해대책회의〉

라는 것이 F항 어항 내에 설치되었다. 나는 그 취재를 겸해 F항을 방문했다. 일련의 취재를 마치고 F항으로 나갔다. 묘진마루는 텅 빈 채 항구 내 서편 잠수 어민들의 선박 집합소에 계류되어 있었다.

저녁이 가까워졌다. 대부분의 배들이 귀항한 듯했다. 나는 정박 중인 어선을 돌아다니며 탐문했다. 사고가 일어난 날 오전 8시경, F항을 출항하는 묘진마루를 목격한 사람이 있는지.

3척 째인 '제3 치요다마루'의 선장이 봤다고 했다.

"배에는 누가 타고 있었습니까?"

선장은 당연한 걸 묻는다는 표정을 지었지만 선선히 대답해 주었다.

"누구기는, 하루조하고 마누라, 그리고 간지, 세 명이지."

나는 다시 한번 확인을 했다.

"하루조가 분명히 타고 있었습니까?"

"타고 있었소. 나한테 손까지 흔들었는걸. 그게 글쎄 마지막이었어."

갑판에 에어 컴프레서가 있었다.

"이건 어디에 쓰는 겁니까?"

"잠수 어업에는 필수품이지. 어느 배에든 있어."

"감사합니다."

야스에와 만난 후 계속하여 머릿속에서 개운치 않은 가설이 맴돌았다.

—어쩌면 하루조는 육지에서 살해됐는데, 바다에서 상어에게 습격당한 것처럼 위장된 것이 아닐까?

증거는 아무것도 없었다. 호텔 침대 위에서 탄생한 건방진 가설일 뿐이었다. 하지만 선장의 말은 이 가설을 깡그리 부숴버렸다.

더 이상 가설에 대해서는 잊기로 했다. '헬렌'에 들러 늘 그랬듯 진한 언더락을 마셨다.

맺혀 있던 것이 뚫렸기 때문인지 그날 밤은 '정상'적으로 취기가 올랐다.

열흘이 지났다.

그동안에도 하루조를 찾는 수사는 계속되었지만 여전히 행방불명인 채였다. 생사를 확인할 만한 단서조차 전혀 없었다. 또한 상어 포획 작전도 아무런 성과 없이 계속되고 있었다. 그 이후 상어의 모습을 본 사람은 없었다.

급기야 현에서 상어대책본부를 발족시켰지만 세간의 여론을 배려한 것으로 실질적인 것은 아니었다.

사고 발생 후 매일같이 F항에 들러 어협 내에 설치된 '상어피해대책회의'를 들여다보고 수색이나 상어 포획 상황을 확인하는 것이 일과였다.

이날도 대책 회의에서 알게 된 직원과 세상 돌아가는 얘기를 나눈 뒤 방을 나오는 길에 대책 회의 의장—F항 어업 협동 조합장이 취임하고 있었다—의 방에서 나오는 뜻밖의 얼굴과 마주쳤다.

현 경찰청 수사과의 야마다 긴이치 경위보, 통칭 '야마긴'이었다. 담당은 살인. 덩치가 커서 언뜻 보기에는 우둔해 보이지만 끈덕진 수사를 한다. 나와는 처음 봤을 때부터 마음이 맞았다. 몇 되지 않는 지지자 중의 한 사람이었다.

"여긴 어쩐 일이야?"

내 질문에 그는 가볍게 얼버무렸다.

"아무것도 아냐. 볼 일이 좀 있어서……."

글러브같이 커다란 손으로 얼굴을 쓱 문질렀다.

야마긴이 부정했음에도 불구하고 내 마음속에는 뭔가 걸리는 것이 있었다.

현 경찰청의 살인 담당 경위보가 F항까지 출장 온 데는 분명히 그만한 이유가 있기 때문일 것이다. 나는 그 이유가 알고 싶었다.

다행히 주위에 신문 기자들은 없었다.

"이런 데서 만난 것도 기막힌 인연이야. 어디 가서 차라도 한잔하지."

간신히 야마긴을 모퉁이 커피숍으로 끌고 가는 데 성공했다.

"상어 소동에 내막이 있다고 보는 거지?"

커피를 홀짝이고 나서 나는 단도직입적으로 물었다.

"전혀 아니야."

야마긴은 여느 때와 같은 말투로 벗어나려고 했지만 나는 추궁을 늦추지 않았다.

"투서가 있었지, 맞지?"

일반인에게서 온 투서가 사건 해결의 단서가 되는 경우도 적지 않다. 야마긴은 부정도 긍정도 하지 않았다. 이럴 때 야마긴은 틀렸을 때만 부정한다.

—투서가 있었던 거야.

하고 직감했다.

"하루조는 상어 습격을 위장하여 살해당한 거지?"

야스에와 만난 이후 머릿속에서 떠나지 않았던 그 가설이었다. 하지만 야마긴은 고개를 저었다. 그는 하는 수 없다는 듯이 얘기를 꺼냈다.

"그럴지도 모른다는 생각에 일단 조사를 해봤어. 그런데 그건 상어 짓이었어."

야마긴이 말이 많아지는 때는 경찰이,

—범죄 사실이 없다.

하고 단정했을 때이다.

"그렇지만 얘기가 너무 잘 짜여 있다고 생각하지 않아? 게다가 하루조와 리사 부부는 사이도 좋지 않았어. 하루조에게는 여자도 있었고."

"그건 우리도 조사해서 알고 있어. 게다가 하루조가 5천만 엔의 사고 보험에 들어 있었던 만큼 신중하게 탐문 수사를 했지."

야마긴은 얘기를 하기 시작했다. 경찰이 리사를 주시하고 있었다는 것은 몰랐다. 그야말로 전혀 몰랐던 얘기였다.

수사의 단서는 역시 F항 관할 경찰서로 배달된 익명의 투서였다. 하루조가 리사를 수령인으로 거액의 생명 보험에 들었다는 것을 안 단계에서 경찰청 수사과와 관할 경찰서는 극비리에 리사 주변을 탐문하기 시작했다.

리사와 하루조 부부 사이가 나빴고 간지와 리사가 내연 관계라는 확증을 잡았을 때는 수사진도 활기를 띠었다.

정황으로 봐서는 두 사람이 공모해서 걸리적거리는 하루조를 상어의 짓으로 위장하여 살해한 후 보험금을 타내려고 한 것이 된다.

하지만 물적 증거는

—상어에게 습격당했다.

는 것을 나타내고 있었던 것이다.

하루조의 잠수 헬멧과 잠수복을 상어 박사라고 불리는 T수산 대학의 무라카미 구니타로 교수에게 감정을 의뢰했다.

무라카미 교수는 헬멧에서 이빨로 보이는 파편 다섯 개를 채취해냈다. 파편은 감정 결과 호오지로 상어의 이빨이라는 것이 밝혀졌다.

또 잠수복의 찢어진 부분도 대형 상어의 이빨에 물어 뜯겼을 가능성이 높다고 나왔다.

경찰청 감식반은 잠수복에 희미하게 묻어 있던 혈액이 하루조의 것과 같은 AB형 Rh마이너스라는 것을 밝혀냈다. 하루조는 7년 전에 충수염 수술을 받았기 때문에 병원 진료 기록 카드에 의해 혈액형이 판명되었다.

AB형 Rh마이너스는 상당히 희귀하여 약 2천 명 중에 한 명 정도 있다고 한다. 일본인의 약 99퍼센트가 Rh플러스로서 마이너스는 극히 적다. 통계에 의하면 A형에는 5백 명에 한 명, O형에는 6백 7십 명에 한 명, B형은 천명에 한 명 정도라고 한다.

야마긴은 그런 식으로 설명을 하며 잠수복에 묻은 혈액은 하루조의 것으로 판명되었다고 말했다.

리사와 간지에 대해서는 동기도 있고 정황 증거로 보아 혐의가 있지만 상어에게 습격당했다는 물적 증거는 그들의 결백을 뒷받침하고 있는 것이다.

"그래서 내가 여태껏 협력해 준 어협에 인사차 들렀던 거야. 앞으로 상어 건은 해상보안청에 모두 맡기기로 했어."

그는 붙임성 있게 웃는 얼굴로 커피 잘 마셨다는 인사를 한 후 자리에서 일어났다.

6

나는 자리에 앉은 채 커피를 한 잔 더 주문했다.

야마긴은 틀림없이 상어의 짓이라고 말했다. 경찰은 리사와 간지에게 사정 얘기를 들은 후 결백하다고 단정한 것이다. 하지만 내 마음속 한구석에는 왠지 개운치 않은 것이 있었다.

블랙커피를 한 모금 마셨다. 아주 썼다.

그때 갑자기 내 뇌리에 하나의 풍경이 떠올랐다.

그것은 하루조가 상어에게 습격을 당한 날 밤 다테마쓰의 집이었다. 초췌해 빠진 리사와 왼쪽 손등에 붕대를 감은 간지가 있었다.

그리고 창가의 열대어 수조. 그리고…….

엉킨 퍼즐이 하나로 정리되어 새로운 가설이 탄생했다.

커피숍을 나왔다. 전화를 한 통 한 후 리사의 집으로 차를 돌렸다.

리사는 집에 없었다.

나는 정원에 섰다. 담배를 입에 물고 불을 붙였다. 니코틴이 뇌세포를 자극했다.

담배를 세 개 태웠다. 그때 사람 소리가 들렸다. 뒤돌아보니 시장바구니를 든 리사가 서 있었다.

"무슨 볼일이라도?"

"마쓰야마의 상어 소동을 참으로 잘도 이용했군요."

"무슨 말씀이세요?"

리사는 시치미를 뗐다.

"상어로 위장하여 하루조를 살해한 것 말에요."

리사는 생긋이 웃었다.

"꿈 같은 얘기네요. 경찰도 그런 생각은 버린 지 오래예요."

"그런 것 같더군요. 하지만 나는 당신과 간지가 하루조를 죽였다고 확신하고 있어요."

"들어오시겠어요? 천천히 그 얘기를 들어보고 싶군요."

거실은 전에 왔을 때와 변함이 없었다. 리사는 처음 내가 이 집을 방문했을 때와 마찬가지로 맥주를 내왔다.

"자, 건배합시다. 그리고 얘기해 주세요."

우리는 잔을 부딪쳤다. 무엇을 위한 건배란 말인가. 나는 하루조의 영혼이여 편히 잠들라, 하고 마음속으로 빌었다.

"당신은 상어에 대해서는 훤하죠. 표현이 나쁠지는 몰라도 어렸을 때부터 친숙했지. 그런데 마쓰마야 앞바다에서 상어 소동이 발생했어. 당신은 그 죠스 사건을 배경으로 N절벽 앞바다, 일본해에서의 상어 출현 연극을 꾸며 냈지. 거기에 지대한 역할을 한 게 나였지만."

리사는 빙긋이 웃으며 맥주를 마셨다.

"당신의 예상대로 F항에서도 상어 소동이 일어났지. 하지만 하루조는 자신의 경험에 비추어 상어 소동을 믿지 않았어. 그날 당신은 부적인 호오지로 상어의 턱뼈와 이빨을 가지고 묘진마루에 올라탔어. 하루조에게는 상어를 쫓는 부적이라며 얼버무렸겠지."

리사의 얼굴에는 전혀 동요하는 기색이 보이지 않았다.

"하루조는 술을 좋아했지. 조업 전에 청주를 한 잔씩 마신다는 얘기를 들었어. 그 속에 수면제를 몰래 넣는 것은 그다지 어렵지 않았을 거야."

리사는 또 맥주를 마셨다.

"곪아떨어진 하루조를 두고 당신들은 상어에게 습격당한 것처럼 보이기 위해 위장 작업에 착수했어. 우선 호오지로 상어의 턱뼈에 잠수복을 끼우고 위에서부터 고정한다. 그리고 두 사람이 잠수복을 잡아당기면 상어 이빨 형태로 찢어지지. 게다가 에어 컴프레서로 잠수 헬멧에 상어 이빨을 박아 넣는다. 잠수복의 찢어진 부분에 하루조의 피를 묻혀 두는 것도 잊지 않았어. 어쨌든 AB형 Rh마이너스라는, 2천 명에 한 명 있는 희귀한 혈액형이지. 구명 밧줄은 면도칼 같은 것으로 싹둑 잘랐겠지. 하루조는 무거운 것을 매달아 바닷속에 던져졌어. 분명 현장과는 꽤나 떨어진 지점이겠지. 잠수헬멧과 잠수복은 바닷속까지 내렸다가 빠른 속도로 끌어올렸어. 이 일련의 위장 공작에 있어 공범 간지가 왼쪽 손등에 상처를 입은 것이 유일한 오산이라면 오산이었지. 이것으로 상어의 습격을 받았다는 속이 훤히 들여다보이는 일을 해상보안청에 보고하기만 하면 됐겠지."

"재미있는 얘기네요. 하지만 증거가 없잖아요. 전혀."

리사는 맛있게 맥주를 마셨다.

"그렇지, 거기까지는"

나도 목이 말라 맥주를 들이켰다.

"증거가 있다는 거예요?"

리사는 더욱 강경한 태도로 나왔다.

“없습니다.”

내가 말했다.

“이것 봐요. 그 병신 같은 사람은 푸른 바다 밑에 가라앉아 있어요. 속이 다 후련해요.”

이겼다는 듯 의기양양해진 리사.

“물론 사용하고 난 호오지로 상어 턱뼈와 이빨은 바닷속에 버렸겠지.”

“그래요. 그렇기 때문에 증거는 없죠.”

리사의 입에서 웃음이 새어 나왔다.

“하지만 해녀의 습관에서 부적으로 이빨 한 개를 가지고 돌아왔겠지.”

“잘도 알고 있네요. 아는 김에 숨긴 곳도 알겠군요?”

리사는 마음대로 농락한 신문 기자를 조롱하고 있었다. 그녀는 ‘물러터진’ 나를 얕보고 있었다. 그것이 내가 노리는 점이었지만.

“알지, 바로 저기야.”

나는 열대어 수조를 가리켰다. 바닥에는 깨끗한 돌이 깔려 있었다. 그 속에 리사의 부적이 있을 게 분명했다.

“잘도 알아냈군요.”

그 말을 한 뒤 리사의 몸이 흠칫했다. 입구에서 토방으로 올라오는 인물을 발견한 것이다.

야마긴이었다. 애써 관할서에 전화를 했는데 클라이맥스에 맞춰 오지 못했단 말인가.

"부인, 다 들었어요. 전부 말예요."

"……."

리사는 말을 잃었다.

"공범인 사와다는 지금부터 수배하겠습니다."

야마긴은 거실로 들어오더니 위에서부터 대충 어림잡아 열대어 수조에 손을 넣었다. 그는 하나의 하얀 물체를 집어 올렸다.

호오지로 상어의 날카로운 이빨이었다.

아메리카 아이스

1판 1쇄 인쇄 · 2020년 07월 20일
1판 1쇄 발행 · 2020년 07월 24일

지은이 · 바바 노부히로 외
옮긴이 · 정태원
펴낸이 · 홍행숙
펴낸곳 · 문학의문학
디자인 · 김경일

등록 · 105 91 90635
주소 · 서울 구로구 개봉로 3길 87 103동 103호
대표전화 · (02) 722-3588
팩스 · (02) 722-3587

ISBN · 979-11-87433-23-1 (03830)